Elisarion von Kupffer
1930

nach Vollendung seines monumentalen Gemäldewerkes „Die Klarwelt“

Lieblingminne und Freundesliebe in der Weltliteratur

Eine Sammlung
mit einer ethisch-politischen Einleitung
von
Elisarion von Kupffer

Nachdruck der Ausgabe von 1900
mit einem Vorwort von
Marita Keilson-Lauritz

Verlag rosa Winkel

Bibliothek rosa Winkel
Band 11

Das Vorlageexemplar für den (geringfügig verkleinerten) Nachdruck
stellte freundlicherweise die Staatliche Bibliothek Passau
zur Verfügung (Sign. Y d (b) 22).
Zum Umschlagmotiv siehe S. 11.
Das Frontispiz ist entnommen aus:
Elisarion von Kupffer, Aus einem wahrhaften Leben (1943)

Die Deutsche Bibliothek – CIP-Einheitsaufnahme
Lieblingminne und Freundesliebe in der Weltliteratur:
eine Sammlung mit einer ethisch-politischen Einleitung /
von Elisarion von Kupffer. – Nachdr. d. Ausg. von 1900 /
mit einem Vorw. von Marita Keilson-Lauritz. –
Berlin: Verlag rosa Winkel, 1995
(Bibliothek rosa Winkel; Bd. 11)
ISBN 3-86149-034-X
NE: Kupffer, Elisarion von [Hrsg.]; GT

Postfach 62 06 04 · 10796 Berlin
Herstellung: Strauss Offsetdruck, Mörlenbach
Printed in Germany
ISSN 0940-6247
ISBN 3-86149-034-X

Vorwort

Anno 1900, in den Anfängen der organisierten Schwulenbewegung, erscheint in einem kleinen Berliner Verlag die erste schwule Anthologie der Welt. Ähnlich wie sein wohl einzig vergleichbarer Vorläufer Heinrich Hößli im zweiten Band seines *Eros oder die Männerliebe der Griechen* (1838), stellt Elisar von Kupffer seine Sammlung literarischer Texte in den Dienst emanzipatorischer Ziele.[1] Mit Texten von Plato, Theokrit, Vergil, Martial, Marlowe, Byron, Platen, Sonetten von Shakespeare und Michelangelo und dem (Teil-)Erstdruck von Verlaines *Mille e tre* enthält seine Sammlung erstaunlich viel von dem, was bis heute zum Kernbestand des 'schwulen Kanons' gehört. Anders als Hößli nimmt Kupffer auch Texte von Zeitgenossen auf.

Der junge Deutsch-Balte Elisar(ion)[2] von Kupffer, der diesen Schatz zusammengetragen und z. T. selbst übersetzt hat, ist heute weitgehend vergessen. In den ersten Jahrzehnten unseres Jahrhunderts jedoch gehörte er in den Medien der sich formierenden Schwulenbewegung (im eher sexualwissenschaftlichen *Jahrbuch für sexuelle Zwischenstufen* ebenso wie in der kulturell orientierten Zeitschrift *Der Eigene*) zu den am häufigsten genannten Autoren – nicht zuletzt als Herausgeber der Anthologie, die hier nach fast einem Jahrhundert wieder vorliegt.

Elisar von Kupffer wurde am 19. Februar 1872 in Estland geboren. Sein Vater, Adolf von Kupffer, war Landarzt. Zunächst besucht er das

1) Zu dem nicht ausgeführten Plan von Karl Heinrich Ulrichs siehe unten Anm. 18. – Die folgenden Überlegungen sind Teil eines im Auftrag der Niederländischen Organisation für wissenschaftliche Forschung (NWO) ausgeführten Projekts zur Rolle der Literatur in den Anfängen der Schwulenbewegung.

2) Die Erweiterung von Elisar zu Elisarion nahm Kupffer vor, weil er sich über falsche Betonungen ärgerte (siehe unten S. 214 Anm. 3). Vgl. dazu auch sein Gedicht *Élisàr, Herr von Kupffer* (in: *Auferstehung*, 2. Aufl. 1904, S. 137): Den Teufel auch! ich bin ein Mann. / Ihr sollt mich richtig schreiben, / und wers nicht will und wers nicht kann, / soll mir vom Leibe bleiben! / Auch heiß ich richtig Élisàr / und hieß Elísar nimmer, / geschweige denn Elise gar, / ich bin kein Frauenzimmer.

Gymnasium in Reval/Tallinn, ab 1891 dann, um der Russifizierung zu entgehen, das deutschsprachige Gymnasium St. Annen in Petersburg[3], zu dessen Direktor, dem Österreicher Josef von Koenig, er eine „dauernde Beziehung gewann“[4]: Ihm sandte er 1900 ein Exemplar seiner Anthologie.[5] In Petersburg lernt Kupffer den gleichaltrigen Eduard von Mayer kennen, der ihm bis zum Lebensende ein treuer Gefährte und Lebenspartner sein sollte.

1893, im Abiturjahr, stirbt die sehr geliebte Mutter Elisabeth (geb. Thomsèn).[6] Kupffer studiert zunächst in St. Petersburg orientalische Sprachen, später Jura. Nicht zuletzt weil er sich als „Deutscher“ und nicht als Russe oder Este fühlt, verlegt er 1894 sein Studium nach München, wo er sich freilich zu seinem Erstaunen und Verdruß als „Ausländer“ behandelt sieht. Nach einem Zwischenspiel in der Schweiz reist er 1895 mit Eduard von Mayer zum ersten Mal nach Italien und immatrikuliert sich dann im Winter in Berlin, zunächst an der Universität, dann an der Akademie der Künste – freilich wieder nur für Stippvisiten.

Wohl in Berlin entstehen 1897 drei Einakter, von denen der dritte, *Narkissos* (Untertitel *Die Schule der Liebe*) im dritten Band des *Jahrbuchs für sexuelle Zwischenstufen* als Beispiel dafür besprochen wird, wie „Männerstolz und Männerwürde“ über „Weibertücke und Frauenherrschaft“ siegen; „Homosexuelles in psychiatrischer Beziehung“ vermag der Rezensent in dem Text nicht zu entdecken.[7]

---

3) Soweit nicht anders angegeben, stütze ich mich auf Kupffers Autobiographie *Aus einem wahrhaften Leben* (im Selbstverlag erschienen in Minusio/Locarno 1943). Vgl. auch Ekkehard Hieronimus, Elisàr von Kupffer (1872–1942) (Katalog Basel 1979).

4) Franz Brümmer, Lexikon der deutschen Dichter und Prosaisten vom Beginn des 19. Jahrhunderts bis zur Gegenwart (Leipzig 1913); Brümmer folgt einer biographischen Notiz, die Eduard von Mayer verfaßt hatte.

5) Vgl. Kupffer an Ulrich von Wilamowitz-Moellendorf am 12. Dezember 1900 (Handschriftenabteilung der Niedersächsischen Staats- und Universitätsbibliothek Göttingen; mit Dank für freundliche Unterstützung).

6) Ihr widmete Kupffer seinen Gedichtband *Auferstehung. Irdische Gedichte* (1901).

7) *Jahrbuch für sexuelle Zwischenstufen* 3 (1901) S. 443–446.

In Berlin-Charlottenburg macht sich Kupffer im Herbst 1898 an die Zusammenstellung seiner Anthologie.

Ab 1900 verlagert sich das Wirkungsfeld von Elisar von Kupffer und Eduard von Mayer zunehmend nach Italien. Im ersten Weltkrieg übersiedeln sie endgültig in die Schweiz, deren Staatsbürgerschaft sie 1922 erwerben. Bereits in Italien hatte sich Elisarion (wie er sich später nennt) der Malerei zugewandt. In Minusio/Locarno verwirklicht er schließlich seine langgehegten Pläne für einen modernen Tempelbau, das „Sanctuarium Artis Elisarion".

In seinem späteren quasi religionsstifterischen Lebenswerk verbindet Kupffer den Gedanken einer Androgynität, die die in Platos *Symposion* geschilderte Hälftenhaftigkeit des Menschen wieder aufheben möchte, mit – wenn man seinen bildlichen Darstellungen folgt – durchaus sinnlich gedachten (aber vielleicht doch nur gedachten) Initiationsriten. Seine Ideologie des „Klarismus" und des „Übergeschlechtlichen" enthält mehr Sinnlichkeit, als manche seiner Anhänger vielleicht wahrhaben wollten.[8]

Elisar von Kupffer starb am 31. Oktober 1942, Eduard von Mayer im Jahre 1960; der Nachlaß befindet sich jetzt in der Obhut der Gemeinde Minusio.[9] Im Sanctuarium wurde ein kleines Museum eingerichtet, in dem einige Bilder und Bücher von Kupffer ausgestellt sind (darunter eine anrührende Skizze des von Zeus entführten Ganymed). Die künstlerische Ausgestaltung des Sakralbaus blieb bei der Renovierung leider nicht erhalten: Der Raum mit dem Rundgemälde *Die Klarwelt der Seligen* wurde zu einem kleinen Konzertsaal mit weißen

---

8) Kupffers bedrohliche Nähe zu nazistischem Gedankengut (gespeist aus eugenischen Ideen, die ihn z. T. wohl wegen seiner eigenen schwachen Gesundheit faszinierten) bedürfte – gerade wegen seines Abrückens von der ursprünglich propagierten „männlichen Kultur" – einer eingehenderen Analyse. So spricht er beispielsweise vom „Volkstum", dem „nur mit tüchtigem, gesundem, lebens- und einsatzfrohem Nachwuchs gedient ist" (Elisarion, Heldische Sicht und froher Glaube [Locarno/Minusio 1943] S. 54).

9) Im Sommer 1994 konnte ich in Minusio dank der Hilfsbereitschaft von Claudio Berger, dem derzeitigen Nachlaßhüter, Einblick in den Nachlaß nehmen. Ein Exemplar der *Lieblingminne* fand sich dabei nicht, und auch in der Liste des ursprünglichen Bibliotheksbestandes des „Sanctuariums" ist das Buch nicht aufgeführt.

Wänden umgestaltet, das Rundgemälde (auf Leinwand gemalt) ist heute in einem restaurierten Holzgebäude (dem ehemaligen Sonnenbad) auf dem nahen Monte Verità (Ascona) zu sehen, zu dem es in einem eigenartigen Fremdverhältnis steht.[10] Der Betrachter fühlt sich wie in einer Zirkusarena, seinerseits betrachtet von den 84 androgyn-männlichen, durchaus nicht geschlechtslosen Gestalten, die um ihn jene „Klarwelt“ nachbilden, in der es nur noch „Aehnliches, fast Gleichartiges“ gibt. Die 84 Jünglinge, allenfalls mit durchsichtigsten Schleiern und koketten Strumpfbändern 'bekleidet' und versehen mit fast unsichtbaren Heiligenscheinen, scheinen ausnahmslos Selbstbildnisse ihres Schöpfers Elisarion zu sein.[11]

*

Die Zusammenstellung seiner Anthologie beginnt Kupffer 1898 aus Unbehagen an der damals verfügbaren „Literatur über die sogenannte Homosexualität“, wie sie im Gefolge von Krafft-Ebing und des Wilde-Prozesses entstanden war.[12] Ihn beflügelte bei dieser Arbeit sein „kleiner Genius“, der damals zwölfjährige Sohn seiner Zimmerwirtin.[13]

---

10) Vgl. Monte Verità. Berg der Wahrheit. Lokale Anthropologie als Beitrag zur Wiederentdeckung einer neuzeitlichen sakralen Topographie (Milano 1980). Eine Abbildung des 25, 3 x 3, 45 m großen Gemäldes bei Hieronimus (vgl. Anm. 3).

11) Vgl. Kupffer, Aus einem wahrhaften Leben S. 308 f. über das Malen anhand von Photographien, die Eduard von Mayer von Kupffer machte, und über den jungen Italiener „Gino“ als ideales Modell wegen seiner Ähnlichkeit mit Kupffer.

12) Vgl. Kupffer, Aus einem wahrhaften Leben S. 224 f., besonders kritisch über einen „gewissen Otto de Joux (Pseudonym)“ [Otto Rudolf Podjukl], dessen „schiefe, oberflächlich beklagende, unmännliche Art“ ihn „geradezu empörte“. (Otto de Joux, Die Enterbten des Liebesglückes oder Das dritte Geschlecht, Leipzig ^{2}1897). – Zur Arbeit an der Anthologie vgl. die Kapitel „Eine männliche und mannhafte Arbeit“ (S. 224–227) und „Lieblingminne und Freundesliebe in der Weltliteratur“ (S. 234–236).

13) Dieser von Kupffer „Fino“ genannte Knabe, der während der Arbeit an der Anthologie „wie von selbst in mein Leben trat, gleichsam wie eine Antwort auf das zu klärende Problem“, hieß mit bürgerlichem Namen Adolf Schmitz, nannte sich später jedoch Fino von Grajewo (Kupffer, Aus einem wahrhaften Leben S. 227 in dem Kapitel „Ein kleiner Genius“); vgl. auch Anm. 16.

Elisarion von Kupffer, Der Künstler in dreifacher Verkörperung
aus: M. Hirschfeld, Geschlechtskunde, Band 4: Bilderteil (1930) S. 399

Die Sammlung wurde in erstaunlich kurzer Zeit erstellt: bereits im Mai 1899 wird der Band von dem Verleger Adolf Brand erstmals angekündigt.[14]

Zeitdruck könnte einen formalen Aspekt der Sammlung erklären: Der Anhang bietet nicht nur, wie in der Einleitung (S. 17) angekündigt, „Urteile über führende Geister oder sehr kleine Bruchstücke", sondern offenbar auch im letzten Moment Nachgereichtes wie den Auszug aus dem japanischen Klassiker *Großer Spiegel der Männerliebe* von 1687.[15]

Kupffer gehört seit Beginn des dritten Jahrgangs (1899–1900) zu den Autoren der von Brand herausgegebenen Zeitschrift *Der Eigene.*[16] Im ersten Heft rezensiert er die ersten sechs der von Magnus Hirschfeld neu herausgegeben Schriften von Karl Heinrich Ulrichs[17] – mit -

---

14) Die Werbung findet sich auf der Rückseite eines Flugblattes, das Adolf Brand zu einem politischen Entmündigungsfall publiziert und am 9. Mai 1899 von der Tribüne des Reichstags hatte regnen lassen (vgl. *Der Eigene* 3 [1899/1900], Heft 4/5 [September 1899], S. 178). Diese Werbung „in aufregender Weise" kritisierte Kupffer nachträglich (Aus einem wahrhaften Leben S. 234), zog daraus aber seinerzeit offensichtlich keine Konsequenzen.

15) Es handelt sich offenbar um die erste gedruckte europäische (Teil-)Übersetzung dieses Textes; vgl. die Einleitung von Paul Gorden Schallow zu: Ihara Saikaku, The Great Mirror of Male Love (Stanford 1990) S. 45 f. – Kupffer verdankte den Text der Vermittlung von „Herrn J. Schedel, Bamberg" (unten S. 208). Dabei handelt es sich vermutlich um Josef Schedel, den späteren Spiritus rector des Münchner Wissenschaftlich-humanitären Komitees).

16) *Der Eigene* 3 (1899/1900), Heft 1, S. 26 f. Mit dem *Eigenen* teilte Kupffer eine gewisse Nähe zum Individualanarchismus Stirnerscher Prägung; auf den *Eigenen* verweist bis in die Spätzeit die Rede vom 'Eigenwesen'. Auch die direkte Verbindung zu Brand und seiner Zeitschrift scheint bis in die Jahre nach dem ersten Weltkrieg gereicht zu haben: Anfang der Zwanziger Jahre erscheinen im *Eigenen* nicht nur Erläuterungen von Eduard von Mayer zu Kupffers 'Klarismus' und Gedichte von Kupffer aus seiner Anthologie, sondern auch ein Gedicht von Kupffer „Zum Gedenken meines jungen Freundes Fino, der den 7. Juli 1916 bei Brie den Tod für sein deutsches Vaterland erlitt" (*Der Eigene* 9 [1921/22] Heft 4, S. 126 f.). Zu Fino vgl. auch Anm. 13.

17) Die von Magnus Hirschfeld herausgegebene Neuauflage der *Forschungen über das Rätsel der mannmännlichen Liebe*, bei der die Texte teilweise in der Anordnung verändert und nicht frei von Kürzungen sind, erschien 1898 im Verlag Max Spohr in Leipzig (Reprint New York 1975).

David als Sänger vor Saul
Illustration von Fidus

Respekt, aber nicht ohne Kopfschütteln: es sei sonderbar zu sehen, „wieviel Scharfsinn aufgewandt worden ist, um eine Sache zu beweisen, die einfach da ist". Kupffer kommt dabei auch auf die Schwierigkeiten des „Forscher[s] auf diesem Gebiete" zu sprechen und auf die „sogenannten Vertreter der ernsten Wissenschaft", „die sich nicht entblöden, die einschlägige Litteratur zu fälschen" – und also implizit auf seine eigenen Bemühungen, solchen Verfälschungen seine Sammlung entgegenzusetzen.[18] Im selben Heft wird das baldige Erscheinen der *Lieblingminne* in Aussicht gestellt, in zweiten Heft mit einer ganzseitigen, vielleicht ursprünglich für den Umschlag vorgesehenen Illustration von Fidus: David als Sänger vor Saul.[19] Im Oktoberheft erscheint seine Einleitung über „Die ethisch-politische Bedeutung der Lieblingminne" (geschrieben „Pompeji 1899") als Vorabdruck[20].

---

18) Auf Ulrichs' zahlreiche Zitate aus (zumeist antiken) literarischen Texten geht Kupffer nicht ein; was er Ulrichs eventuell zu verdanken hat, wäre im einzelnen zu prüfen. Von dem damals Byron zugeschriebenen Gedicht *Don Leon* (vgl. dazu Louis Crompton, Byron and Greek Love. Homophobia in 19th-Century England [London 1985] S. 343-362) bietet Kupffer als geschlossenen Abschnitt genau die Verse, die Ulrichs (*VII. Memnon* [1868] S. IX f.) im Original zitierte und zu denen Hirschfeld in der Neuauflage eine Prosaübersetzung hinzufügte (S. 12 f., im Reprint der Originalausgabe zitiert in den Hinweisen und Erläuterungen zum ersten Band S. 5). Der gleiche Auszug aus *Don Leon* erschien (im Original und mit einer Versübersetzung von Albert König) mit Hinweis auf die Neuausgabe der Ulrichs'schen Schriften in *Der Eigene* 2 (1898), Heft 2, S. 79 f. (und wird von Kupffer unten S. 218 als Quelle benannt). – Karl Heinrich Ulrichs' *Forschungen über das Räthsel der mannmännlichen Liebe* erschienen zwischen 1864 und 1879 in zwölf Heften (Reprint der Originalausgaben, herausgegeben von Hubert Kennedy und mit einem von Wolfram Setz erstellten, gerade hinsichtlich der literarischen Zitate hilfreichen Register, Berlin 1994); vgl. dort in *V. Ara spei* S. XXIII f. die Inhaltsangabe zu dem – nicht ausgeführten – Projekt einer (der Kupfferschen vergleichbaren) Textsammlung *Nemus sacrum*, die Kupffer in seiner Rezension nicht erwähnt.

19) Nicht aufgeführt im Fidus-Werkverzeichnis in: Janos Frecot u. a., Fidus 1868–1948 (München 1972) S. 310–399. Eine nähere Untersuchung der Beziehungen zwischen Kupffer und Fidus wäre auch wegen gewisser Ähnlichkeiten bei den Tempel-Ideen (vgl. Antje von Graevenitz, Hütten und Tempel: Zur Mission der Selbstbesinnung, in: Monte Verità [vgl. Anm. 10] S. 85–98, bes. S. 93) von Interesse.

20) In: Die Wiedergeburt der Freundesliebe. Programm und Satzung der

In seiner Einleitung wendet sich Elisar von Kupffer gegen „die kränkelnde Prinzipiensucht unsrer wissenschaftelnden Zeit", explizit vor allem gegen Richard von Krafft-Ebing und höchstens indirekt gegen Magnus Hirschfeld.[21] Gegen die These vom „Krankheitsgedusel" (S. 3) und die damit Hand in Hand gehende Einvernahme der „Spitzen unsrer ganzen Menschheitsgeschichte" durch retrospektive, auf Weiblichkeit zielende Diagnostik („Geister und Helden in ihren urnischen Unterröckchen") proklamiert er jene „männliche Kultur", die dem *Eigenen* alsbald den Untertitel liefern sollte[22], als eine „gesund männliche". Er dreht den Spieß der Rede von Krankheit oder doch Krankhaftigkeit und Femininität um und geißelt zugleich die ästhetisierende Übernahme des medizinischen Diskurses in die Literatur, das ambivalente Spielen mit „Krankheit" in der literarischen Dekadenz, der er die „kraftvollen Poesien Platens" (S. 6) provokativ-polemisch gegenüberstellt.

Vergleicht man zu diesem Programm das von Kupffer zusammengestellte Material, so findet sich dort, namentlich was die antiken Beispiele betrifft, zwar tatsächlich allerlei männlich-kriegerische Metaphorik, schon um zu bezeugen, daß die Lieblingminne keineswegs „eine Erscheinung der Verfallszeit" war, doch man muß vom Etikett „gesunde Männlichkeit" nicht etwa auf lauter martialisches Heldentum schließen. Wenn es heißt: „Glücklich ist, wer ringt mit dem schönen Liebling", so gilt es eben nicht, zu siegen, sondern sich liebend besiegen zu lassen: „... auch mich hat ein Jüngling / Durch die Schönheit besiegt" (Theognis, unten S. 21).

Das Buch wurde Ende 1899 in Tilsit gedruckt und im März 1900 durch Adolf Brands Verlag in Berlin-Neurahnsdorf „verausgabt". Ende 1900 ging das Buch an den Verlag S. Dyck in Eberswalde über – die Gründe dafür sind nicht bekannt[23] –, dabei wurde die Verlagszeile auf

Gemeinschaft der Eigenen (1914) besteht der programmatische Teil im wesentlichen aus Zitaten aus dieser Einleitung.

21) Der erste Band des *Jahrbuchs für sexuelle Zwischenstufen* erschien frühestens in der zweiten Aprilhälfte 1899.

22) „Ein Blatt für männliche Kultur, Kunst und Litteratur" (zuerst 1903).

23) Vgl. Kupffer an Ulrich von Wilamowitz-Moellendorff (vgl. Anm. 5); im Verlag S. Dyck erscheint 1901 Kupffers Gedichtband *Auferstehung. Irdische Gedichte* (2. Auflage [1904] bei Max Spohr).

dem Titelblatt überklebt. 1903 übernahm Max Spohr die *Lieblingminne* (mit neuem Titelblatt[24]) in seinen Verlag, in dem in diesem Jahr auch *Der Eigene* mit einigen Nummern erschien. Das Buch wurde beschlagnahmt, aber auf Einspruch u. a. des Altphilologen Ulrich von Wilamowitz-Moellendorff wieder freigegeben.[25] 1921 plante Adolf Brand eine „vermehrte" Neuauflage, die aber wohl nicht zustande kam.[26]

An Wilamowitz-Moellendorff schreibt Kupffer im Dezember 1900, seine Sammlung werde „totgeschwiegen".[27] In seinen Erinnerungen beteuert er aus dem Abstand eines halben Jahrhundert, er habe „nicht 'Sensation' erstrebt"; außer Mißverständnis und Gegnerschaft verzeichnet er auch viel „achtungsvolle Anerkennung"; so habe ihn Edward Carpenter in Florenz aufgesucht „und mir seine Sammlung *Ioläus* gewidmet".[28]

---

24) Vielleicht wurden jetzt erst die Seiten 217–220 eingefügt, denn in der Rezension im *Jahrbuch für sexuelle Zwischenstufen* 3 (1901) S. 418 wird noch angemerkt, daß ein Hinweis auf die Werke, „aus denen die Bruchstücke und Gedichte entnommen sind" wünschenswert sei. – Diese Ausgabe wird in der Verlagswerbung als »2. Auflage 1903« bezeichnet.

25) Kupffer, Aus einem wahrhaften Leben S. 235; im Nachlaß von Wilamowitz-Moellendorff (vgl. Anm. 5) findet sich hiervon keine Spur. – Der Monatsbericht des Wissenschaftlich-humanitären Komitees vom 1. Oktober 1904 (S. 3) meldet: „In Sachen des Buches: „Lieblingminne und Freundesliebe" von E. von Kupffer ist von der Kgl. sächsischen Staatsanwaltschaft die Revision zurückgenommen worden. Die Verlagsbuchhandlung [wohl Spohr] erhielt alle beschlagnahmten Exemplare zurück, sodaß das Werk wieder verkauft werden darf."

26) Angekündigt in einem „Sonderblatt" des *Eigenen* aus dem Frühjahr 1921 mit dem Titel „Friedrich der Große dem Strafgesetz verfallen?".

27) Brief vom 20. Dezember 1900 (vgl. Anm. 5), in dem Kupffer sich für die positive Reaktion von Wilamowitz bedankt. – Kupffer berichtet, sein Onkel Hugo von Kupffer, ab 1883 Chefredakteur des *Berliner Lokal-Anzeigers*, habe ihm dringend von der Publikation der Anthologie abgeraten (Aus einem wahrhaften Leben S. 234). Hugo von Kupffer (1851–1928) gehörte zu den Mitunterzeichnern der Petition des Wissenschaftlich-humanitären Komitees; vgl. seinen Brief vom 30. 8. 1898, in: Richard Linsert, Kabale und Liebe. Über Politik und Geschlechtsleben (Berlin 1931) neben S. 162.

28) Kupffer, Aus einem wahrhaften Leben S. 234 f. Ein Exemplar des *Ioläus* in der Erstausgabe von 1902 ist in dem Verzeichnis der Bibliothek des Sanctuariums aufgeführt (vgl. Anm. 9), aber offenbar nicht mehr vorhanden.

LIEBLINGMINNE

UND FREUNDESLIEBE IN DER WELTLITERATUR

EINE SAMMLUNG MIT EINER ETHISCH-POLITISCHEN EINLEITUNG VON ELISARION VON KUPFFER

VERLAG VON MAX SPOHR IN LEIPZIG

Titelblatt der „2. Auflage 1903“

Der Titel von Kupffers Anthologie signalisiert drei konstituierende Aspekte: „Lieblingminne“, „Freundesliebe“ und „Weltliteratur“. Während Kupffer den Terminus „Lieblingminne“ als Neubildung für sich in Anspruch nimmt (er habe ein Wort gewählt, das „noch nicht im Munde der Leute beschmutzt worden ist“, S. 8), war „Freundesliebe“ als Bezeichnung für eine bloße ‘Freundschaft’ überschreitende Bindung unter Männern bereits von Ludwig Frey in das emanzipative Vokabular eingeführt worden.[29] In dieser Bedeutung taucht das Wort im *Eigenen* 1898 auf.[30] Kupffer bezeichnet mit dem Begriff das, „was weniger [als „Lieblingminne“] den bewussten Charakter der Minne trägt“, „wo dieses Gefühl vielleicht unbewusst unter der Oberfläche pulsiert“, so etwas wie ‘latente Lieblingminne’ also.

Beide Bezeichnungen sind mehrdeutig und wurden in der Folge je nach den strategischen Erfordernissen mit Bedeutung aufgeladen. Da Kupffer selbst „Liebling“ als deutsches Wort für das griechische ‘Paidika’ benutzt[31], hätte es auf der Hand gelegen, unter „Lieblingminne“ zu verstehen, was in vergleichbaren Texten Knaben- oder Jünglingsliebe heißt: generationsüberschreitende Beziehungen, wie auch Oscar Wilde sie meinte, wenn er von „a great affection of an elder for a younger man“[32] sprach. Aber diese Interpretation, der das geplante Titelblatt mit Saul, der Davids nackte Männlichkeit betrachtet, entsprochen hätte, war wohl strategisch doch nicht recht brauchbar. Brands Mitstreiter Edwin Bab benutzte den Begriff „Lieblingminne“ zunächst als Synonym für „gleichgeschlechtliche Liebe“, entschied sich aber bald für „Freundesliebe“ – in derselben Funktion.[33] Im Sprachgebrauch des *Eigenen* wurde die Formel von der „Wiedergeburt der Lieblingminne“[34] spätestens 1914 durch „Wiedergeburt der Freundes-

29) Ludwig Frey, Der Eros und die Kunst (Leipzig 1896).

30) So in einer Rezension der Platen-Tagebücher von Dr. E. G. (d. i. Numa Prätorius) (*Der Eigene* 2 [1898] Heft 1, S. 46–48).

31) Vgl. die Anmerkungen unten S. 214.

32) Richard Ellmann, Oscar Wilde (London 1988) S. 435 (dt. Ausgabe [1991] S. 625).

33) Edwin Bab, Die gleichgeschlechtliche Liebe (Lieblingminne) (Berlin 1903); ders., Frauenbewegung und Freundesliebe (Charlottenburg 1904).

34) *Der Eigene* 4 (1903) Heft 6, S. [432].

Ende März erscheint:

Lieblingminne und Freundesliebe

in der Weltlitteratur

Eine Sammlung mit einer Einleitung
von
ELISARION VON KUPFFER.

Kurzer Auszug des Inhaltes:

Griechische Litteratur	:	Pindar, Aeschylos, Sophokles, Plato u. A.
Römische „	:	Vergil, Catull, Horaz u. A.
Persische „	:	Hafis, Sadi.
Arabische „	:	Ibn Chaldun, At Tubi, König Motamid.
Hebräische „	:	König David, Christus.
Spanische „	:	Garzilaso de la Vega, Zorilla.
Englische „	:	Shakespeare, Byron, Swinburne u. A.
Italienische „	:	Michel Angelo u. A.
Französische „	:	Montaigne, Pierre Loti, Paul Verlaine u. A.
Russische „	:	Michael von Lermontoff u. A.
Deutsche „	:	Goethe, Schiller, Hölderlin, Friedrich der Grosse, Graf Platen, Grillparzer, Winkelmann, Ludwig II., Adolf von Wilbrandt, Heinrich Bulthaupt u. A.

Diese litterarisch - kulturhistorische Sammlung ist nach rein wissenschaftlichen und künstlerischen Grundsätzen zusammengestellt; sie soll daher weder fromme noch unfromme Sensationen bringen. Die ausgewählten Stücke sind sinngetreu und unverfälscht übertragen und zwar zum grossen Teile vom Herausgeber selber. Einzelnes ist dem deutschen Publikum noch ganz fremd. Jeder Gebildete, jeder Kenner der Antike, jeder Kunst- und Litteraturfreund, jeder Bücherliebhaber wird an dem Werke seine Freude haben.

Das Buch kostet bei Vorausbestellung 4 Mark, nach Erscheinen 5 Mark. Es wird auch eine handschriftlich nummerierte Sonder-Ausgabe in dreissig Exemplaren auf Kunstdruckpapier hergestellt. Preis 10 Mk.

Das Werk ist durch alle Buchhandlungen zu beziehen, sowie direkt von

ADOLF BRAND'S VERLAG
BERLIN - NEURAHNSDORF

Der Herausgeber veröffentlichte bisher: „Leben und Lieben“ (E. Pierson). — „Ehrlos“ (R. Eckstein Nachf.) — „Der Herr der Welt“ (E. Ebering).

Anzeige aus: *Der Eigene* 3 (1899/1900)

liebe" abgelöst.[35] Was damit alles mitgemeint ist, zeigt sich, wenn Adolf Brand 1919 in einem Artikel „Zur Psychologie der Aussage in Sachen Freundesliebe vor Gericht"[36] auf den vielbesprochenen Meineid des Fürsten Eulenburg zurückblickt: der Artikel handelt von der Schwierigkeit, vor Gericht über homosexuellen Geschlechtsverkehr auszusagen.

„Weltliteratur" steht im Titel der Anthologie einerseits für den Rang der aufgenommenen Texte, andererseits für die Universalität der Männerliebe: Texte aus der arabischen, persischen, japanischen und russischen Literatur stehen neben solchen aus dem Herzen der deutschen Klassik (einschließlich Goethes *Erlkönig*).

Die Werbung im *Eigenen* für Kupffers Sammlung legt den Nachdruck auf den internationalen Charakter dieser „Weltliteratur". Sie listet die wichtigsten Texte nach nationalsprachlicher Herkunft auf: griechische Literatur (Pindar, Aeschylos, Sophokles, Plato), römische (Vergil, Catull, Horaz), persische (Hafis, Sadi), arabische, hebräische (worunter König David und Christus rubriziert werden[37]), spanische, englische (Shakespeare, Byron, Swinburne), italienische (Michelangelo), französische (Montaigne, Loti, Verlaine), russische (Lermontow) und schließlich deutsche: Goethe, Schiller, Hölderlin, Friedrich der Große, Platen, Grillparzer, Winckelmann, Ludwig II. Von den deutschsprachigen Zeitgenossen werden Adolf von Wilbrandt und Heinrich Bulthaupt genannt, von denen Wilbrandt damals, u. a. als Direktor des Wiener Burgtheaters, ein berühmter Mann war.[38]

---

35) Titel einer Broschüre mit Programm und Satzung der Gemeinschaft der Eigenen von 1914. Siehe auch Anm. 20.

36) *Der Eigene* 7 (1919/20) Heft 5, S. 1–3.

37) Zu Kupffers kritischer Position gegenüber dem jüdisch-christlichen Erbe sei angemerkt, daß er seine Anthologie (und den Anhang) mit biblischen Texten zu David und Jonathan eröffnet. Als anstößig wurde von der Kritik sein Gedicht *Der Lieblingsjünger* (unten S. 180) empfunden; vgl. *Jahrbuch für sexuelle Zwischenstufen* 3 (1901) S. 408–418.

38) Von den deutschsprachigen Zeitgenossen fügt Kupffer außerdem Texte von Adolf Hausrath, Josef Kitir, Oskar Linke und Adolf Brand hinzu sowie eigene Gedichte und solche von Eduard von Mayer, sämtlich – wie er am Schluß seiner Einleitung ausdrücklich anmerkt – bereits publizierte Texte, „keine einzige sensationelle Enthüllung".

In seiner Einleitung betont Kupffer weniger den internationalen Charakter seiner Sammlung als gerade seine Bindung an die deutsche Sprache und Kultur und die Relevanz der Eindeutschung der betreffenden Texte.

*

Kupffers Leistung ist erstaunlich, zumal es, wie er selbst mehrfach betont[39], kaum Vorarbeiten gab, auf die er hätte zurückgreifen können. Heinrich Hößlis Sammlung scheint er nicht gekannt zu haben. Dagegen kennt und nennt er Ludwig Freys *Der Eros und die Kunst* – freilich keine Textsammlung, sondern sozusagen die erste schwule Literatur- bzw. Kulturgeschichte.

Die praktische Arbeit der Übersetzung hat Kupffer zu einem großen Teil selbst leisten müssen. Das wird man anerkennen müssen, auch wenn manches heute eher als anrührendes Bemühen denn als sprachliche Meisterleistung wirkt. Kupffers Übertragungen reichen von Theognis, Pindar, Theokrit, Vergil und Tibull über Michelangelo[40], Friedrich den Großen und Flaubert bis zu Verlaines skandalösem *Mille e tre*, aus dem hier (und das gilt auch für das französische Original), erstmals vier Strophen publiziert wurden.[41]

*

Der national-literarische Grenzen überschreitende Charakter der Textauswahl bei Hößli geschah im Rückgriff auf die Antike und die Exotik des Orients, die den geltenden Normen gegenübergestellt wurden. Im Vergleich dazu bedeutet Kupffers Sammlung eine erhebliche Erweiterung der Bandbreite: nun werden auch Zeugen des eigenen Jahrhunderts und der eigenen Kultur aufgerufen. Er unternimmt den Versuch,

---

39) U. a. in seinem ersten Brief an Ulrich von Wilamowitz-Moellendorff (vgl. Anm. 5).

40) Wie auch in anderen Fällen neben Übersetzungen von anderen, hier u. a. von Walter Robert-tornow, dem Bibliothekar Wilhelms II.

41) Vgl. das Nachwort von Wolfram Setz zu Paul Verlaine, Männer – Hombres [Nachdruck der Ausgabe von 1920] (Berlin 1986).

die Kluft zwischen dem, was in zeitlicher oder kultureller Ferne möglich war, und den zeitgenössischen Normen und Werten zu überbrücken.

Neu ist auch, daß Kupffer ein Ganzes anstrebt. Das zeigt sich gerade da, wo er in seiner Einleitung bekennt, daß seine Sammlung nur ein „Stückwerk“ sein könne, „weil sich eine solche Riesenarbeit vollständig nur unter gegenseitiger Bereicherung entwickeln kann“.[42] Gerade die Ergänzungs- und Änderungsvorschläge, wie sie z. B. Numa Praetorius (d. i. Eugen Wilhelm) im *Jahrbuch für sexuelle Zwischenstufen* artikulierte, zeigen, daß die Anthologie auch als Ansatz für ein künftiges Gesamtwerk gesehen wurde.[43]

Spätere Anthologien sind von Kupffer nachhaltig inspiriert worden. Schon Edward Carpenters *Ioläus* (zuerst 1902 erschienen) weiß sich ihm verpflichtet, und die großen seither erschienenen Anthologien[44] bilden weitgehend die von Kupffer vorgegebene formale Struktur nach: die systematische Verknüpfung von Text(fragment) mit Kommentar und/oder biographischer Notiz.

Kupffers Sammlung, in der sich Klassisches mit Zeitgebundenem aufregend mischt, ist nicht nur ein beredtes historisches Dokument, sondern eine Fundgrube zur Weltliteratur der Männerliebe und bis heute im deutschen Sprachgebiet nicht überholt. Sie ist zugleich ein eindringliches und stolzes Zeugnis männer- und knabenliebenden Selbstverständnisses an der Wende zum 20. Jahrhundert.

---

42) Einen „Ansatz zu einer kulturhistorisch-litterarischen Sammlung“ nennt Kupffer seine Anthologie in seinem Brief an Wilamowitz-Moellendorff (vgl. Anm. 5).

43) *Jahrbuch für sexuelle Zwischenstufen* 3 (1901) S. 417 f.; Kupffers Sammlung wird im Jahrbuch ausführlich rezensiert und eine große Anzahl von Autoren und Titeln bibliographisch übernommen.

44) Vgl. etwa Alistair Sutherland & Patrick Anderson, Eros. An Anthology of Friendship (1961); Cécile Beurdeley, L'Amour Bleu. Die homosexuelle Liebe in Kunst und Literatur des Abendlandes (1977); Michel Larivière, Les amours masculines. Anthologie de l'homosexualité dans la littérature (1984).

Inhalt

Anhang

Selig, wer sich vor der Welt
Ohne Hass verschliesst,
Einen Freund am Busen hält
Und mit dem geniesst,
Was, von Menschen nicht gewusst
Oder nicht bedacht,
Durch das Labyrinth der Brust
Wandelt in der Nacht.

Goethe.

„Und die Gemeinschaft der Körper wird ihnen ebenso keusch erscheinen, wie die Gemeinschaft der Seelen, denn gleich rein sind alle Flammen."

Gabriel d'Annunzio.

LIEBLINGMINNE

UND FREUNDESLIEBE IN DER WELTLITTERATUR

EINE SAMMLUNG MIT EINER ETHISCH-POLITISCHEN EINLEITUNG VON ELISARION VON KUPFFER

ADOLF BRAND'S VERLAG
BERLIN-NEURAHNSDORF 1900

Wir leben leider in einer so unmännlichen Zeit, dass jedes Eintreten für männliche Rechte, um von Vorrechten zu schweigen, als eine unmoderne Blasphemie und Herabsetzung der weiblichen Vorherrschaft empfunden und getadelt wird. Damit obiger Satz nicht blos als eine Phrase dasteht, ist es notwendig auf das Wort „männlich“ ein wenig einzugehen und, so sonderbar es ist, mit einer aufräumenden Verneinung anzufangen. (Ich bemerke, dass hier nur von einer praktischen Betrachtung die Rede sein kann; eine absolute Definition ist bei den unendlich feinen Übergängen des Lebens vielleicht unmöglich.)

Männlich sein heisst nicht: mit gewissen oberflächlichen Merkmalen versehen oder jeden Sinnes für männliche Schönheit bar sein; heisst auch nicht: in jeder Beziehung roher und ausdauernder als das Weib sein und seine Kräfte in den Dienst der Frauen stellen, um sie vor Gefahren zu schützen und ihren geschlechtlichen Anforderungen Genüge zu leisten. Nein. Männlich sein heisst: den Kampf mit dem Leben führen unter Ausnutzung aller seiner Kräfte, für ein gedeihliches Dasein wirken, und sollten dabei Gefahren zu bestehen sein. Männlichkeit bedeutet die Wahrung der Selbstbestimmung, der persönlichen Freiheit und des gemeinen Wohls, und letzteres umfasst alle und alles. Als der Mann in den fast ausschliesslichen Dienst der Frau und ihres Geschmackes trat, verlor er seine Männlichkeit und behielt nur noch eine Scheinherrschaft. Das Weib hat sich persönliche Rechte errungen, auch im juridischen Leben; gut, mag sie das, so weit ihre persönlichen Kräfte reichen. Aber es ist auch Zeit, dass sich der Mann auf sich selbst besinnt, und, so komisch es klingt: im Angesichte der Emanzipation, der Selbstwerdung des Weibes bedürfen wir einer Emanzipation des Mannes zur Wiederbelebung einer männlichen Kultur; und die ist es, für die ich hier eintrete.

Ich bin nicht so aberwitzig zu verkennen, dass auch wir Männer haben, auch wir haben Schlachten geschlagen, wie 1870, aber dennoch ist unsre Kultur jetzt keine gesund männliche. Zur Förderung des männlichen Sinns gehört aber vor allem, dass die Männer sich aneinander anschliessen, dass die jüngeren in nahem Verhältnis zu den älteren stehen, dass der männliche Sinn in steter Übung des Lebens genährt wird. Und das wird niemals dadurch erreicht werden, dass wir blos unsre Muskeln stählen und uns mit Schlägern zerfetzen und vor den Weibern mit unsren Scheinnarben und unsrem kräftigeren Geschlechte prahlen, sie scheinbar beschirmen und stets zu dem Weibe wie zu irgend einem unbehilflichen Gotte aufblicken, dem seine Verehrer das Dasein fristen und vor dem sie doch knieen.

Ich bin weit davon entfernt, die Bedeutung des Weibes zu leugnen und, wie Schopenhauer oder Nietzsche, Verachtung gegenüber der Frau zu predigen. Eine solche Geringschätzung findet sich in der Tat häufig gerade bei den ostentativen Verehrern der Frau. Dieser Widerspruch erklärt sich dadurch, dass die betreffenden Männer sich in den Banden des Weibes fühlen und ihm schmeicheln, um die Gunst zu erbuhlen, im Grunde aber wohl fühlen, wieviel hohle Phrasen sie machen und wie unfrei sie sind, woher sie dann auch in Augenblicken der Überlegung und der gestillten Lust etwas wie Ekel empfinden. Das ist der Rest des männlichen Sinnes, der sich gegen seine Erniedrigung aufbäumt.

Das Weib ist in erster Linie als Mutter ein bedeutender Faktor des Lebens; und wer mit gänzlicher Verachtung vom Weibe spricht, der hat gewiss jene wunderbare Regung des menschlichen Lebens, die echte Mutterliebe, nicht gekannt, die auf das ganze Dasein eines Mannes einen unendlichen Zauber auszuüben vermag, selbst noch in der Erinnerung. Man denke an den Helden Coriolanus, den nur die Bitten seiner Mutter erweichten! Aber auch als Gattin, Freundin und Mädchen ist das Weib eine Blüte, die ich keineswegs aus dem Garten des Lebens verbannt wissen möchte, im Gegenteil. Wer sich die Mühe macht, mehr als einen Blick in die frühen Jugendgedichte (1895) des Herausgebers zu werfen, wird sich davon überzeugen, dass er wahrlich kein Feind weiblicher Tugenden, Anmut und Reize ist.

Im Anschluss daran muss ich gegen die ganze neuere Richtung Stellung nehmen und die kränkelnde Prinzipiensucht unsrer wissenschaftelnden Zeit bekämpfen. Es ist nun mal in human-wissenschaftlichen und anderseits in nahbeteiligten Kreisen Mode geworden, von einem „dritten“ Geschlecht zu reden, dessen Seele und Leib nicht zusammenstimmen sollen. Der hannöversche Jurist K. H. Ulrichs, allerdings ein mutiger und ehrenwerter Charakter, aber nicht gerade umsichtiger Kopf, hat gar für dieses dritte Geschlecht, zu dem er sich selbst zählte, eine Bezeichnung erfunden; dieses Wort „Urning“ (von Venus Urania), „urnisch“ hat sich wie eine verallgemeinernde Epidemie verbreitet. Es ist von wissenschaftlicher Seite aufgenommen worden, so von dem bekannten Psychiater Professor Freiherrn von Krafft-Ebing in Wien. Die Sache ist untersucht, bekrittelt, klassifiziert, hypnobemediziniert, popularisiert und Gott weiss was worden. Es haben sich zuletzt Leute daran gemacht, die mit frommen und unfrommen Sensationen ihr Schäfchen bei der Sache scheren wollten; kurz, wir haben einen ganzen Wust von krankhaften und albernen Geschichten, die unsrer Kultur zu nichts fruchten. Und was das Verdriesslichste dabei war, die Spitzen unsrer ganzen Menschheitsgeschichte wurden dabei verzerrt, so dass man diese reichen Geister und Helden in ihren urnischen Unterröckchen kaum wiedererkennen mochte. Auf der andern Seite, besonders der philologisch-historischen, die natürlich so etwas anekelte, fuhr man munter mit der Fälschung der Tatsachen fort, die man euphemistisch „Ehrenrettung“ nennt. Auf der einen Seite ein Verkleinern und Verzerren, um nur das Mitleid der Gesetzgeber und Richter zu erbetteln; auf der andern Seite ein Fälschen und Unterdrücken, das nicht weniger schlimm als Banknotenfälschung ist. Und nun gar die Partei der Schimpfenden, die teils aus Unwissenheit, teils aus Bosheit ihre Lauge ausgossen! Musste da nicht einem gesunden Manne, der noch einen Funken ehrlichen Sinns für Wirklichkeit und Geschichte hatte, der Ekel ergreifen?!

Es ist nachgerade eine moralische Pflicht geworden, in all dieses Krankheitsgedusel und diesen Sumpf von Lügen und Unflätigkeiten einen Sonnenstrahl aus der Wirklichkeit unsrer historischen Entwickelung fallen zu lassen. Wahrlich, es ist keine dankbare Aufgabe, wenn man sich dessen bewusst ist, mit wieviel Unwissenheit, Böswilligkeit und Feigheit man dabei zu kämpfen hat. Es ist weit leichter, die Dinge gehen zu lassen, wie sie gehen, und ungestört seinen Neigungen im stillen zu leben. Aber, wie ich sagte, wo es sich um das gemeine Wohl, um eine gesunde Kulturentwickelung und um persönliche Freiheit handelt, da verlangt der männliche Sinn, dass wir handeln und reden, ohne feige Besorgnis.

Was ich unter Kultur verstehe? Die Möglichkeit des Auslebens unsrer Triebe und Kräfte, doch ohne Gewalttätigkeit. Nichts liegt mir ferner, als eine Erlösung durch das Übermass des Sinnengenusses zu predigen; nein, gerade in der wiederholten, freiwilligen Beschränkung und Zügelung seines Selbst wird man zum Meister, aber ich möchte auch die Worte des griechischen Weisen wiederholen: „Es zeugt gewiss von Männlichkeit, über die Sinnenfreuden zu gebieten, ohne ihnen zu unterliegen, nicht aber sich ihrer zu enthalten."

Wir leben — wie immer — in einer Welt der Schlagworte, bei denen man nicht weit denkt. Man hört von Dekadenz und Verfall und tauft damit, ohne erst nach dem Sinn der Worte viel zu fragen. Was heisst denn Verfall? Das Absterben der Lebenskräfte, die Unfähigkeit, den Kampf mit dem Leben zu führen, die Sehnsucht nach der Auflösung, Zersetzung. Nur wo wir das finden, dürfen wir von Verfall reden. Und da kommen gewisse Leute, um hier keinen Namen zu nennen, und sagen: die Lieblingminne ist Verfallserscheinung. Warum? — — Hat etwa Sophokles seine Stellung im Leben nicht ehrenvoll erfüllt, hat er nicht kulturell, ja moralisch gewirkt? Hat Alexander der Grosse den Kampf mit dem Leben gescheut? Ja sogar zeitlich ist jene Behauptung eine historische Unwahrheit, da sich in den Anfängen der Volksgeschichte die Lieblingminne findet. Und ich erinnere an Theognis und Pindar; haben sie nicht beide zu Ehren des Vaterlandes und der Kultur gewirkt? Ja sogar eine Nachkommenschaft haben die meisten in die Welt gesetzt, obgleich das bei solchen Männern wahrlich nicht das grösste Verdienst ist. Und da wagen es die einen, zu deuteln und zu drehen und gar zu fälschen, und die andern suchen ängstlich nach einem

Anzeichen des dritten Geschlechts, nach einer rein weiblichen Seele in der armen männlichen Hülle. Da könnte ein Gott ungeduldig werden! Wozu soll das sein?! Wer die reiche Natur mit offenen Augen nicht sieht und hinnimmt, dem hilft auch keine Brille.

Und um von Männern aus christlicher Zeit zu reden: hat Shakespeare nicht die Kräfte seines Lebens erprobt und die Kultur für immer bereichert? Es giebt absonderliche Käuze, die es für unmöglich und unwürdig erklären, dass ein so hochstehender, reifer Mann wie Shakespeare um die Gunst eines jungen Mannes wirbt — eines feingebildeten jungen Mannes, der ihn versteht und durch seine jugendliche Frische mit Jugend belebt. Und dieselben Herren geben ihre greisen Köpfe dem Gespötte preis, indem sie zu den Füssen einer jungen Schönen liegen, die sie auslacht oder ihnen die Hand reicht, um sie etwa in guter Situation zum Hahnrei zu machen. Mir scheint das eine Tragikomödie.

Und Friedrich der Grosse, jener einzige Mann? Wahrlich, der ist keine Verfallserscheinung, er, der gegen eine Welt von Feinden das Fundament des heutigen Deutschen Reiches schuf. Nein, er ist der männlichste Mann der Tat, obwohl er einen Cäsarion liebte und sich nicht zu einer Staatsmaitresse verpflichtet fühlte. Freilich es giebt ja Leute, die es für allerliebst halten, wenn ein Monarch einem Dienstmädchen eine gefallene Sache aufhebt, blos weil sie ein Weib ist — so las ich es in einer grossen Zeitung, die allerdings mehr amerikanisch-pariserisch als deutschen Geistes ist. Es ist auch kaum zu verwundern, wenn solche Halbmänner keine Vorstellung von der Würde eines Monarchen haben, dieses ersten Mannes im Staate. Der Monarch ist, wenn er seine Stellung wirklich erfüllt, die Personifizierung der Kraft einer Nation, der natürliche Vermittler aller Parteien. Er ist der Schirmherr der vornehmen Minderheit gegen die Flut von unten, er ist aber auch zugleich die Stütze der wirtschaftlich Schwächeren gegen die starke Minderheit, denn das übergrosse Anwachsen dieser gefährdet seine Machtstellung. So ist die Person des Monarchen der ausgleichende Faktor der sozialen Interessen, dessen Macht nicht so sehr gebunden sein darf, dass seine Wirkung gehindert wird. Der kraftvolle Monarch hat auch kein Wort zu fürchten, wenn er in männlichen Herzen wurzelt.

Aber die Zeit, die so gern von der Frau beherrscht wird, versteht keinen männlichen Monarchen; man lechzt nach dem Geschwätz von Demagogen und nach den salbungsvollen Phrasen von Parteiegoisten, wie nach dem gebietenden Geplauder der Salondamen. Es ist verpönt geworden, sich um männliche Kraft und Huld zu bewerben. Ich für mein Teil halte es für würdiger, einem Monarchen, dem Vertreter einer ganzen nationalen Kraft, dem Erben einer machtvollen Vergangenheit, die Hand zu küssen, als einem Dämchen Soundso. Was soll der prunkende Stolz vor Tronen, wenn die Herren doch jämmerliche Pantoffelhelden sind! Ja, das ist eher Verfall.

Und wenn wir einen Frauen- und Krankheitssüchtigen, wie Felix Dörmann, mit dem Grafen August von Platen vergleichen, oder diesen wiederum auch mit seinem taktlosen Gegner Heinrich Heine, dem cynischen Frauendichter — wer ist wohl da der Männliche? Man höre jene Verse von Dörmann:

Ich liebe die fahlen und bleichen,
Die Frauen mit müdem Gesicht,
Aus welchen in flammenden Zeichen
Verzehrende Sinnenglut spricht.

Ich liebe, was niemand erlesen,
Was keinem zu lieben gelang:
Mein eigenes, urinnerstes Wesen
Und alles, was seltsam und krank.

oder:

Auch meine Seele wurde krank geboren,
Ihr fehlt die Lust, die Kraft, der Mut zum Leben.

Und Heine ist ja sattsam bekannt. Wer daneben die meist kraftvollen Poesieen Platens stellt und mit gesundem Verstande liest, dem wird es wohl nicht schwer fallen, zu sagen, wer hier der Männlichere, Moralischere und auch der Gesundere ist. Gerade Graf Platen, der offener als irgend einer seine Liebe zu Jünglingen bekennt.

Wenn alle jene Grössen unsrer politischen und kulturellen Geschichte so schlecht, so verlumpt oder so krankhaft waren, ja warum preisen wir sie? Warum stellen wir ihnen Denkmäler, warum füttern wir die Jugend mit ihren Werken? Ist das nicht eine jämmerliche, unmoralische, unchristliche Verlogenheit? Es ist eine unmännliche Feigheit, eine Rückgratschwindsucht, an der wir kranken. Und nun gar das Verdrehen und sinnlose Deuteln! Ich will es gewissen Leuten nicht verdenken, wenn sie von wirklichen Dichtern und Männern behaupten, sie arbeiteten in Nachempfindung oder auf Bestellung. Wie könnte man auch von Menschen, die nicht aus eigener Erfahrung wissen, was innerstes Schaffen ist, erwarten, dass sie da nicht auf Holzwege geraten, wo es sich um Beurteilung eines so ursprünglichen Gebietes handelt. Ein wahrer Dichter schöpft nur aus seinem Herzen und Empfinden, und sollte es auch scheinbar Anlehnung sein; es klang dann eine verwandte Saite in seiner Seele wider.

Wenn es in der Tat erwiesenermassen der Fall wäre, dass die Lieblingminne (und Freundesliebe) dem Staate, der Gesundheit, der Moral schädlicher werden könnte als die übliche Frauenminne, wenn beide nicht über das Mass gepflegt werden, so wäre ich der ersten einer, der für ihre Einschränkung wäre. Gewiss, der Staat ist um der Menschen willen da, nicht umgekehrt; aber wir brauchen den Staat, denn trotz aller Humanität — *homo homini lupus* — ist der Mensch im Kampf mit dem Menschen, und da ist nichts zu jammern, denn so ist's von Natur. Darum ist der Staat und sein gesundes Gedeihen als eine natürliche Notwendigkeit zu schätzen. Also nur was fördert und gesund und stark macht, wollen wir fördern. Und gerade deshalb und nur, weil ich das nahe Verhältnis von Mann zu Mann, vom Manne zum Jüngling, vom Jüngling zum Jüngling für ein starkes Element des Staates und der Kultur halte, habe ich mich im Interesse des gemeinen Wohls und der persönlichen freien Entwickelung dieser schwierigen Arbeit unterzogen.

Jeder vernünftige und überlegende Mensch muss sich doch fragen: Kann das ein Zufall sein, dass soviel hervorragende Vertreter unsrer Kulturgeschichte diese Neigung und diese Liebesverhältnisse gepflegt haben oder wenigstens, wo sie selbst noch in dem Wahne ihrer Zeit befangen waren, von dieser Neigung beherrscht wurden? Erklären wir sie für abscheulich, so müssten wir uns vernünftigerweise mit Abscheu von ihnen abwenden und unsre Kultur auch für die Zukunft vornehmer, lebenskräftiger Elemente berauben. Wozu dient es aber, wenn wir soviel Träger der Kultur für halbverrückt erklären? Was haben wir dabei gewonnen, wenn ein grosser Teil unsrer Kultur eine Stiftung von

Tollhauskranken ist? Was soll uns die Sucht der geistreichelnden Psychiater wie Lombroso?! Es ist eine Krankheit unsrer Zeit, um jeden Preis originell sein zu wollen. Alle Kritik hascht danach, einem Nachahmung vorzuhalten, wenn sie einem eins auswischen will. Daher das Verlangen vieler, sich etwas ganz Apartes auszudüfteln, daher diese Kleinkrämerei und Zerfahrenheit, daher dieses Spüren nach Krankheitsymptomen. Je spezialisierter, absonderlicher, müder, stammelnder, je sensitiv-kleiner, blassblümeranter, niedriger und ärmer eine Erscheinung ist, desto eigenartiger, desto bewunderter. Ich frage nochmals, wozu dient uns solche Krankheit- und Absonderlichkeithascherei? Das ist den Tonangebern von heute ja gleich, denn wir haben keinen Gemeinsinn. Jeder ist seine Welt, sein kleines Selbst und kommt sich dabei ungeheuer wichtig vor. Da stehen wir wieder vor zwei Schlagworten: objektiv und subjektiv. Das eine soll antik und veraltet, das zweite modern und neu sein. Als ob die Antiken nicht ebenso persönlich empfanden! Wie unterscheidet sich ein Pindar von einem Euripides! Wie ein Äschylos von einem Aristophanes! Jene Männer waren mit einer männlichen Seele begabt, davon zeugen ihre Taten; und der kleine Aberwitz der Feinde und falschen Freunde kann ihnen nichts anhaben. Es ist wie ein Zirpen der Grillen an Pyramiden.

Nun zur Bedeutung der Lieblingminne. Ich bemerke, dass dieses Wort eine Neubildung von mir ist; ich musste ein Wort finden, das — bis jetzt — noch nicht im Munde der Leute beschmutzt worden ist. Einen Doppeltitel wählte ich, um durch die „Freundesliebe“ anzudeuten, dass sich in dieser Sammlung manches findet, was weniger den bewussten Charakter der Minne trägt, manches, wo dieses Gefühl vielleicht unbewusst unter der Oberfläche pulsiert. Jede Erscheinung des Lebens, die unterdrückt wird, artet im Verborgenen zu einer hässlichen Schattenpflanze aus. Es ist daher die Aufgabe eines vernünftigen Staatswesens, alles, was nicht Gewalttat wider den Staat und das Gemeinwesen ist, wie Mord, Raub, Diebstahl u. s. w., an die Sonne des öffentlichen Lebens zu ziehen. So auch das innige Verhältnis von Mann zu Mann. Erste Bedingung ist dabei freilich, dass das Strafgesetzbuch keinen beschmutzenden Paragraphen dagegen enthält, es sei denn gegen einen Gewaltakt. Das ist wohl die Grundlage einer gesunden Entwickelung, genügt aber noch nicht: wir sehen das praktisch im heutigen Frankreich und Italien, wo die Lieblingminne Gesetzesfreiheit geniesst und doch zu keiner Kulturblüte gelangt, mithin dem öffentlichen Leben nicht dienstbar geworden ist. Es handelt sich nicht darum, die Augen vor einem Laster zuzudrücken oder eine Unzurechnungsfähigkeit zu dulden. Das ist eine fruchtlose Halbheit. Es handelt sich vielmehr darum, Nutzen zu ziehen aus einer Erscheinung des Lebens. Es liegt mir ferne, hier dafür Stimmung zu machen, dass die gesetzgebende Regierung sich gewisser „Enterbter" des Lebens erbarme, die von der Natur stiefmütterlich behandelt seien; nein, mir liegt es daran, darauf hinzuweisen, dass wir uns eine Quelle der Kraft entgehen lassen.

Ja, eine Quelle der Kraft: das können diese Verhältnisse sein. Wenn wir mit offenen Augen in der Geschichte blättern, werden wir auch Beweise dafür finden. Obenan steht das alte Griechenland, um nicht thöricht von der Antike zu reden, denn Römer und Griechen gleichen einander wie Franzosen und Deutsche. Die Griechen waren gewiss kein tadelloses Idealvolk. Wo gäbe es ein solches! Wer aber behauptet, diese Liebe wäre daran schuld gewesen, dass sie politisch zu Grunde gingen, beweist nur, wie wenig er die Geschichte kennt oder kennen will. Es wäre das ebenso thöricht, wie zu behaupten, dass Christus an den Greueln des Christentums schuldig sei. Die Zerfahrenheit, die Spaltung und die wachsende demokratische Verständnislosigkeit für grosse Politik und grosse Männer, sowie das Wachsen äusserer Mächte (Makedonien und Rom) wurden am Untergange Griechenlands schuld. So ging auch die frühere Grossmacht Schweden durch Preussens und Russlands Wachsen zurück. Und welches Volk wird nicht zuletzt zur Geschichte? Gerade in der Zeit des Verfalls verschwindet in Hellas die Lieblingminne als ehrlicher, staatlicher Faktor, gleichzeitig mit dem Zerbröckeln aller alten, grossen Institutionen. Dass es sich nicht um Verführung von Kindern handelt, versteht sich von selbst. Es ist auch in Griechenland nicht der Fall gewesen.[1]) Es ist auch ganz willkürlich und nur eine Folge unsrer Gewohnheiten, wenn jemand behauptet, die Hingabe vertrage sich nicht mit dem Ehrgefühl des Mannes;

sie hat sich stets damit vertragen bis heutigen Tages. Aus welchem absoluten Geiste lässt sich so etwas herausdüfteln!

Und gerade bei uns Deutschen, die wir trotz allem den Griechen am nächsten stehen, trifft sich das innige Verhältnis vom Mann zum Manne, welches in der Liebe seinen höchsten Ausdruck findet. Aus Frankreich, von den provençalischen Höfen kam jene abgöttische Frauenverehrung, die durch den Marienkultus ihre Weihe erhielt; von dem Hofe des deutschen Erzfeindes Ludwigs XIV. und des Mätressenkönigs Ludwigs XV. ward die Abgötterei des Weibes diktiert. Noch heute heisst es ja, der Deutsche sei nicht so galant wie der Franzose, will heissen: der Deutsche hat noch nicht seinen Rest von Männlichkeit verloren, er sieht im Weibe die Genossin, nicht die Herrin, und im Freunde noch den Genossen. Mag man darüber spotten jenseits und diesseits des Rheins, die Siege sprechen für die Deutschen. Der galante Soubise nahm Reissaus vor dem männlichen Hohenzollern Friedrich, der so innig und zart um seinen Cäsarion zu klagen wusste.

Im Kriege wie im Frieden können diese Verhältnisse von hoher moralischer und staatlicher Bedeutung sein. Wie die Dinge jetzt liegen, betrachtet der Mann den Mann hauptsächlich als Konkurrenten um den Beutel des Dritten und als Nebenbuhler um die Gunst einer Schönen oder den Beutel einer Unschönen. Höchst selten findet eine nahe, innige Einwirkung von Mann zu Mann statt, und gerade das ist die beste männliche Erziehung. Was fruchtet es, ob wir soviel mehr oder weniger in der Schule uns eintrichtern, wenn wir nicht praktisch für den Kampf des Lebens durch die Liebe Erfahrener geschult werden? Unpersönlichweise Ermahnungen wirken nur allzu wenig auf den Knaben oder Jüngling, der dabei doch kein Herz schlagen fühlt. Wie schädlich wirken nicht solche Erzieher und Lehrer der Jugend, die ohne Herz, ja oft mit Bosheit ihre Weisheit den Knaben auskramen! Wer die Knaben nur als Schulobjekte betrachtet, ja wer sie nicht lieben kann, wird ihnen fast nie ein förderlicher, anspornender Lehrer sein. Und das merkt die Jugend.

Was denken sich die weisen Lehrer und Eltern von der männlichen Jugend, die doch erst meist in der zweiten Hälfte der Zwanzig oder gar später zur Heirat schreiten kann? Wenig oder nichts. Wer denkt daran, wie viele ihr Nervensystem schädigen, weil man auf ihre natürlichen Funktionen keine Rücksicht nimmt, die doch ihren Weg gehen müssen, und bald in Selbsterschöpfung, bald bei der verseuchten Käuflichkeit ihre Befriedigung suchen müssen. Wie lange soll diese Nichtachtung der von Gott geschaffenen Natur die Nervosität und Verseuchung der Geschlechter bis ins Grenzenlose steigern! Statt den Forderungen der Sinne und des Gemüts mit offenen Augen in massvoller Weise gerecht zu werden, lassen wir sie im Dunklen wuchern, um unsrer trägen Beschränktheit den gewohnten Lauf zu lassen. Wir ignorieren und leugnen, was doch da ist, oder erheben ein untätiges Klagegeschrei über geheime Sünde und Verderbtheit.

Im offenen Anschluss aneinander muss sich die Jugend der Jugend freuen. Im Anschluss an einen andern verlernt der Mensch nur an sich zu denken; in der Liebe und Fürsorge und Belehrung, die der Jüngling von seinem Liebhaber erfährt, lernt er von Jugend auf die Wohltaten der Hingebung kennen; in der Liebe, die er erweist, bei den kleinen und grossen Opfern eines innigen Verhältnisses gewöhnt er sich an die Hingabe seiner selbst an einen andern. So wird schon der junge Mann zu einem Gliede des Gemeinwesens herangebildet, zu einem nützlichen Gliede, das nicht nur sich und immer sich im Sinne hat. Wieviel näher verwächst da der Einzelne mit dem Einzelnen, so dass das Ganze sich in der Tat als Ganzes fühlt. Heute scheint das vielen lächerlich, weil sie von ihrer Selbstsucht nicht lassen können. Unsre studentischen Verbindungen haben ihre nationale Aufgabe erfüllt und sind nur noch von geringem äusserlichen Nutzen für das Gemeinwesen, mögen sie auch nebenbei manches treue Verhältnis fördern. Meist steht doch der eine dem andern wie einem eventuellen Feinde gegenüber, den er fordern muss, sobald ihn ein schiefer Blick trifft; es ist stets ein Bürgerkrieg im Kleinen, der im Keime da ist, und das ist dem Staate wahrlich nicht förderlich.

Der rauhe Verkehr von Mann zu Mann erstickt die Keime einer feineren Kultur und lässt jenen Unteroffizierston aufkommen, der wenig zur Veredelung eines Volkes beiträgt. Ich muss an das Gespräch denken, das der weise Solon mit dem Barbaren

Anacharsis bei Lukianos führt. Der Skythe denkt es sich etwa so, wie es bei uns hergeht, und Solon lehrt ihn die Bedeutung der ästhetischen Erziehung Athens. Die Frauen selbst könnten nur dabei gewinnen, wenn die Männer ein feiner geschultes Gemüt mit sich brächten.

Das enge Verhältnis zweier Männer bewirkt ferner, dass man unwillkürlich und nicht ohne Grund von dem einen auf den andern schliesst; ist also der eine achtbar und ehrenwert, so wird ihm naturgemäss daran liegen, dass auch der andre ihm nicht Schande bereite. Es entsteht somit ein Band der moralischen Verantwortlichkeit in bezug auf die Tüchtigkeit. Und was kann dem gemeinen Leben förderlicher sein, als wenn sich seine einzelnen Glieder für einander verantwortlich fühlen? — Das ist es doch, was den nationalen Sinn ausmacht, die Kraft eines Volkes, dass es ein in sich geschlossenes Ganzes ist, wo eins sich im andern angegriffen fühlt. Solche Verbindungen können von höchstem sozialen Werte sein, wie es die Familie ist. Gerade in der Stunde der Gefahr erprobt sich die Wirkung dieser Geschlossenheit, denn wo einer mit dem andern steht und fällt, wo die Opferfreudigkeit, im kleinen geschult, gleichsam zum warmherzigen Instinkte wird, da giebt es eine Macht von unberechenbarer Bedeutung, eine Macht, die nur die Thorheit gering achten kann. Die stählende Kraft dieser Bündnisse hat sich ja auch schon praktisch erwiesen, wie in der heiligen Schar der Thebaner, die den Sieg von Leuktra erfocht (vgl. Plutarch, Epaminondas und Flaubert). Dies erklärt sich doch wohl auf höchst natürliche, psychologische Weise: wo jemand sich mit Leib und Seele dem andern verbunden fühlt, sollte er da nicht alle Kräfte anspornen, um ihm förderlich zu sein, um ihm diese seine Liebe auf jede Weise darzutun? Wer das nicht einsehen kann und mag, dessen Verständnis oder guten moralischen Willen dürfte man mit Recht anzweifeln. Natürlich wird es immer Subjekte geben, die allein dem grossen Egoismus und einzig der Befriedigung ihrer nächstliegenden Instinkte huldigen. Diese Elemente werden wir nie ausrotten, mit ihnen haben wir immer und unter allen Gesetzen zu rechnen. Es ist aber, gelinde gesagt, eine Thorheit, nach den schlechten Elementen die guten zu beurteilen. Da ich hier nur eine Einleitung geben will, möge der Leser sich die weitere Erläuterung in der Sammlung selbst suchen.

Nur noch einen Blick vom christlich-religiösen Standpunkte. Es hiesse die Seele des Menschen verkennen, wollte man nicht mit der Religion Christi rechnen. Die Religion überhaupt ist ein Bedürfnis der Menschen. Daher ist es nicht zu vermeiden, dass auch der Staat und die Regierung auf sie Rücksicht nimmt. Die völlige Trennung von Kirche und Staat ist schon aus dem Grunde nicht gut möglich, weil die Regierenden selbst doch Menschen sind mit religiösen Bedürfnissen. Was ist denn Religion? Die Art und Weise, wie wir uns mit dem Leben auseinandersetzen, mit dem Werden, Wachsen und Vergehen. Es ist eine Weltanschauung, die für den Einzelnen zur Welterlösung werden kann. Bei uns ist die Person Jesu Christi der Brennpunkt einer solchen Religion. Es ist neuerdings Mode geworden, mit tönenden Worten und einem aufgeklärten Achselzucken über das „Christliche" hinwegzugehen. Man kommt sich dabei so frei und vorgeschritten vor. Aber „es sind nicht alle frei, die ihrer Ketten spotten"! Wer mit seiner Unabhängigkeit prahlt, gemahnt mich stets an einen freigelassenen Sklaven, der im geheimen noch den Druck der Fesseln spürt. Wer innerlich frei geboren ist, kann auch in den Schranken einer überkommenen Weltanschauung freier sein, als jener. Man kann ein Christ sein und doch vorurteilsloser und ehrlicher sein, als ein Atheist und Freidenker, wie etwa ein Schopenhauer, der gewiss die Antike und Geschichte kannte und doch sich dazu hergab, eine beschränkte Unwahrheit zu schreiben, die sein Wissen nicht verantworten konnte, indem er diese Neigung einzig dem Alter zuschrieb — und das einer spekulativen Konstruktion zuliebe.

Erscheinungen, die in der Geschichte der Menschheit ergraut sind, kann man nicht mit einigen Phrasen in die Rumpelkammer werfen; man muss sie behutsam sichten und klären. Es ist wahr, wir haben mit dem heutigen Christentum zu rechnen, das im ganzen nur ein Zerrbild ist. Das ist das Los aller Ideale, dass sie zu Zerrbildern werden. Wenn wir das alles christlich nennen wollten, was im Laufe der verflossenen anderthalb Jahrtausende geschehen, es wäre lächerlich. Fast die ganze Geschichte des Christentums ist ein Protest gegen die Persönlichkeit Christi.

Hass und Verfolgung, Blutvergiessen und grausame Kämpfe, ein gegenseitiges Zerfleischen ohne Schonung des Nächsten ... Und das alles im Namen Dessen, der da gebot, seine Feinde zu lieben, im Namen Dessen, der da sagte: „Mein Reich ist nicht von dieser Welt"! Und all das Schimpfen und Beschmutzen, die Sucht, Fusstritte auszuteilen — im Namen der Moral Dessen, der da verlangt, dass wir alles zum Besten kehren. Ist es nicht eine stumpfe Blindheit, den schreienden Gegensatz da zu verkennen?

Nach der Anschauung Christi ist es vor allem die Gesinnung, welche den Unwert, die Sünde einer Handlung bestimmt. Daher sein Unwillen über die Pharisäer, welche auch heute noch zu Gericht sitzen. Käme doch heute derselbe Heiland und spräche dieselbe Sprache und triebe die Feilscher aus seinem Tempel! Was würde man wider so groben Unfug sagen! In einer Notiz der Lokalchronik würden die Zeitungen den Heiland der Welt abtun, und dann kämen die Witzblätter ... ein dankbarer Stoff neben all den sogenannten verlumpten Baronen und albernen Leutnants, wie man sie heute für einige Groschen der grossen Menge auftischt. — Das Reich Christi ist nicht von dieser Welt, also hat er auch keine Staatsgesetze in dieser Welt. Wem fiele es denn auch ein, die wirklichen ethischen Forderungen Christi zum Gesetz zu machen. Das wäre den Herren viel zu unbequem, dann müssten ja fast alle hinter Schloss und Riegel sitzen. Oder sind die Herren am Ende so gerecht, dass sie alle Gebote Christi erfüllt haben? Dann brauchten wir ja den Erlöser nicht mehr. Darin hat die katholische Kirche recht, wenn sie den Unglauben für schlimmer als irgend eine sündige Tat ansieht. Denn so sagt es Christus selbst: „.... Und wo euch jemand nicht aufnehmen wird, noch euere Rede hören, so gehet hinaus aus jenem Hause oder jener Stadt und schüttelt den Staub von euren Füssen. Wahrlich, ich sage euch, dem Lande der Sodomer und Gomorrher wird es erträglicher gehen am Tage des Gerichts als denn solcher Stadt ...." (Matth. 10). Aber Christus hatte auch dafür keine irdischen Strafen, geschweige denn Gefängnis und Scheiterhaufen. Wahrlich, ein Gott, der Himmel und Erde geschaffen hat, braucht doch keine Polizeispitzel und Kerker, um seine Hoheit zu wahren; das sind menschliche, rein staatliche Einrichtungen. Sein Reich ist aber nicht von dieser Welt. Christus hielt wahrlich nicht mit seinen Worten hinter dem Berge, er rügt, wo er rügen will. Verhältnisse, wie sie die Lieblingminne mit sich bringt, hat er nie mit einem offenen Wort verurteilt. Es findet sich keine solche Stelle in sämtlichen Evangelien. Lag es nicht gerade im Orient nahe, davor zu warnen, wo diese Verhältnisse gang und gäbe sind, und gar in einer Zeit, da sich der griechische Geist so stark in Palästina verbreitet hatte. Wir erfahren nur eins immer wieder, dass Christus einen Jünger hatte, den er vor allen liebte, obwohl es doch selbstverständlich war, dass er ihn als seinen Nächsten lieb hatte; aber es wird stets betont, dass er zu ihm in inniger, persönlicher Beziehung stand. Und die ganze christliche Kunst hat es nicht anders verstanden, als dass sie diesen Jünger Johannes als einen schönen Jüngling von zartem Gemüte darstellte. Ich ziehe deshalb noch keine übereilten Schlüsse.

Und dennoch klammert sich unsre sogenannte christliche Welt gerade einzig an den ehemaligen Pharisäer Paulus, der mit Christus nicht einmal persönlich in Berührung gekommen war und der Einzige ist, bei dem sich eine Stelle findet, die aber beweist, wie wenig Paulus die ethische Bedeutung dieser Verhältnisse im Auge hatte und dass er dabei einzig an blos einseitige Beziehungen der Übersättigung dachte, wie sie die käufliche Lust noch heute mit sich bringt. Das geht auch nur die jüdisch-römischen Buchstabengläubigen was an. Wer sich als Christ allein an die Person Christi hält, findet nichts dawider und wird sich nicht der Erkenntnis verschliessen, dass Christus mehr als Paulus ist und dass letzterer, als er das schrieb, nicht genügend Einsicht in die Sache genommen, wie das auch heute noch bei vielen ehrenwerten Männern der Fall ist; denn Paulus war als Pharisäer streng im alten Gesetz aufgewachsen, in dem es auch heisst: „Aug um Auge, Zahn um Zahn“, wogegen sich ja Christus ausdrücklich tadelnd wendet. In keinem Falle greift Christus mit Gewalt in das Staatsleben ein, denn sein Reich ist nicht von dieser Welt. Freilich, die christlichen Kirchen sind einmal in ihrer Ordnung da und rechtens; aber sie werden sich sagen, dass sie durch Verfolgung und Ignorierung dieser Macht sich mehr Feinde als Freunde machen, mehr Gläubige verlieren als gewinnen; und es fehlt auch schon nicht an dieser Einsicht.[2])

Eine wie kurze Weile ist es erst her, dass man noch Hexen verbrannte — im Namen Christi! Aber verkennen wir es nicht, es war ein Christ, der Jesuit Friedrich von Spee, der zuerst seine Stimme gegen diesen Wahn erhob. Und es werden sich auch Christen meiner Erkenntnis nicht ewig verschliessen.

Der Herausgeber selbst dürfte wohl, wenn Entwickelung und Gewöhnung durch Generationen etwas bedeutet, dem Verständnis für christliche Kultur nicht ferne stehen, da er, von tiefreligiösen Eltern, einer alten christlichen Familie entstammt, in der sich eine geistliche Herrschaft (Zabeln) ununterbrochen wie ein Majorat durch hundert Jahre gleichsam fortgeerbt hat.[3])

Somit wäre die Erscheinung, um die es sich hier handelt, nach zwei Seiten hin beleuchtet worden und einerseits diejenigen zurückgewiesen, welche sich in feindseliger Verleumdung nicht genug ergehen können, anderseits auch die, welche durch ihre krankhaften Theorieen (vom Urning und von der Effemination) alles verwirren und verzerren. Ich will ja nicht leugnen, dass es solche extreme Erscheinungen giebt, denn die Natur ist unerschöpflich reich, aber die Lieblingminne deckt sich mit ihnen keineswegs. Und ich hoffe, die Sammlung tut das Ihrige, zu zeigen, wie Unrecht beide Parteien haben, wie sehr sie der Wirklichkeit Gewalt antun durch das Verallgemeinern, diesen Hauptfehler aller Menschen. Demgegenüber sagt Goethe mit Recht von J. J. Winckelmann: „Er hat als Mann gelebt und ist als ein vollständiger Mann von hinnen gegangen.“

Der Nationaldeutsche ist am Ende doch der Mensch in der heutigen Kulturwelt, der etwas ernst nimmt, darum lässt er sich schwer überzeugen, sehr schwer; aber wenn er in seiner Gründlichkeit und Gewissenhaftigkeit dazu kommt, dann erwächst ihm daraus ein Kulturfaktor, im Gegensatz zum Franzosen und Italiener, deren Einsicht, so schnell sie scheint, so wenig in die Tiefe dringt. Ihr Freiheitssinn und ihr „Laisser faire“ ist zumeist ein oberflächlicher Kompromiss schroffer Gegensätze, bei dem es sich unter Umständen gut leben lässt, wenn man kein zu peinliches Gewissen und kein starkes, offenherziges Ehrempfinden hat — aber neue Kulturmöglichkeiten entstehen da schwer. So freue ich mich des Deutschen, obwohl er in manchem noch zurück scheint, und ich wünschte nimmer ein andrer zu sein, noch in einer andren Sprache zu schreiben, als in dieser überreichen, schönen, die der altgriechischen am nächsten kommt, die die zartesten Töne der Lyrik hat und zugleich wie ein gewaltiger Strom sich zu ergiessen vermag.

Was die Sammlung anlangt, so versteht sich von selbst, dass sie nur ein Stückwerk werden konnte, schon aus dem Grunde, weil sich eine solche Riesenarbeit vollständig nur unter gegenseitiger Bereicherung entwickeln kann; und hier gab es so gut wie gar keine Vorarbeiten, es musste alles selbst gewonnen, ja allzuhäufig unter der Hülle verblendeter Verstümmelung herausgefunden werden. Ohnehin hat dieses Werk dem Herausgeber viel Zeit von seinen eigentlichsten Arbeiten geraubt. Aber wo es sich um eine Kulturarbeit handelt, durfte die Mühe nicht gescheut werden; und sollte damit die sachliche, vernünftige Erkenntnis um einen Schritt gefördert werden, so wird es mich mehr freuen, als jedes Lob meiner persönlichen Werke. Häufig sah ich mich zu Neuübersetzungen veranlasst, weil die früheren mir nicht zu entsprechen schienen. Demgemäss habe ich auch fast nur das bringen können, was ich selbst nachprüfen konnte; das Skandinavische fehlt daher ganz. Einige Übersetzungen hat mein Freund, Herr Dr. phil. Eduard von Mayer, übernommen, wofür ich ihm hiermit meinen Dank ausspreche. Da die Übersetzer wechseln, habe ich stets den Namen des Betreffenden zur Orientierung angegeben. Natürlich konnten in dieser Sammlung, die einen so weiten Umkreis hat und nicht zu teuer werden durfte, wiederholt nur Bruchstücke gebracht werden. Ich habe nach Möglichkeit versucht, dabei das Verständnis und den Zusammenhang zu wahren. Daher musste auch die so lehrreiche Beifügung von Belegen zur Frauenminne, die sich bei denselben Autoren finden, unterbleiben. Der Anhang, welcher Urteile über führende Geister oder sehr kleine Bruchstücke von ihnen bringen soll, ist allerdings beinahe nur eine grosse Anmerkung geworden und beschränkt sich hier ziemlich auf die bedeutenden Männer Griechenlands. Sollte nach fünfzig oder hundert Jahren vielleicht eine Neuauflage nötig werden, so würde sich ja dieser Anhang zu einem zweiten Teil erweitern lassen, und dann würden vielleicht auch die kleinen Biographieen eine andre Gestalt gewinnen und einiges Polemische fallen können, das ich wider Willen hier der Deutlichkeit halber bringen musste. Zur Klarstellung einer so verdunkelten Sache musste auch manches seinen Platz finden, was vielleicht sonst in einer litterarischen Lese unterblieben wäre.

Aus all dem wird der Leser im voraus schliessen, dass es dem Herausgeber nicht auf ein sensationelles Werk ankam, nicht auf eine erotische Sammlung, sondern auf eine ethische Kulturtat. Wie weit das gelungen ist, ist eine andre Frage. Unter eine Arbeit, die nicht der Ehrlichkeit dient, hätte ich meinen ehrlichen Namen nicht gesetzt, auf den ich nur allen Grund habe stolz zu sein. Es wurde absichtlich nur bereits Gedrucktes gebracht, mit Ausnahme des toten Dichters Verlaine, so dass sich keine einzige sensationelle Enthüllung findet. Daher wurde auf manches Verzicht geleistet, das auch auf bekannte lebende Personen ein erläuterndes Licht geworfen hätte, auf Persönlichkeiten, die bei uns in sozialem Ansehen stehen. Eine genaue Bibliographie findet sich am Schluss des Werkes. Diese Arbeit, von der ich mir noch keinen Dank verspreche, obwohl sich schon Stimmen moralischen Mutes erheben,[4]) übergebe ich somit der Öffentlichkeit — der Zukunft.

DER HERAUSGEBER.

Pompeji, 1899.

KÖNIG DAVID.

Er war erst der Liebling Sauls, des ersten Königs von Israel, verschwor sich aber mit Samuel und den Priestern gegen den selbständigen König, musste zu den Philistern fliehen und kämpfte mit denen gegen Saul; nach dessen Tode 1033 v. Chr. bestieg er den Thron und regierte bis 993 v. Chr. Unter ihm erreichte das israelitische Reich seinen Höhepunkt. Die Priesterpartei, der er seine Erhebung verdankte, hat ihn (auf Kosten Sauls) als Muster eines frommen Herrschers dargestellt. Bekannt ist sein inniges Verhältnis mit dem Prinzen Jonathan, Sauls Sohne.

KLAGE UM JONATHAN.

Ihr Berge zu Gilboa, es müsse weder tauen noch regnen auf euch, noch Äcker sein, da Hebopfer von kommen; denn daselbst ist den Helden ihr Schild abgeschlagen, der Schild Sauls, als wäre er nicht gesalbet mit Öl.

Der Bogen Jonathans hat nie gefehlt, und das Schwert Sauls ist nie leer wiederkommen von dem Blut der Erschlagenen und vom Fett der Helden.

Saul und Jonathan, holdselig und lieblich in ihrem Leben, sind auch im Tod nicht geschieden; schneller waren sie denn die Adler und stärker denn die Löwen.

. . . . .

Wie sind die Helden so gefallen im Streit! Jonathan ist auf deinen Höhen erschlagen.

Es ist mir leid um dich, mein Bruder Jonathan: ich habe grosse Freude und Wonne an dir gehabt; deine Liebe ist mir sonderlicher gewesen, denn Frauenliebe ist.

Wie sind die Helden gefallen und die Streitbaren umgekommen!

II. Samuel, Kap. 1. *Dr. Martin Luther.*

ARCHILOCHOS.

Stammte aus Paros und blühte um 700 v. Chr., berühmter Lyriker, der mehrere Versformen begründete, die seinen Namen führen, nur in Fragmenten erhalten.

* * *

(Fragment, metrisch frei übertragen.)

So ist das Walten
Der Freundesminne,
Ans Herze geschmiegt
Hat sie es inne,

Will schwächlichen Sinn
Der Brust dir entwinden
Und lässt vor Gefahren
Das Auge erblinden.

E. v. Kupffer.

MIMNERMOS.

Um 630 v. Chr. aus Kolophon; verfasste das Gedicht „Nanno“.

* * *

Sage, was wäre das Leben, was freute uns ohne die Liebe?!
Sterben möcht ich, wenn mir Das nicht am Herzen mehr liegt:
Heimlicher Liebesgenuss und die süssen Gaben der Liebe,
Wenn ihrer Jugendzeit reizende Blüten noch reich
Männern und Weibern gedeihn; und kommt erst das quälende Alter,
Welches den schönen Mann elend wie andere macht,
Dann umflattern sein Haupt die bösen, zernagenden Sorgen,
Und an dem Sonnenlicht freut sich das Auge nicht mehr —
Knaben lieben ihn nicht und die Weiber achten nicht seiner.
Solch ein Ehrengeschenk gab uns die Gottheit zur Last.

Stob. Flor. LXIII, 16. *E. v. K.*

THEOGNIS.

Er stammte aus vornehmer Familie in Megara und blühte um 540 v. Chr. Er verliess Megara, als dort durch Theagenes, der sich zum Tyrannen aufwarf, die Demokratie zur Herrschaft kam, und weilte in Sparta, Euböa und Sizilien. Die Sehnsucht trieb ihn in die Heimat zurück, als die Aristokraten wieder zur Vorherrschaft gelangten. Sein Leben fällt in die erste Blütezeit Griechenlands; so widerlegt er gleich Pindar die irrige Ansicht, die Lieblingminne wäre eine Erscheinung der Verfallszeit. Einen grossen Teil seiner moralischen und politischen Verse widmete er seinem Liebling Kyrnos. Weitaus der grösste Teil seiner Gedichte dient der Veredelung in sittlicher Tüchtigkeit und der Ehrfurcht vor dem Heiligen und den Göttern, so dass sie im Altertum als Hilfsmittel der sittlichen Erziehung hochgeehrt wurden. Leider gestattet der Raum hier nicht, sein Bild durch verschiedene Belege zu vervollständigen. Die Übersetzung von Binder (1859) ist unvollständig.

* * *

Nimmer will ich dir Böses tun, und wenn es mir frommte,
Bei den Unsterblichen selbst, nimmer, mein reizender Jung!
Kleine Vergehen, die richte ich nicht; denn Knaben, die schön sind,
Büssen auch dann nicht hart, wenn sie ein Unrecht begehn.

* * *

Knabe, da dir die Göttin die Reize der Anmut verliehen,
Jeden Jüngling bewegt deine so schöne Gestalt,
Höre auf mich und öffne du meiner Liebe dein Herze!
Denke, wie schwer ein Mann solches Verlangen erträgt!

* * *

Glücklich ist, wer ringt mit dem schönen Liebling und später
Heimgekehrt bei ihm liegt, während der Tag ihm verrinnt!

* * *

Lieblingminne erfreuet das Herz; auch Zeus der Kronide,
Er, der Göttlichen Herr, hat Ganymedes geliebt;
Ward doch der Knabe von ihm entführt nach olympischen Höhen,
Blühend im Jugendreiz hat er die Gottheit erlangt.
Also wundre dich nicht, Simonídes; auch mich hat ein Jüngling
Durch die Schönheit besiegt, mich, den die Liebe bezwang.

* * *

Nimmer werd ich dir feind und ob ich auch fern von dir weile,
Meine Liebe zu dir redet mir niemand mehr aus.

Elisar v. Kupffer.

IBYKOS.

Dieser feine griechische Lyriker stammte aus der griechischen Kolonie Rhegium in Unteritalien und blühte um 530 v. Chr. Er selbst sowohl als die Überlieferung seines Todes ist durch Schillers Ballade „Die Kraniche des I.“ der grossen Menge bekannt geworden.

AN EURYALOS.

(Fragment. Metrisch frei, doch wortgetreu übertragen.)

Euryalos mein, du bist fürwahr
Der süssen Anmut entsprossen;
Es hat der lockigen Grazien Schar
Dich hegend ins Herz geschlossen.

Wie Kypris, die Liebesgöttin, so ist
Dir Peitho, die holde, gewogen;
Dieweil du auf Rosenblüten bist
Von ihnen zur Blüte erzogen.

Athenaios: XIII, 564, f. *Elisar v. Kupffer*

EROS.

Lenzt es auf Erden, so trinken zwar
Blühende Bäume der Ströme Flut
Fern in dem heiligen stillen Hain,
Von Hesperiden bewacht, und Blüten
Spriessen alsdann unter schattigen Ranken
Reichlich den Reben; doch nimmer die Lieblingminne,
Nimmer entwelket sie mir, und fegte
Blitzdurchzucket und feindlich der Lieb'
Thrakiens nordischer Sturm durch die Lande,
Finster zugleich und voll sengender Wut allverheerend,
Immer bewahret sie mir,
Wie seit Jugendtagen,
Furchtlosen starken Sinn.

Athen.: XIII. 601, Kap. von der Lieblingminne. *E. v. K.*

SKOLION I.

Skolion ist ein Trinklied oder Rundgesang, der bei Gastmählern von den Gästen selbst zur Lyra gesungen ward; als Erfinder nennen die Alten den Terpandros (Musiker und Lyriker aus Lesbos, um 650 v. Chr., gilt als Begründer der griechischen Musik).

Skolion I ist wohl von Simonides oder Epicharmos.

Gesundheit ist das höchste Gut auf Erden
Und dann: als schöner Mann geboren werden:
Dann: Reichtum, den die Ehrlichen nicht scheuen;
Dann: sich mit Freunden seiner Jugend freuen.

Elisar v. Kupffer.

SKOLION II.

Dass ich eine Lyra hätte,
Glänzend weiss wie Elfenbein,
Und mich schöne Knaben führten
Zu des Bacchus frohen Reihn!

Ath. XV und Dio Chrys. I, 36. *E. v. K.*

SIMONIDES

(aus Keos.)

Etwa 556—468 v. Chr., zuletzt am Hofe König Hierons von Syrakus. Bekannter griechischer Lyriker.

* * *

Opis, der Sohn der dunkelen Erde, sein Vaterland ehrend,
Athenes heilge Stadt, hat schöne Flöten,
Welche Hephästus ihm half zu vollenden, geweiht Aphroditen,
Als Liebe ihn bezwang zum schönen Bryson.

E. v. K.

ANAKREON.

Aus Teos in Jonien, lebte um 550—465 v. Chr. in Samos und Athen, starb in Abdera in Thrakien. Athen ehrte ihn durch eine Bildsäule auf der Akropolis und seine Mitbürger durch Münzen, die sie mit seinem Bildnisse prägten. Er ist der Dichter der Liebe und des Frohsinns, und das Wenige, was wir von ihm haben, zeichnet sich durch eine leichte und anmutige Form aus. Bathyllos war der Liebling des Dichters: der Fürst Polykrates von Samos, der Anakreon hochschätzte, liess dem Jüngling eine Bildsäule errichten.

Vergl. auch Anhang.

* * *

Knabe, du, dessen Blick noch träumt,
Dich begehr ich, du merkst es nicht,
Weisst es nicht, dass mein ganzes Herz
Du beherrschest und lenkest!

Elisar v. Kupffer.

* * *

Male mir Bathyllos also,
Den Geliebten, wie ich sage!
Reichen Glanz gieb seinen Haaren,
Lass am Grund sie schwärzlich scheinen,
Heller aber, wo sie enden;
Seine Locken lass sich wenden
Wie in Freiheit! Ungekünstelt
Lass sie, wie sie wollen, flattern!
Seine zarte, frische Stirne
Grenze ab durch Augenbrauen,
Dunkler als des Drachen Farbe;
Furchtbar sei sein schwarzes Auge,
Doch zugleich auch heiter leuchtend,
Muster sein dir Ares' Augen
Und der lieblichen Kythere,
Dass es schreckend von sich scheuche

Und doch Hoffnung nicht verwehre!
Rosig aber wie den Pfirsich
Male mir die Sammetwangen,
Eine Röte wie der Aidos[5])
Mag dort — kannst du's schildern — prangen!
Doch die Lippe — nimmer weiss ich,
Wie du mir willst diese bilden
Schwellendweich wie die der Peitho!
Wisse nur, das stumme Wachs muss
Voller Redegabe scheinen!
Ist das Antlitz dann vollendet,
Übertriff mir selbst Adonis
In dem Halse elfenbeinen!
Voll die Brust! und beide Hände
Bilde nach dem Hermes mir!
Polydeukes[6]) leih die Schenkel,
Dionys des Leibes Zier!
Oberhalb der weichen Schenkel,
Die ein heisses Feuer brennt,
Bilde Eros' Glied, das eben
Aphroditens Minne kennt! . . .
Deine Kunst erscheint fast neidvoll,
Denn den schönen Rücken kannst du
— Wär's doch möglich! — mir nicht malen.
Soll ich noch die Füsse schildern?
Nimm vielmehr dir deinen Sold!
Dies Apollobild auch nimm hier,
Male so mir den Bathyllos!
Kommst du aber einst nach Samos,
Male Phöbus nach Bathyllos!

H. A. Junghans.

PINDAROS.

Geboren 522 v. Chr. bei Theben aus dem vornehmen Geschlechte der Ägiden. Er erhielt eine vorzügliche Ausbildung, zuletzt in Athen. Sein Ruhm verbreitete sich in allen griechischen Ländern, überall wurde er mit hohen Ehren aufgenommen, so auch von dem König Hieron von Syrakus, ja er wurde endlich in dem Maasse hochgeachtet, dass er im Heiligtum zu Delphi seinen eigenen Stuhl hatte und ihm dort, wie dem Gott Apollo, Erstlingsopfer dargebracht wurden.. In Athen ward ihm eine eherne Bildsäule als Sängerkönig errichtet. Er hatte einen Sohn Daiphantos. Um 442 starb er, wie er es sich gewünscht hatte, in den Armen seines Lieblings Theoxenos, und zwar im Theater zu Argos.

Er ist der erhabenste und edelste Dichter des Altertums. Seinen Ruhm verdankt er besonders den Siegesliedern zu Ehren der Sieger in den nationalen Wettspielen, die den Griechen heilig waren, die wohl wussten, dass ein schöner und gesunder Körper und eine gesunde, lebenskräftige Seele einander bedingen. Hier zeigte sich die Heiligung der reichen Natur, wie sie wirklich ist, nicht wie sie jahrhundertelange Unwissenheit und Beschränktheit im modernen Salon verunstaltet.

AUF THEOXENOS, DEN JÜNGLING AUS TENEDOS.

O pflücktest du doch, mein Herze,
Bei Zeiten die Blüten der Liebe
Im Frühling des Lebens!
Wer dir ins Antlitz schauet,
Theoxenos,
In deiner Augen schimmernde Strahlen,
Und doch nicht zittert vor süsser Lust,
Dem ward ein düsteres Herz
Aus Demant oder aus Erz geschmiedet
In eisiger Lohe;
Den macht die heitere Göttin der Liebe
Verächtlich auf Erden;
Der müht sich gewaltsam Besitz zu erlangen;
Der duldet der Weiber Übermut,
Ach, schmählich in jeglicher Frohnde!
Doch ich, von der Göttin in Huld geweiht,

Ich schmelze wie heiliger Bienen Wachs
An den Strahlen der Sonne,
Erschau ich der Jünglinge frische Glieder
In blühender Jugendkraft.
So waltet der göttlichen Peitho Verlockung,
So waltet der Charis Anmut in dir,
Dem Sohne des Agesilaos!

Athen.: XIII, 601, d. u. e. *Elisar v. Kupffer.*

ZWEITER ISTHMISCHER SIEGESGESANG.

Trasybulos, der Sohn des Xenokrates und Neffe des Königs Theron von Akragas (Girgenti) war der Geliebte des Pindar, der selbst in den Zwanzig stand, als er zu Trasybulos in ein intimes Verhältnis trat.

Ehmals, mein Trasybulos, bestiegen die Männer den Wagen
Der Musen mit goldenem Stirnband,
Und nach der Harfe des Ruhmes greifend
Schnellten sie zärtliche Sänge der Lieblingminne
Nach dem Jünglinge, der in Schönheit blühte
Und in seines jungen Sommers
Liebeslust erweckender süsser Reife.
Damals geizte die Muse noch nicht um Gewinn,
Schaffte sie nicht um Lohn
Und von Terpsichorens Honiglippen
Wurden die lieblichen süssen Gesänge nimmer verhandelt,
Trugen auch nicht den Stempel käuflichen Wertes.
— — — —

E. v. K.

Aus diesem Liede geht wohl deutlich genug hervor, dass die Lieblingminne keineswegs eine Erscheinung der Verfallszeit war, wie gewisse Leute es behaupten. Solche Behauptungen zeugen eben entweder von einer totalen Unwissenheit oder einer absichtlichen Verlogenheit; wer so etwas vorbringt, ist weder wissenschaftlich noch moralisch ernst zu nehmen. — An Stelle des komplizierten Originalmetrums wählte ich die deutsche lyrische Rhapsodie, da der deutsche Leser jenes nicht anders empfindet als diese.

BACCHYLIDES.

Lebte im 5. Jahrhundert v. Chr., geb. in Julis auf der Insel Keos, Neffe des Dichters Simonides. Seit 1897 und 98 sind Gedichte von ihm erschienen, die ein kürzlich entdeckter ägypt. Papyros von ihm überliefert hat. Über diesen Dichter schrieb der berühmte Philologe v. Wilamowitz-Moellendorff (1898) eine geistreiche kleine Schrift.

DER FRIEDE.

Waltet der Friede, so mehrt sich der Sterblichen Reichtum,
Sprossen die Blüten der herrlichsten Lieder,
Brennen auf schönen Altären in goldiger Lohe
Opfer der Rinder und zottiger Ziegen
Unseren Göttern zu Ehren.
Dann auch sorget die Jugend der Männer
Freudig für Bildung, für Haus und Hof
Und für der Feste heitre Gelage.
In den eisengeschmiedeten Griffen der Schilde
Hängen dann dunkler Spinnen Gewebe,
Schwerter mit doppelter Schneide und spitze Lanzen
Ruhen bezwungen dann nah und fern,
Auch verstummt dann des Krieges Drommete;
Niemand scheuchet vom Auge den süssen Schlummer,
Der uns das Herz erfreuet, erwärmt;
Gastliche Mähler der Liebe feiern die Städte,
Lodernd erstehen Sänge der Lieblingminne.

. . .

Elisar v. Kupffer.

PLATON.

Geb. 429 v. Chr., ein Nachkomme des letzten Königs von Athen, genoss er 8 Jahre den Unterricht des Sokrates. Nach dessen Tode mied er 10 Jahre lang Athen und bereiste Griechenland, Ägypten und Unteritalien. Zurückgekehrt, lehrte er bis zu seinem Tode im Jahre 347 an der Akademie. Seine Philosophie sei hier weder gewürdigt noch dargestellt. Er selbst, den die Alten den „Göttlichen" genannt, ist in mancher Hinsicht die glänzendste Verkörperung des Hellenentums, und das Wirken seines Geistes ist auch bis heute nicht erloschen. Die Liebe, die von ihm ihren Namen hat, war nicht den Sinnen abhold, wie Unkenntnis es glaubt und böse Absicht es verbreitet. Sie war vielmehr lebensvollster Selbstzweck und daher zwar der Kindererzeugung abgeneigt, aber um so mehr freier hingebender Verkehr des Leibes und des Gemüts zwischen den heranwachsenden und den vollentwickelten Männern. Das schöne Mass, überhaupt der oberste Wertmesser des antiken Lebens war aber auch hier Ziel und Grenze alles Tuns, aller Entfaltung, alles Genusses.

AUS „LYSIS".

Sokrates erzählt ein Erlebnis. Unterwegs von der Akademie zum Lykeion[7]) habe er Hippothales und Ktesippos getroffen, die ihn aufforderten, in die anstossende neue Palästra zu kommen, wo sie gerade mit vielen schönen Jünglingen sich aufhielten und Mikkos, ein Freund des Sokrates, sie unterrichtete.

„Willst du uns nun folgen, fragte Hippothales, und die Leute sehen, die drüben sind?" „Zuvor wüsst ich aber auch gerne, wer dort Schönes ist, denn deshalb will ich ja hin." „Jedem von uns, Sokrates, gilt ein andrer dafür," erwiderte er. „Wer aber dir, Hippothales? Sag es mir doch." Auf diese Frage errötete er. Und ich sagte: „O Sohn des Hieronymus, Hippothales, du brauchst es mir gar nicht mehr zu sagen, ob du jemanden liebst oder nicht, denn ich weiss, dass du nicht blos verliebt bist, sondern auch schon tief in die Liebe eingedrungen. Ich bin ja sonst unbedeutend und wenig nütz, aber die Gabe, schnell einen Liebenden und einen Geliebten zu erkennen, ward mir gleichsam von Gott verliehen." Als er dies hörte, errötete er noch weit mehr. Ktesippos drauf: „Es ist ja spassig, Hippothales, dass du rot wirst und Sokrates den Namen zu nennen zögerst: wenn er mit dir auch nur kurze Zeit zusammen ist und dir zuhört, wirst du ihn mit deinem ununterbrochnen Gerede sattsam quälen. Uns wenigstens, Sokrates, hat er mit seinem

Lysis die Ohren zum Taubwerden vollgeredet: wäre er gar noch etwas berauscht, so müssten wir bald fürchten, selbst aus dem Schlafe fahrend den Namen Lysis zu vernehmen. Was er so im Gespräche vorträgt, ist zwar grossartig, aber nicht über die Maassen erschütternd, wohl aber, wenn er sich dran macht uns mit seinen poetischen und prosaischen Leistungen zu überschütten. Doch schlimmer noch ist's, dass er seinen Geliebten mit merkwürdiger Stimme besingt und wir sie geduldig anhören müssen. Und jetzt errötet er bei deiner Frage!"

„Dieser Lysis, sprach ich, scheint jemand Neues zu sein. Ich vermute so, da mir sein Name unbekannt klang." Er erwiderte: „Sein eigner Name ist wenig herumgekommen, da man ihn noch nach seinem Vater nennt, der so sehr bekannt ist. Übrigens seh ich wohl, dass dir das Aussehen des Knaben ganz fremd sein muss, denn schon allein danach verdient er gekannt zu werden." Ich: „So sag mir doch, wessen Sohn er ist!" „Des Demokrates Ältester," entgegnete er, „und ein Enkel des Aixoneus." Ich: „Da hast du dir, Hippothales, eine vornehme und edle Liebe ausgesucht. Wohlan aber, lass dich auch vor mir in dem sehen, was du den anderen vorgeführt hast, damit ich merke, ob du weisst, wie ein Liebhaber über seinen Liebling zu reden hat, zu ihm selbst und zu andern." „Wie denkst du aber, Sokrates, über das, was Ktesippos sagt?" Ich: „Worüber? Dass er sagt, du läugnetest deine Liebe ab?" „Nein, antwortete er, sondern dass man weder in Versen noch Prosa über seinen Liebling schreiben dürfe." „Er ist nicht recht bei Trost," warf Ktesippos ein, „sondern schwatzt und redet irre."

Und ich sagte: „Hippothales, ich verlange ja nicht deine Verse kennen zu lernen, noch ein Lied, das du etwa auf den jungen Mann gedichtet, sondern deine Ansichten, damit ich seh, wie du zu deinem Liebling stehst." Er entgegnete: „Darüber wird dir doch wohl dieser hier berichten; er versteht und kennt sie ja genau, wenn er wirklich, wie er sagt, vom beständigen Anhören meiner Reden betäubt ist." „Allerdings, bei den Göttern," sprach Ktesippos, „bin ich's sogar sehr. Denn es ist auch zum Lachen, Sokrates. Ist's denn etwa nicht, wenn er sagt, jemand besitze nichts Eigenes mehr, sobald er liebt und für einen Jüngling anders empfindet, als sonst die Leute? Das behauptet ja nicht einmal ein Kind! Was aber in der Stadt von Demokrates und Lysis herumgesprochen wird, dem mütterlichen Grossvater des Knaben, und allen seinen Ahnen, von ihrem Reichtum, ihren Gestüten und ihren Pythischen, Isthmischen und Nemäischen Siegen mit Viergespann und Rennpferd, das alles besingt er und redet darüber und ist darin noch ausführlicher als sie selbst. Hat er uns doch kürzlich in einem Gedicht Neuigkeiten über Herakles erzählt, wie ihr Vorfahr ihn als Verwandten gastlich aufgenommen habe, da er selbst von Zeus und der Tochter des Stammeshelden Demos geboren war; so erzählen sich's ja wenigstens die alten Weiber. Und sonst vielerlei dergleichen trägt er vor, Sokrates. Und gerade dies zwingt er auch uns ihn aufmerksam singen und sagen zu hören." Als ich das vernommen, sagte ich: „Du dichtest und singst also, drolliger Hippothales, ein Loblied auf dich, noch ehe du gesiegt hast?" Er entgegnete: „Doch nicht auf mich, Sokrates, mache ich ein Gedicht oder singe ich ein Lied." Ich: „Nicht, meinst du?" „Wieso?" fragte er. „Am allermeisten," erwiderte ich, „zielen deine Gesänge doch auf dich. Denn wenn du dir einen solchen Liebling fängst, wird dir das zur Zierde gereichen, was du an ihm gepriesen und besungen hast, und wird es dir wirklich ein Lob, wie einem Sieger, sein, dass dir solch ein Geliebter beschieden. Wenn er dir aber entkommt, so wird all das Schöne und Gute, dessen du dann verlustig gegangen bist, um so grösser erscheinen und du um so mehr ausgelacht werden, je höheres Lob du über den Geliebten verbreitet hast. Wer nun in der Liebe weise verfährt, mein Freund, der lobt den Geliebten nicht eher, als bis er ihn gefangen hat, aus Furcht vor dem ungewissen Ausgang."

Kap. 1 und 2.

Dr. Eduard von Mayer.

AUS DEM „GASTMAHL".

Die Erzählung schildert ein Festmahl beim Tragiker Agathon (vergl. Anhang), dem Geliebten des Euripides. Jeder Teilnehmer soll eine Lobrede auf Eros halten. Folgenden Mythos legt Plato dem Aristophanes in den Mund. Die Menschen seien anfangs doppelt gewesen, von dreierlei Geschlecht, mannmännlich, weibweiblich und mannweiblich. Um sie zu schwächen, zerschnitten die Götter diese Doppelwesen, und das Streben dieser Hälften (der jetzigen

Menschen) nach Wiedervereinigung sei die Liebe. Nachdem von den ehemaligen Mannweibern und Weibweibern gesprochen worden, fährt Aristophanes fort:

. . . . Alle die aber, welche Schnitte eines Mannes sind, suchen das Männliche auf, und solange sie noch Knaben sind, lieben sie als Schnittstücke des Mannes die Männer, und bei Männern zu liegen und sich mit ihnen zu umschlingen, ergötzt sie, und dies sind die trefflichsten unter den Knaben und Jünglingen, weil sie ja die männlichsten von Natur sind. Einige nun nennen sie zwar schamlos, aber mit Unrecht; denn nicht aus Schamlosigkeit tun sie dies, sondern weil sie mit Mut und Kühnheit und Mannhaftigkeit das ihnen selbst Ähnliche lieben. Dafür ist ein grosser Beweis, dass, wenn sie vollkommen ausgebildet sind, solche Männer vorzüglich für die Angelegenheiten des Staates gedeihen. Sind sie aber mannbar geworden, so werden sie Lieblingminne üben; zur Ehe aber und Kinderzeugung haben sie von Natur keine Lust, sondern nur durch das Gesetz werden sie dazu genötigt, ihnen selbst wäre es genug, untereinander unverehelicht zu leben.

Kap. 16. *Friedr. Schleiermacher.*

AUS DEM „STAAT“.

„Wer sich aber (im Kriege) ausgezeichnet und Ruhm erlangt hat, soll der nicht schon während des Feldzuges der Reihe nach von jedem einzelnen der mitziehenden Jünglinge und Knaben bekränzt werden? Oder meinst du nicht?“ „Ja, gewiss.“ „Wie aber? dürfen ihm auch die Hände gedrückt werden?“ „Ja, auch dies.“ „Aber erst Folgendes, glaube ich, scheint es dir nicht auch?“ „Was meinst du?“ „Dass er jeden Einzelnen lieben und von ihm geliebt werden dürfe.“ „Ja, dies wohl von allem am meisten, sagte er; und ich füge diesem Gesetz auch noch hinzu, dass, solange sie sich auf diesem Feldzuge befinden, es keinem erlaubt sei, sich loszusagen, wofern jener ihn lieben will, damit, mag jemand ein männliches oder ein weibliches Wesen lieben, er hierdurch um so eifriger sei, sich um den Kampfpreis zu bewerben.“

Buch V, Kap. 14. *Prof. Dr. K. v. Prantl.*

*
* *

KALLIMACHOS.

Um 310—240 v. Chr., aus Kyrene in Nordafrika, war Vorsteher der alexandrinischen Bibliothek, Grammatiker und Dichter; seine Epigramme erinnern an Lessing.

XLI.

Halb noch lebt meine Seele bei mir, die halbe hat Eros
Oder der Tod mir geraubt — heimlich, ich weiss nicht wohin.
Traun, sie entschwand wohl zu einem der Knaben; und warnt ich doch öfters:
„Nehmt meine Seele nicht auf, Jünglinge, wenn sie entfloh!"
Wohl am Kephissos verweilt sie? Und dort, ich weiss es, zermartert,
Quält am Gestade sie sich, heftig in Liebe entbrannt.

Elisar von Kupffer.

(Vermutlich weil in diesem athenischen Flusse die Knaben und Jünglinge badeten und dort spielten.)

PHILIPPOS VON THESSALONICH.

Als ich Archestratos sah, den Schönen, ja wirklich, da sagt ich,
Jener wäre nicht schön, schien er's mir doch nicht so sehr.
Sprach's und die Nemesis riss mich jäh mit sich fort, und wie balde
War ich entflammt, mit dem Blitz traf mich der Jüngling wie Zeus!
Söhn ich den Knaben mir aus — versöhn ich die Göttin? Doch wahrlich,
Mächtiger ist nun er; Nemesis fürcht ich nicht mehr.

E. v. K.

THEOKRITOS.

Blühte etwa um 260 v. Chr.; geb. zu Syrakus, ging später an den Hof der kunstsinnigen Ptolemäer in Alexandria. Er ist ein Dichter von wunderbarer Schlichtheit und Anmut, ein Feind aller grossstädtischen Übersättigung und Überreizung und ganz von der Sehnsucht nach inniger Natürlichkeit erfüllt: gerade durch diese Eigenschaften hat er die nachhaltigste Wirkung bis in unsere Zeiten ausgeübt, ist aber nie recht erreicht worden. Um wie Theokrit zu dichten, muss man vor allem in gleicher Ungezwungenheit und kindlicher Andacht die Sprache der Natur verstehen und in sich wirken lassen. Unnatürlichkeit und Vergewaltigung des Lebens sind der Tod schlichter Grösse und Gesundheit, wie die des Theokritos.

Nicht im Pappelwald
An des Sybaris Strand,
An des Gebirgs
Sonnebeglänzter Stirn nicht
Fasstest du ihn,
Den Blumen singenden,
Honig lallenden,
Freundlich winkenden
Theokrit.
Goethe: „Wanderers Sturmlied."

DER GELIEBTE.

Kamst du, geliebter Jüngling? Nach dreien Tagen und Nächten
Kamst du?! Es macht ja die Sehnsucht an einem Tage zum Greise.

Wieviel süsser der Lenz als der Winter, und Äpfel als Schlehen,
Wieviel reicher das Schaf an Wolle noch ist als das Lämmchen,
Wieviel die Jungfrau begehrter als Frauen, die dreimal geehlicht,
Wieviel flinker das Reh als das Kalb und wieviel noch schöner
Singet die Nachtigall als alle melodischen Vögel,
Soviel gabst du mir Lust, da du kamst, wie ein Wanderer eilet
Unter den Schatten der Buchen, wenn glühend die Sonne ihn brennet.

Dass uns die Götter der Liebe mit gleicher Liebe beseelten!
Dass in dem Lied von uns sängen noch ferne Geschlechter der Zukunft:

„Sieh, wie standen die beiden so herzlich nah zueinander!
Minnespender, so nennt wohl den einen Amykläs Bewohner,
Doch der Thessalier hiesse den anderen wieder den Liebling.
Gleiche Liebe verband sie beide. O waren das Männer,
Wie aus der goldenen Zeit, da mit Liebe vergalt der Geliebte!"

Himmlischer Vater, erhör mich, und ihr nie alternden Götter!
Möge mir jemand dereinst nach zweimalhundert Geschlechtern
Melden im Totenreich, von wo keine Rückkehr beschieden:
„Deine Liebe und die des anmutschönen Geliebten
Lebt nun in aller Mund, doch zumeist in der Jünglinge Herzen."

Aber fürwahr das entscheiden die himmlischen Götter da droben,
Wie sie belieben! Doch wird ja indes durch das Lob deiner Schönheit
Nichts auf der Nase dir wachsen, um plötzlich mich Lügen zu strafen.
Wenn du mich etwa verletzt, du hast sogleich es vergütet;
Ging ich doch immer noch doppelt so reich, als ich zu dir gekommen.

Megarer, Enkel des Nisus, berühmt als kundig des Ruderns,
Segne das Glück euer Leben! ihr habt ja den attischen Gastfreund
Mehr denn jeden geehrt, Diokleis, der Knaben so liebte.

Naht sich der Frühling, so sammeln an seinem Grabe sich immer
Jünglinge, eifernd im Kampf, um die Palme im Küssen zu ernten,
Wessen Lippen am süssesten sich vermählen den Lippen,
Geht dann heim zu der Mutter, geschmückt, ja belastet mit Kränzen.

Selig ist, wer als Richter entscheidend prüfet die Küsse!
Wahrlich, er betet wohl oft zum holden Schenken des Himmels,
Fleht, dass sein Mund gewönne die Kraft des lydischen Steines,
Welcher den Wechslern erprobt die Echte und Güte des Goldes.

Elisar von Kupffer.

MELEAGROS AUS GADARA.

Er wurde zu Gadara in Syrien geboren und lebte um 80 v. Chr. zur Zeit König Seleukos VI. Den grössten Teil seiner Jugend- und Manneszeit verlebte er in der grossen Kulturstadt Tyros, den Herbst seines Lebens verbrachte er auf der griechischen Insel Kos, wo er auch hochbetagt starb. Er ist ein feiner und sinniger Lyriker, wie nur wenige. Seinen berühmten Namen machte er sich durch die Anthologie „Der Kranz“ und er verdiente es auch heute der absichtlichen Vergessenheit entrissen zu werden. Er dichtete in griechischer Sprache, doch rechnete er sich in gleicher Weise als einen Syrer und Phönizier.

AN MYISKOS.

Du und ich, wir sind ja durch Bande des Lebens verkettet;
Meinen letzten Hauch gäb ich für dich noch dahin.
Du, mein Liebling, ich schwöre es deinen plaudernden Augen,
Welche ein Tauber versteht, schwör's deiner sonnigen Stirn:
Trauert dein Blick umwölkt, so wird es Winter auf Erden,
Blickest du nur froh, blühet der Frühling der Lust.

Anmut der Jünglinge blühet in Tyros, aber Myiskos
Löschte der Sonne gleich jeglichen glänzenden Stern.

AN THERON.

Theron, schaue ich dich, so schau ich die Welt: und wieder,
Seh ich die Welt, doch nicht dich, wahrlich, so schaue ich nichts!

AUF ANDRAGATHOS.

Ach! der Wind, der den Schiffern die Segel geschwellt, er raubte
Andragathos mir, raubte zur Hälfte mein Herz!
Überglückliches Schiff! Ihr glücklichen Wogen des Meeres!
Glücklicher Wind auch du, du, der den Jüngling entführt! . . .
Wäre ich ein Delphin, auf meinem Rücken nach Rhodos
Trüge ich ihn übers Meer, hin, wo die Knaben so schön!

KLEOBULOS UND ALEXIS.

Lieblich mischt sich dem Wein der süsse Honig der Bienen,
Lieblich den Knaben herzt Der, dem die Schönheit verliehn.
Also liebt Kleobulos den zartgelockten Alexis:
Hier hat die Gottheit selbst Wein mit dem Honig gemischt.

AUF ALEXIS.

Mittags lustwandelnd, erblickt ich am Wege den jungen Alexis;
Sommer war's und die Frucht schon zu der Ernte gereift.
Doppelte Strahlen durchglühten mich da, die Strahlen der Liebe,
Als sein Blick mich traf, ach! — und der Sonne Gestrahl;
Diese schied mit der Nacht, doch jene flammten in Träumen,
Und sein nächtliches Bild hat sie noch stärker entfacht.
Leiden schuf mir der Schlaf, der sonst die Leiden verscheuchet,
Leblos mit schöner Gestalt trog mich der gaukelnde Traum.

AUF ALEXIS.

Nachts umfing mich ein süsser Traum . . . mir ruhte ein Knabe,
Achtzehn Lenze erst alt, sonnig und lächelnd im Arm;
Eros sandte ihn mir. An seinen schwellenden Körper
Schmiegte sich meine Brust, trügender Hoffnungen voll.
Ach! nun verzehrt mich die Liebessehnsucht nach ihm, und noch immer
Schau ich das flüchtige Bild, das ich im Schlafe geliebt.
Herze, mein Herze, vergehe nicht glühend in leblosen Träumen,
Fliehe die schöne Gestalt, welche nicht wirklich dir naht!

AUF ANTIOCHOS.

Habe gedürstet vor Glut und küsste den Jungen, den hübschen;
Und mein sengender Durst wurde bezaubert, gestillt.
Vater Zeus, gewährt Ganymed dir so herrliche Küsse,
Schenkte dir je sein Mund solch einen göttlichen Wein?!
Sieh, da ich küsste den schönen, den reifen blühenden Jüngling,
Ward mir in süssem Rausch meines Antiochos Herz.

Sämmtlich von Elisar von Kupffer

GAJUS VALERIUS CATULLUS.

Geb. 87 v. Chr. zu Verona, ward in Rom ausgebildet, bereiste Bithynien und genoss wiederheimgekehrt den kurzen Frühling seines Lebens, denn er starb etwa 54 v. Chr. Er ist der ursprünglichste und bedeutendste Lyriker der lateinischen Sprache. Er besang in innigsten Liedern sowohl die Frauen- als die Lieblingminne.

AN JUVENTIUS
(metrisch frei übertragen.)

Auf deine lieben, süssen Augen —
Ach dürft ich, o Juventius —
Möcht ich zu hunderttausend Malen
Fortwährend drücken Kuss auf Kuss.

Doch glaube ich, mein heisses Sehnen,
Es würde nimmer satt darauf,
Ging dichter auch als goldne Ähren
Die Saat von unsren Küssen auf.

Hermann Griebenow.

AN JUVENTIUS.

War denn im ganzen Volke, o mein Juventius, wirklich
Nirgends ein hübscher Mann deines Verlangens so wert,
Niemand, als jener Gastfreund vom elenden Orte Pisaurum,
Der mir noch bleicher däucht als ein vergoldetes Bild?
Diesen begehrt nun dein Herz, und ich — ich gelte dir minder!
Weisst du es nicht, wie an mir du damit Frevel verübst?

Elisar von Kupffer.

AN VERANIUS
(phaläcisches Versmaas.)

Mein Veranius, du von allen Freunden,
Von den Tausenden allen mir der Liebste,
Bist du wiedergekehrt in deine Heimat
Zu den trauten Geschwistern und zur Mutter?

Heimgekehret? Wie freut mich diese Kunde!
Glücklich seh ich dich wieder, hör dich plaudern
Von den spanischen Landen, Taten, Völkern,
Wie du's liebest, und deinen Hals umschlingend
Küss ich dich auf die Augen, die süssen Lippen.
O ihr Glücklichen alle dieser Erde,
Wer ist seliger wohl als ich und froher?!

E. v. K.

* * *

Wer den reizenden Knaben
Mit dem Ausrufer sieht,
Der glaubt sicher, der Bub' sei
Sich zu verkaufen bemüht.

Herm. Griebenow.

* * *

Spasshaft wahrlich und scherzhaft ist es, Cato,
Und es lohnt sich zu hören und zu lachen . . .
Lache, wie du auch liebst, mein Cato, lache,
Denn die Sache ist gar zu spass- und scherzhaft.
Überraschte ich jüngst bei einem Mädchen
Einen Knaben . . . und ihm — so wollt es Venus —
Hab ich gleich auf die gleiche Art vergolten.

E. v. K.

PUBLIUS VERGILIUS MARO.

Geb. 15. Okt. 70 v. Chr. in Andes bei Mantua, gest. 21. Sept. 19 v. Chr. in Brundisium (Brindisi); meistbedeutender römischer Dichter, der sowohl seine künstlerische Kraft in dem heroischen Epos „Äneis", wie seine schlichte Wärme in den „Eklogen" zum Ausdruck gebracht hat. Er ist noch lange von grossem Einfluss gewesen; von seinem Ansehen zeugt, dass ein Dante ihn in der „Divina Commedia" zu seinem Führer machte.

AN ALEXIS.

(Vergil lernte in der Familie des Asinius Pollio einen schönen Jüngling namens Alexander kennen, zu dem ihn eine heftige Liebe erfasste; in diesem Gedichte hat er sie zum Ausdruck gebracht. Korydon ist Pseudonym für den Dichter, Alexis für Alexander, Iollas für As. Pollio.)

Glühend begehrte der Hirt Korydon den schönen Alexis,
Ihn, den Liebling des Herrn, doch blieb seine Sehnsucht erfolglos:
Nur in der Buchen umschatteten Hain, wo die Wipfel sich drängen,
Kam er beständig. Dort klagte in wirren Worten er einsam,
Klagte den Bergen und Wäldern umher mit fruchtlosem Eifer:
„Grausamer, du! Alexis! was achtest du nie meiner Lieder?
Hast du kein Mitleid mit mir? Du zwingst mich am Ende zu sterben.
Siehe, die Schafe sogar, sie suchen jetzt schattige Kühle,
Grünliche Eidechsen schlüpfen sogar jetzt unter die Dornen,
Ja und den Schnittern, die heftige Glut schon erschöpfte, zerreibet
Thestylis nun des Lauches und Thymians würzige Kräuter;
Mich jedoch, der im Sonnenbrande dir folgt auf den Spuren,
Mich umschwirret allein im Gehölze das Zirpen der Grillen.
War Amaryllis nicht leidlicher doch, ja trotz ihrem Schmollen,
Trotz ihrer stolzen Verachtung? Ja war nicht Menalkas doch besser,
Ob er auch dunkel gebräunt und du so zart und so weiss bist?
Ach, liebreizender Jüngling, vertrau nicht zu sehr deiner Farbe!
Weisser Liguster verwelkt, gepflückt wird die dunkle Vaccinie,
Niedrig dünke ich dir und du fragst nach mir nicht, Alexis,
Wie ich an Schafen so reich, an schneeiger Milch so gesegnet:
Weiden doch tausend Lämmer, die mein, auf Siciliens Bergen,
Mangelt doch frische Milch mir weder im Sommer noch Winter;
Wie Amphion[8]) sang der Thebaner, wann er die Rinder
Rief auf dem attischen Berg Arakynthos, siehe, so sing ich.

Hässlich bin ich doch nicht: ich sah mich neulich am Ufer,
Als sich sturmlos geglättet das Meer. Ich fürcht keinen Daphnis,[9])
Täuscht nicht derSpiegel derSee, ja wärest du selbst auch derRichter.

Ach, gefiel es dir nur, mit mir die ärmlichen Fluren,
Schlichte Hütten mit mir zu bewohnen, den Hirsch zu erlegen
Und in des Eibisches Grün zu treiben die Herde der Böcklein!
Neben mir spielst du im Walde so schön dann, wie Pan auf der Flöte.
Pan erst lehrte mit Wachs die Pfeifen aus Rohr zu verbinden:
Sorget doch Pan für die Schafe, sowie für die Hirten der Schafe.
Scheu dich auch nicht, am Rohre die zarte Lippe zu reiben,
Denk, was Amyntas nicht tat, gerade um das zu erlernen.
Siehe, ich hab solche Flöte aus sieben Rohren des Schierlings,
Alle verschieden gestimmt, die Damötas mir ehmals gegeben.
Sterbend sagte er mir: erst du bist ihr zweiter Besitzer.
Ja, so sagte Damötas, und neidisch verdutzt war Amyntas.
Gemsen hab ich noch zwei, nicht mühlos im Tale gefangen,
Weissgesprenkelten Felles noch heute, die beide die Euter
Täglich leeren von zweien Schafen: diese sind deine.
Thestylis schmeichelt schon lange, um jene von mir zu bekommen;
Mag es geschehen, da du so sehr meine Gaben verachtest!

Komm, mein reizender Knabe, hierher! In prangenden Körben
Tragen die Nymphen dir Lilien zu; die weisse Najade
Pflücket dir blasse Violen und Mohn, den prächtigen roten,
Fügt die Narzissen dazu und des Dilles duftende Blüte,
Windet auch Seidelbast mit anderen würzigen Kräutern,
Zartere Heidelbeerblüten mit Ringelblumen vergoldend.
Ich aber selbst will Äpfel, die graulich von wolligem Flaume,
Will Kastanien dir sammeln, die sonst Amaryllis so liebte,
Eierpflaumen dazu — auch diesen gereicht es zur Ehre —
Lorbeer, dich auch pflück ich und dich, benachbarte Myrte,
Da ihr zusammen so schön vermischet die wohligen Düfte.

Bäurisch bist du ja nur! Alexis verschmäht deine Gaben!
Streit um die Wette mit Gaben, es weicht ja doch dir kein Jollos.
Weh, o weh, was wollt ich zu meinem Unglück! Ich armer
Liess zu den Blüten den Süd, zu klaren Quellen die Eber!
Thor, wen fliehest du doch? Auch Götter bewohnten die Wälder
Und der trojanische Paris. Mag Pallas die Burgen behüten,

Die sie gegründet, doch uns gefalle vor allem das Waldreich!
Wild verfolget die Löwin den Wolf, der Wolf eine Ziege,
Und nach blühendem Klee geht spürend die muntere Ziege —
Dir folg ich, mein Alexis: denn jeden treibt sein Verlangen.
Schau, schon schleppen die Rinder die Pflüge nach Haus auf dem Joche;
Schau, wie die sinkende Sonne verdoppelt die wachsenden Schatten;
Mich nur versengt noch die Liebe: denn wann beschränkt sich die Liebe?!

Ach, Korydon, Korydon, wie bist du verwirrt und von Sinnen,
Hast ja den Wein an der laubigen Ulme zur Hälfte beschnitten!
Schafftest du wenigstens lieber doch etwas zur Notdurft der Wirtschaft
Etwa aus Weidengezweig und zarten Binsen geflochten.
Wenn dich Alexis verschmäht . . . so wird dir ein andrer Alexis.

Elisar von Kupffer.

Aus der „AENEIS" Buch V.

(Während das Gedicht an Alexis das persönlichste subjektive Empfinden des Dichters offenbart, giebt uns folgende Stelle aus der „Äneis" mehr ein objektives Bild davon, wie die öffentliche Meinung für solche zarte Verhältnisse Partei nahm und wie sich die Gefühle für männliche Schönheit etwa äusserten.)

Es wird uns geschildert, wie Äneas einen Wettkampf veranstaltet . . . .

Und es strömten zusammen Trojaner gemischt mit Siziliern:
Nisus und mit ihm sein Freund Euryalus waren die Ersten;
Dieser strahlend vor Jugendfrische und Schönheit des Leibes,
Nisus vor zärtlicher Liebe zum Jüngling. Es folgte dann diesen
Aus des Priamos' edlem Geblüt der erlauchte Diores,
Salius diesem mit Patron zugleich, Akarnane der eine,
Aus der arkadischen Stadt Tegea der andre gebürtig.

Es folgen noch sicilische Jünglinge, wie Helymus, und andre. Äneas bestimmt die drei ersten Preise, dann beginnt in der Rundbahn der Wettlauf nach gegebenem Zeichen.

Weiten Vorsprung gewann vor all den andern als erster
Nisus, an Schnelle besiegend die Flügel des Windes und Blitzes;
Diesem zunächst, jedoch noch immer in weitem Abstand
Folgt nun Salius, dann Euryalus nach einer Weile;
Helymus folgt dann diesem, dem Helymus endlich Diores
Unmittelbar hinter ihm und dicht an die Fersen geheftet,

Schulter an Schulter beinah, und gäb es noch mehrere Runden,
Käm er im Laufe zuvor oder liesse ihn unentschieden.
Müde, im letzten Umlauf, gelangen sie nah schon zum Ziele,
Plötzlich fügt da das Unglück, dass Nysus gleitend zu Fall kommt
Durch das schlüpfrige Blut, das dort nach dem Opfer der Färsen
Etwa verschüttet befeuchtet hatte den Boden und Rasen.
Schon als der Sieger jubelnd, vermochte der Jüngling die Sohlen
Nicht mehr zu halten auf schwankendem Boden und stürzte kopfüber
Grad in den unreinen Kot und die blutige Stelle des Opfers.
Dennoch vergass er Euryalus nicht und nicht seiner Liebe,
Hob er sich doch aus der Lache und warf sich dem Salius entgegen;
Jener stürzte zurück in der dichtgedrängten Arena.
Jetzt ist Euryalus Erster und Sieger von Freundes Gnaden
Fliegt er dahin, begleitet vom Beifall und freundlichen Zeichen.
Zweiter wird Helymus nun und dritter als Sieger Diores.
Salius klaget jedoch, und zwar mit heftigen Lauten
Nun durchs ganze Theater und vor den Ohren der Fürsten
Und er verlangt die Ehre, die ihm durch Schlauheit entwendet.
Doch den Euryalus sichert der Beifall, die Anmut der Tränen,
Seiner Vorzüge Macht, die am schönen Leibe noch schöner;
Ihn unterstützt noch rufend mit mächtiger Stimme Diores,
Der mit vergeblicher Mühe den dritten Preis sich errungen,
Würde der erste Preis dem Salius wiedergegeben.
Darauf sprach Äneas der Fürst: „Euch bleiben die Preise,
Jünglinge, wie es bestimmt, und niemand ändert die Ordnung;
Mir jedoch sei es gestattet, dem schuldlosen Freunde zu helfen."
Sprach es und giebt das stattliche Fell des gätulischen Löwen
Salius hin, mit zottiger Mähne und goldenen Klauen.
„Sind der Besiegten Preise so gross," versetzte da Nisus,
Nimmst du dich an der Gestürzten — wohlan, wie treffliche Gabe
Giebst du dem Nisus, der ich ja die Krone verdient durch den Beifall,
Hätte nicht Missgeschick mich gleicherweise geschädigt?"
Dabei wies er zugleich die Glieder, sowie auch das Antlitz,
Unrein vom feuchten Boden. Da lachte Äneas der Gute,
Und er befahl, den Schild ihm zu bringen, ein Werk Didymaons,
Welchen die Griechen gelöst von der heiligen Thüre Poseidons.
Diese vorzügliche Gabe, die schenkt er dem trefflichen Jüngling.
. . . .

Elisar von Kupffer.

QUINTUS HORATIUS FLACCUS.

Geb. 65 v. Chr. zu Venusium in Apulien, studierte in Rom und Athen, nahm als Parteigänger des Brutus an der Schlacht von Philippi teil, wurde dann mit Mäcenas bekannt, dem feingebildeten Abkömmlinge der etrurischen Könige, der ihn bei dem Kaiser Augustus einführte. Von diesem mit einem kleinen Grundstück bei Tibur beschenkt, verlebte er seine Tage im Umgang mit seinen Freunden, zu denen auch Vergil und Tibull zählten. Seine heitre, schlichte und doch überlegne Weltauffassung, die aus allen seinen Werken hervortritt, begleitete ihn bis an seinen Tod, 8 v. Chr., und liess ihn, ein Bild geistiger und leiblicher Gesundheit, reichen Liebes- und Lebensgenuss finden.

AN PETTIUS.

Vergebens suche ich, wie sonst, mein Pettius,
Lieder zu dichten, denn, ach! zu gross ist jetzt mein Liebesleid.
Mich zwingt die Liebe ja weit mehr als irgend wen,
Voller Inbrunst zu glühn für Mädchen und für Jünglinge.
Dezember ist's: der Wald verliert, wie zweimal schon,
Seit ich Inachia nicht mehr lieb, sein stolzes Laubgewand.
Bedenk ich, was ich damals Rom zu raunen gab,
O, so erfasst mich die Scham und Reu um jedes frohe Mahl,
Wo als Verliebten meine Schwermut mich verriet,
Meine Verschlossenheit, der Seufzer, der sich mir entrang.
„Und bin ich arm: wiegt denn mein ehrliches Gemüt
Nimmer den Reichtum auf?“ so frug ich oftmals weinend dich,
Wenn ich vom offenherzgen Gott dazu verlockt,
Dir bei feurigem Wein enthüllte mein geheimes Weh.
„Ach, liess dem Zorn ich, der schon lange in mir gährt,
Einmal nur freien Lauf, wie fiele dann mir ohne Scheu
Dies eitle Streben hin! Mag dieses Weibes Gunst
Rauben der Wind: denn nie hat meine Wunden sie geheilt!“
Und hat ich stark und mutig so vor dir getan,
Schicktest du mich nach Haus. Doch ich — mit Zögern schlich ich hin
Zur Türe, die so unhold mir verschlossen war;
Ach! und da lag ich mich dann auf ihrer harten Schwelle wund ....

Doch jetzt erfüllt die Liebe zu Lyciscus mich,
Dessen zarte Gestalt die schönste Maid in Schatten stellt.
Und hier versagt sogar der Freunde ernstes Wort;
Mich erlöset von ihm die ärgste Unbill selber nicht.
Nur andre Liebe kann das, ob ein Mädchen nun
Oder im wallenden Haar ein üppger Knabe mich berückt.

Epode XI. *Dr. Eduard von Mayer.*

AN SESTIUS.

Hin ist der Winter nun doch, seit des Frühlings Stürme ihn vertrieben.
Schon schleppt zum Strande sich der trockne Nachen;
Schon auch duldet's nicht mehr in dem Stalle das Vieh, am Herd den Bauern,
Denn nicht mehr liegen weissbereift die Fluren.

Wieder beim schimmernden Schein des Mondes führt Venus ihre Reigen.
Die scheuen Grazien selbst im Kreis der Nymphen
Tanzen da hüpfend hin ob dem Plan, während dass Volcanus eifrig
Die düstren Essen der Cyclopen einheizt.

Jetzt umschlinge das Haupt, das sonnge, ein Kranz aus grünen,
Aus Blumen, die dem Boden neu entsprossen;
Jetzt empfange auch Faun sein Opfer im tiefen Waldesschatten,
Ob ihm ein Lamm nun, ob ein Böcklein lieber.

Pocht doch am prächtgen Palast, als wär es des ärmsten Volks Behausung,
Der Tod voll Schrecken. Sestius. Beglückter,
Kurz ist das Leben! drum wart auf ein künftiges Glück nicht: denn zu bald nur
Weilst arm und elend du bei jenen Schatten

Drunten im finstren Reich. Und bist du dort erst einmal eingekehret,
So wird dir nie ein froh Geniessen wieder:
Lycidas lässt dich dann kalt, dein Holder, in den ein jeder Jüngling
Verliebt, für den bald alle Mädchen schwärmen.

Ode I, 4. *Dr. Eduard von Mayer.*

AN LIGURINUS.

Lang verschontest du, Venus, mich:
Was zerreissest du nun, Grausame, mein Gemüt?
Anders ward ich, als Cinara
Mich, die Sanfte, gekannt. Gnade, ach Gnade drum!

Bald ein halbes Jahrhundert alt,
Unerbittliche du, taug ich nicht mehr zum Dienst
Süsser Leidenschaft. Geh von mir
Zu den Jünglingen hin; schmeichelnd erflehn sie dich.

. . . . . .

Ach, kein Jüngling, kein Weib, und fänd
Gegenliebe ich auch, weckt mir den heitren Sinn,
Wie vordem mich am Wein zu freun,
Frische Blumen zum Kranz mir um das Haupt gelegt.

Warum ist meine Wange feucht,
Der ich sonst doch fürwahr geizig mit Tränen bin?
Sonst gesprächig, lässt schmählich mich
Jetzt die Rede im Stich. Ach, Ligurinus, warum?

Nachts im Traum nur umschling ich dich . . .
Ach! den Armen enteilst, Grausamer, du zu schnell!
Ich dir nach — doch umsonst — du fliehst
Übers Marsfeld hinweg, über ein Flutenmeer.

Ode IV, 1. *Dr. Eduard von Mayer.*

ALBIUS TIBULLUS.

Geb. um 52 v. Chr. zu Gabii im Albanergebirge als der Sohn eines wohlhabenden römischen Ritters, war mit Ovid und Horaz befreundet und seinem Gönner Messala Corvinus, den er auf einem Feldzuge bis Corcyra (Korfu) begleitete; starb schon um 19 v. Chr. Er wird uns geschildert als ein lebensfrischer junger Mann voll Anmut des Leibes und Geistes; und so erscheint er auch in seinen Gedichten, in denen er vor allem seine Geliebte Delia und seinen Liebling Marathus besingt. Seine Verse sind von einer schlichten und zarten Natürlichkeit, wie sie die römische Sprache sonst kaum hervorgebracht hat.

VIERTE ELEGIE (Auf Marathus).

Möge ein schattiges Dach dein Haupt beschirmen, Priapos,[10])
Dass dich die Sonne nicht sticht, dass dich der Schnee verschont!
Sage, durch welche List du die schönen Jünglinge fesselst;
Weder ist stattlich dein Bart, noch ist dein Haar dir gepflegt;
Nackt überdauerst du des Winters frostige Kälte,
Nackend erträgst du auch sommerlich sengende Glut.
Drauf entgegnete mir der Gott mit geschwungener Sichel,
Bacchus' ländlicher Spross, warnend in folgender Art:
„Glaube nicht, unversehrt dich zärtlichen Knaben zu nahen!
Gründe bieten sie stets, dass du sie lieben musst.
Reizend ist dieser, das Ross mit straffen Zügeln bezwingend,
Jener, wenn er die Flut teilt mit der schneeigen Brust;
Dieser bindet gar an mit keckem Mute; doch jenem
Röten die Wangen sich, wie in erblühender Scham.
Lass es dich nimmer verdriessen, auch wenn er im Anfang dich abweist,
Denn allmählich erst beugt er den Nacken ins Joch.
Länge der Zeit belehrte den Menschen die Löwen zu zähmen,
Ja mit der Länge der Zeit höhlt auch der Tropfen den Stein.
Wandelt das Jahr, so reifen die Trauben an sonnigen Hügeln;
Wandelnd bestimmt auch das Jahr leuchtenden Sternen die Bahn.

— — — — — —

Thöricht jedoch ist immer dein Zaudern: das Leben enteilet.
Ach wie so bald! kein Tag säumet, noch kehrt er zurück.
Ach wie so bald verliert auch die Erde die prächtigen Farben
Und die Pappel wie bald all ihre grünende Pracht!
Elend streckt sich das Ross, vom Alter geschwächt, um zu sterben,
Das in Olympia einst alle im Lauf überwand.
Trauern sah ich den Jüngling, wenn später das Alter ihn hemmte,
Dass er die Jugendzeit freudlos und thöricht verlor.
Grausame Götter! ihr lasset die Schlange sich jährlich verjüngen,
Aber der Schönheit gab nie ein Geschick noch Verzug!
Ewiger Jugend erfreuen allein sich Phöbus und Bacchus,
Beiden Göttern ja wallt nimmer geschoren das Haar.
Sei du gefällig, und was auch der Knabe dir immer erschmeichelt,
Tu es — der Folgsame siegt doch in der Liebe zumeist.
Sträube dich nicht als Begleiter zu gehn, ob lang auch der Weg scheint,
Ob auch die lechzende Glut dörrend die Fluren versengt,
Ob auch den Himmel mit blauen, mit schwärzlichen Wolken beziehend
Regnerischer Süd-Ost dich mit der Nässe bedroht.
Will er die blauenden Wogen zu Bote befahren, so rudre
Lieber den Nachen du — selbst durch die brandende Flut;
Nicht verdriesse es dich, die harte Arbeit zu leisten,
Reibt sie auch wund dir die Hand, weil sie dir gar nicht gewohnt.
Will er ein Tal in der Tiefe umstellen, das Wild dort zu fangen,
Trage, damit du gefällst, willig die Netze dahin.
Möchte er fechten, so spiele du mehr so leicht mit der Rechten,
Gieb dir auch Blössen oft, dass er zu siegen vermag.
Dann wird er hold dir gesinnt, lässt süsse Küsse sich rauben;
Sträubt er sich auch, er giebt dennoch, so viele du willst;
Rauben lässt er sie erst, bald folgt er von selbst deiner Bitte,
Ja verlangend umschlingt — er dir den Nacken nachher.
Du aber, der du zuerst die Liebe verkaufen gelehrt hast,
Wer du auch immer seist, schwer soll die Erde dir sein.
Knaben, o liebt doch die Musen und liebt ihre kundigen Dichter,
Gelte euch nie die Kunst minder, als klingender Lohn!
Nisus'[11]) Haar ist berühmt durch das Lied, und gäb es nicht Lieder,
Pelops'[12]) Schulter wär heut nimmer bekannt als so weiss.

Wen der Dichter besang, der lebt, solang Eichen noch rauschen,
Sterne am Himmel stehn, Wasser in Flüssen noch strömt.
Wer aber Dichter verschmähet und wer seine Liebe verkaufet
Folge doch der dem Zug lieber der Göttin Ops,[18])
Schweife irrend mit ihr von Stadt zu Stadt und verstümmle
Sein verkäufliches Glied, rauscht ihre wilde Musik!
Venus wünscht, dass schmeichelndem Bitten Gehör wird und huldvoll
Stillt sie dem Flehenden gern Tränen der Liebe und Gram."
Also hat mich der Gott gelehrt, es dem Titius zu künden,
Aber die Gattin lässt jenen nicht denken daran.
Mag er ihr folgsam sein! Doch ihr o kommt zu mir lernen!
Ihr, die ein Liebling verschmitzt peinigt mit sinnreicher List.
Jeder hat seinen Ruhm! und ich berat in der Liebe
Alle, die unglücklich sind; allen ja helfe ich gern.
Kommen wird einmal die Zeit, da mich als den Meister der Liebe
Hoch im Alter umschwärmt glühend der Jünglinge Schaar.
Ach, wie Marathus mich quält mit eigensinniger Liebe!
All meine Kunst versagt, all meine List mir versagt!
Schone mich, Liebling, ich bitte, sonst werd ich am Ende zu Schanden,
Da man den Meister verlacht, wenn er sich selber nicht hilft.

Elisar von Kupffer.

NEUNTE ELEGIE (Auf Marathus).

Zur Vervollständigung des Bildes noch folgende Bruchstücke. Tibull wirft seinem Liebling leidenschaftlich vor, dass er ihm treulos gewesen wäre und sich einem alten, hässlichen Manne um baren Gewinnes willen hingegeben hätte.

1. Warum schwurst du mir Treue, solange du heimlich gesonnen
Warst zu brechen den Schwur wieder, o sage, warum?
Schelm! es kommt ja doch einst die Strafe mit schleichendem Fusse,
Ob man den Meineid auch anfangs zu hehlen vermag.
Schont ihn, Götter! Die Schönheit macht es dem Jüngling verzeihlich,
Wenn er ein einziges Mal eure Gebote verletzt.

. . . . .

17. Oftmals mahnt ich: entweihe die Schönheit nicht durch Bezahlung!
Denn im Golde ruht meistens das Unheil versteckt.

. . . . .

24. Hoffe auch nicht, du könntest geheim um die Liebe mich trügen:
Jeden verborgnen Verrat hindert gewisslich ein Gott.

. . . . .

29. . . . Dass ich dir zu den zarten Füssen gelegen
Reut mich nun, dass ich dich schmeichelnd mit Tränen umwarb.
Damals schwurst du mir freilich, die Treue nie zu verkaufen,
Nicht um das Gold dieser Welt, nicht um ihr Edelgestein,
Nicht um Kampaniens Fluren, und wenn sie dir jemand auch böte,
Nicht um Falernerland, welches von Bacchus gehegt.
Hättest du damals geschworen: die Sterne am Himmel sind glanzlos,
Ohne Flammen der Blitz . . . Alles ja hätt ich geglaubt!

. . . . .

77. Meine Liebkosungen wagtest an andere du zu verkaufen?!
Anderen gabst du, Thor, meine Küsse nun Preis?!
Warte, du wirst noch weinen, besitzt mich ein anderer Knabe,
Welcher mein Herz beherrscht, meins, dessen König du warst,
Freuen soll mich dann deine Strafe; der edelen Venus
Weih ich von Gold einen Schild; künde er wie ichs erlebt!:
„Diesen weiht dir Tibullus, erlöst von treuloser Liebe,
Ja, und er bittet dich, Göttin, um huldvollen Sinn.“

Elisar von Kupffer.

PUBLIUS OVIDIUS NASO.

Geb. 43 v. Chr. in Sulmo, lebte bis 8 n. Chr. in Rom, wurde dann von Kaiser Augustus, als Zeuge eines ihm peinlichen Vorfalls, nach Tomi am Schwarzen Meer verbannt, starb dort 17 n. Chr. Er ist der Dichter der bekannten anmutigen „Metamorphosen" (Verwandlungen) und der „Ars amandi", der Kunst der Frauenliebe. Er beweist wieder, wie wenig die erklügelten Schablonen genügen und wie vielgestaltig die Natur ist.

HYACINTHUS.

Für Ganymedes, den Phrygier, entbrannte der König der Götter
Einst in Liebe . . .
Dich auch, Sohn des Amyklas, hätt Phöbus zum Himmel erhoben,
Hätt ihm die nötige Frist nur gegönnt das traurige Schicksal.
Dennoch durftest du ewig werden So oft noch der Frühling,
Wenn der Widder den Fischen folgt, den Winter hinwegtreibt,
Immer wirst du erstehn, eine Blume auf grünendem Rasen.
Dich hat mein Ahn weit mehr als jeden geliebt; und Delphi,
Mitten im Weltenrund, lag einsam, ohne Gebieter,
Als nur nach Sparta der Gott noch ging, der Stadt ohne Mauern,
Und zum Eurotas. Verschmäht liegt die Zither, verschmäht sind die Pfeile.
Selbstvergessen verweigert er's nicht, das Jagdnetz zu tragen,
Noch auch die Rüden zu halten und über das schwierige Bergjoch
Mit ihm zu steigen; so nährt er die Glut im stetigen Umgang.
Halbwegs zwischen der nahenden Nacht und der eben verflossnen
Wandelte Helios schon in gleicher Entfernung von jeder:
Da, des Gewandes entledigt und gleissend vom Öl der Olive,
Hoben die Beiden an, wetteifernd die Scheibe zu werfen.
Phöbus schleuderte sie, nachdem er geprüft ihre Schwere,
Also hoch in die Luft, dass die Wolken drüben zerstoben;
Lange darauf erst fiel der gewichtige Körper wieder
Hin auf die Erde. So zeigte Geschick zu der Kraft sich gesellet.

Unvorsichtig stürzte sofort hinzu, ihn zu heben,
Voller Lust bei dem Spiel der spartanische Knabe, doch grade
Schnellte der harte Boden zurück die fallende Scheibe,
Ach! und sie trifft, Hyacinth, dein Gesicht. Mit dem Knaben erbleichte
Da auch der Gott und umfing die zusammengesunkenen Glieder.
Bald will er dich erwärmen, bald sucht er die Wunde zu stillen,
Denkt mit Kräutern die fliehende Seele zu bannen, zu halten.
Alle Kunst ist umsonst: unheilbar war diese Wunde.

. . . . .

„Ach, mein Knabe, du sinkst um die zarte Jugend betrogen!“
„Ach, ruft Phöbus, ich seh deine Wunde, ich seh mein Verbrechen.
„Du mein Schmerz, meiner Untat Opfer. An deinem Tode
„Ist ja schuld meine Hand, dein Begräbnis — von mir ward's bereitet.
„Doch was ist meine Schuld? Es wäre denn Unrecht zu spielen,
„Dass ich ihn liebte gar, ein Unrecht müsste es heissen.
„Dürfte nur ich, wie's verdient, dürft mit dir mein Leben ich lassen!
„Ach, uns fesseln ja Alle des Schicksals Gesetze. Und dennoch
„Bleibest du immer bei mir, mein Mund soll deiner gedenken,
„Dich verherrlichen wird meine Hand durch die Klänge der Leier,
„Meine Klagen auch soll eine neue Blume verzeichnen.“

. . . . .

Siehe, das Blut, das zur Erde geflossen die Gräser besprengte,
Ist kein Blut mehr, doch leuchtender noch als tyrischer Purpur
Spriesst in Liliengestalt eine Blume hervor, unterschieden
Nur durch die Farbe, denn diese ist rot und jene ist silbern.

. . . . .

Hin auf die Blätter setzt seinen Wehruf der Gott, und „AI, AI“
Sagt auf der Blume die Schrift: da stehn sie, die trauernden Zeichen.
Sparta schämet sich nicht Hyacinths, seines Sprösslings, und heute
Lebt seine Ehrung noch, denn wie es die Ahnen gehalten,
Kehret alljährlich wieder die Feier der Hyakinthien.

Metamorph. X. *Dr. Ed. von Mayer.*

NARCISSUS.

. . . . .

Siehe, schon trat Narcissus ins siebzehnte Jahr seines Lebens,
Knabe schien er und auch zugleich erblüht wie ein Jüngling,
Und es begehrten ihn heiss viel junge Männer und Mädchen;
Aber den schönen Leib beseelte die Spröde des Stolzes,
Nimmer rührte sein Herz ein Jüngling und nimmer ein Mädchen.

. . . . . .

Müd von der Jagd und der Hitze im Walde dort hatte der Knabe
Einst sich gelagert, verlockt von der Schönheit des Orts und der Quelle.
Löschen wollt er den Durst, da erwachte der Durst seiner Liebe.

. . .

Staunend sieht er sich selbst, in derselben Miene verharrt er
Reglos, als wär er ein Bildnis, gemeisselt aus parischem Marmor,
Schaut auf dem Boden gestreckt ein Doppelgestirn — seine Augen,
Haare, die Bacchus zur Zierde gereichten, zur Zier dem Apollon,
Schimmernde Wangen, den Elfenbein-Nacken, den Liebreiz des Mundes
Und eine Haut wie der Schnee, vermählt mit der schamhaften Röte . . .
Ach, und er neigte so oft sich zum Quell, der ihn trog, um zu küssen!
Tauchte so oft seine Arme verlangend hinab in die Fluten,
Wollte den Nacken umschlingen, und nimmer umfing er sich drunten!

. . . .

„Wer du auch seist, komm hervor! Was trügst du mich, einziger Knabe?
Wohin enteilst du entführt? Es sind doch nicht Schönheit und Jugend,
Welche du fliehst an mir! Es liebten auch mich ja die Nymphen.
Hoffnung, ja dunkele Hoffnung verheisst mir dein freundliches Antlitz!
Streck ich die Arme nach dir, so streckst du auch deine herüber;
Lach ich, so lächelst du wieder; ja seh ich doch oft deine Tränen,
Weinte ich selbst, und wieder auch giebst du die Zeichen und winkest.

Ja und bewegst du die Lippen, die süssen, soviel ich vermute,
Sprichst du gar Worte, die mir aber nie zu den Ohren gelangen.
Du da bin ich! Nun weiss ich's — und nicht mehr täuscht mich mein Bildnis.
Liebe durchglüht mich zu mir, ich wecke die Glut, die mich brennet.
. . . .

Metamorph. III. *Elisar von Kupffer.*

* * *

Sagen konnt ichs dir wohl verblümt: o gieb, was dir freisteht,
Was du ja immer vermagst; leidet doch gar nichts dabei.
Gieb mir, was einst du vielleicht noch umsonst mir zu geben verlangest,
Wenn ein neidischer Bart dicht deine Wangen bedeckt;
Gieb, was dem Jupiter gab, der, geraubt vom heiligen Vogel,
Heute als Liebling des Herrn Wein in dem Becher ihm mischt;
Gieb, was die Jungfrau gewährt in der Brautnacht dem feurigen Gatten,
Wenn sie der Liebe noch fremd, Wunden der Liebe noch scheut;
Gieb deinen Leib mir hin!: so heisst es weit grader lateinisch.
Kann ich dafür, wenn nun mal derb meine Sprache sich giebt?

E. v. K.

MARCUS VALERIUS MARTIALIS.

Geb. um 40 n. Chr. in Bilbilis in Spanien, lebte sehr lange Zeit in Rom und starb um 102 in seiner Heimat. Er verfasste 15 Bücher Epigramme und ist als Satiriker einer der bedeutendsten; doch finden sich auch schöne Gedichte von ihm, die einen innigen und rein lyrischen Charakter tragen, was bei der satirischen Ader für sein wirkliches Empfinden um so mehr ins Gewicht fällt. Die Übersetzungen von Dr. Alexander Berg sind eine ehrliche und dankenswerte Arbeit, was sich nicht immer sagen lässt.

AN TELESPHORUS.

Du mein süsser Genuss, Telesphorus, zärtliche Sorge,
Wie ich mit meinem Arm keinen umfangen vorher:
Gieb mir Küsse, mein Knabe, benetzt von altem Falerner,
Reiche mir Becher, woraus du mit den Lippen geschlürft.
Fügtest du hierzu noch die wirklichen Freuden der Venus,
Pries ich glücklicher nicht Jupiter mit Ganymed.

Buch XI, 26. *Dr. Alexander Berg.*

AN DIADUMENUS.

Küsse gieb mir, Küsse, Diadumenus! — Wieviele?!
Ei so heissest du mich zählen die Wogen der See
Und die Muscheln, verstreut am ägeischen Meeresgestade,
Und die Bienenschaar, die den Hymettus umschwärmt,
Und die Stimmen und Hände, die im Theater sich regen,
Wenn dort plötzlich das Volk seinen Gebieter erblickt?
Nicht nach den Küssen, die Lesbia gab dem beredten Catullus,
Frag ich: wenig begehrt, wer noch zu zählen vermag.

Buch VI, 34. *Elisar von Kupffer.*

AN DIADUMENUS.

Gleichwie der Apfel duftet beim Bisse des lieblichen Mädchens
Oder wie Blütenluft, die von dem Safrane weht,
Und wie der blühende Wein, der grau ist von spriessenden Trauben,
Duftet oder das Gras, eben vom Lamme gepflückt;

Wie ein arabischer Mäher, wie Myrte, geriebener Bernstein,
Weihrauch vom Morgenland duftet auf lohender Glut,
Gleichwie die Scholle im Sommer, die leicht vom Regen bespreuget,
Wie der Kranz auf dem Haar, feucht von dem kostbaren Öl —
Diadumenus, mein stolzer Knabe, so duftet dein Kuss mir.
Wie, wenn du freundlich in Huld mir nun das alles gewährst?

III, 65. *Elisar von Kupffer.*

AN DINDYMUS.

Kaum verrät sich dein weicher Flaum, so zart, dass ein Windhauch,
Dass ihn der Atem verweht oder die Sonne versengt.
Just so verbirgt sich die frische Quitte im wolligen Flaumhaar;
Streift sie des Mädchens Hand, siehe, so glänzet sie schon.
Wenn ich nur fünfmal den Mund, mein Dindymus, herzhaft dir küsse,
Hat deine Lippe mich sicherlich bärtig gemacht.

X, 42. *E. v. K.*

AN FLACCUS.

Auf den blumigen Rasen hingestrecket,
Wo geschlängelte Bäche hier und dort sich
Funkelnd über die glatten Kiesel stürzen,
Mögst du, allen Beschwerden weit entrücket,
Eis von braunen Trienten[14]) schmelzen lassen,
Während Rosen die Stirn dir rot bekränzen;
Mög ein Knabe von dir allein umarmt sein
Und das keuscheste Mädchen dein begehren;
Doch du musst des verrufnen Kypros' Hitze,
Mahn und bitt ich dich, Flaccus, nicht vergessen . . .
Doch du, Paphische Göttin,[15]) sende, sende
Meinen Wünschen gesund zurück den Jüngling!
. . .

IX, 90. *Dr. Al. Berg.*

SATIRE.

Aulus hat Thestylus lieb, er liebt nicht minder Alexis,
Meinen Hyacinth liebt er nun sicherlich auch.
Ei da zweifle du nun, dass Aulus die Dichter verehret,
Dichter-Lieblinge liebt Aulus doch wenigstens sehr.

VIII, 63. *E. v. K.*

PLUTARCHOS.

Geb. 46 n. Chr. in Chaironeia in Böotien, studierte in Athen, hielt sich in Alexandreia und Rom auf und lebte dann mit geringen Unterbrechungen bis zu seinem Tode in seiner Vaterstadt, wo er Archon und Priester war und bei den vierjährlichen Festen des pythischen Apollo ein Amt bekleidete. Er starb etwa 120 n. Chr. Er ist bedeutend als Biograph und Moralist und hat eine Menge Schriften dieser Art hinterlassen.

AUS DEM „BUCH DER LIEBE“.

Plutarch versteht in diesem Buche unter „Eros“ ausdrücklich die Lieblingminne.

XVI, 43.

. . . Wenn die Leidenschaft der Lieblingminne den Menschen wirklich erfasst und entflammt hat, so bannt sie keine Kunst, kein beschwörender Sang, kein Wechsel des Ortes; nein, sind die Liebenden zugegen, so lieben sie, und sind sie fort, so quält sie die Sehnsucht; tags folgen sie dem Geliebten, nachts ruhen sie vor seiner Tür; nüchtern rufen sie nach dem Schönen und beim Weine besingen sie ihn. Und nicht sind die Phantasieen der Dichter bei all ihrer Lebendigkeit Träume der Wirklichkeit, vielmehr sind dies die Phantasieen der Liebenden, denn sie reden zu ihnen wie zu Anwesenden, die sie küssen, denen sie Vorwürfe machen. Die Wahrnehmung scheint die übrigen Erscheinungen mit nassen Farben zu malen, die sich schnell verwischen und ihre Deutlichkeit verlieren, bei den Bildern der Liebenden aber sind die Farben wie mit Feuer eingebrannt und ihre Gestalten bleiben im Gedächtnis lebendig bewegt und beredt und vergehen nimmer. Der Römer Cato sagte, die Seele des Liebenden lebe ganz in der Seele des Geliebten: sowohl sein Wesen, als seine Art, seine Kraft und seine Taten, unter deren Leitung der Geliebte einen weiten Weg zurücklegt, so dass er, wie die Kyniker sagen, den beschwerlichsten und zugleich kürzesten Weg zur Tüchtigkeit findet. Denn zur Freundschaft und Vorzüglichkeit, auf welche die Lieblingminne hinausgeht, führt für die Seele derselbe Weg, als würde sie auf der Flut der Leidenschaft zugleich vom Gotte geführt. Dies aber ist die Hauptsache: weder entbehrt die Begeisterung der Liebenden der Eingebung Gottes, noch hat sie einen andern Gott zum Gebieter und Lenker, als diesen, dem wir nun Feste feiern und opfern. Da nun der Vorzug des Gottes nach seiner Macht und Nützlichkeit geschätzt wird — wie wir auch von den menschlichen Gütern die Macht und die Tüchtigkeit als die göttlichsten schätzen und ehren —, so ist es Zeit, zu erwägen, ob der Eros einem von den Göttern an Macht nachsteht. Fürwahr

„Grosse Gewalt besitzt die Siegerin Kypris",

wie Sophokles sagt; gross ist die Stärke des Ares; und die andren Götter teilen sich gewissermassen in diese Beiden, deren Macht wir sehen; die eine neigt zu dem Schönen, die andre aber kämpft wohl gegen das Schlechte an, und sie wohnen der Seele von Anfang an inne, wie auch Plato die Eigenschaften der Seele einteilte. Bedenken wir gleich anfangs, dass der Genuss der Aphrodite ohne den Eros um eine Drachme käuflich ist, und dass niemand Mühe und Gefahren besteht, wenn er die Sinne befriedigt, ohne wirklich zu lieben. Und damit wir, mein Freund, nicht Weiber wie Phryne oder Lais nennen; an Gnathainion[16]) geht man oft vorüber, wenn sie des Abends die Flamme ihres Leuchters anzündet und wartet und ruft; wenn aber plötzlich der Sturm der heftigen Liebe und Brunst kommt, dann wird ein schweres Geld verhandelt und wird das Ende des Anfangs würdig. So kraftlos und ekelhaft ist der Genuss der Aphrodite (nichts als Befriedigung der Sinne ohne innere Neigung), wenn der Eros (Liebe des Herzens und der Sinne) sie nicht beseelt. Du dürftest dich durch Folgendes noch mehr davon überzeugen: Viele haben mit andern ihre Liebesgenüsse geteilt und gaben nicht blos ihre Buhlinnen, sondern auch ihre ehelichen Frauen preis; wie auch jener Römer Cabbas, Freund, der den Mäcenas bewirtete; denn als er merkte, wie dieser sein Weib mit lüsternen Blicken ansah, neigte er allmählich den Kopf, als ob er schliefe; da währenddem ein Sklave von aussen an den Tisch herantrat und den Wein heimlich beiseite brachte, blickte er auf und sagte: „Du Schuft! Weisst du nicht, dass ich blos für den Mäcenas schlafe?“ Dies ist nun vielleicht nicht so über die Maassen von Bedeutung, denn Cabbas war ein Spassmacher. In Argos war Nikostratos ein politischer Gegner des Thaulios. Da nun der König Philipp hinkam und Thaulios seiner schönen Frau wegen berühmt war, glaubte dieser irgend eine mächtige Stellung oder Herrschaft erlangen zu können, wenn er den König ihr beiwohnen liesse. Als die Freunde des Nikostratos das merkten und vor den Pforten des Hauses umhergingen, da zog Thaulios seinem Weibe Schuhe an, legte ihr einen Mantel um und setzte ihr einen weissen makedonischen Hut mit breiter Krempe auf und schickte sie unbemerkt, gleichsam als einen von den jungen Leuten des Königs zu diesem.

Dagegen so viel Liebhaber es gab und noch giebt, kennst du auch nur Einen, der, sei es auch um göttlicher Ehren willen, seinen Geliebten preisgegeben hätte? Ich wenigstens glaube es nicht; denn wie sollte das geschehen? Während es keinen giebt, der den Tyrannen widerspricht oder sie politisch bekämpft, so giebt es dagegen Viele, die aus Eifersucht und Ehrliebe für ihre jugendschönen Lieblinge eintreten. Es ist ja bekannt, dass sowohl Aristogeiton von Athen als Antileon von Metapont und Menalippos von Akragas sich mit den Tyrannen entzweiten, obwohl sie sahen, dass diese ihren Besitz schädigten und sie im Rausch misshandelten. Wenn sie aber ihre Lieblinge verleiten wollten, so verteidigten sie diese wie unersetzliche und unantastbare Heiligtümer, ohne dabei an ihre Sicherheit zu denken . . . . .

XVII.

Bedenke ferner, wie sehr sich die Lieblingminne in kriegerischen Taten auszeichnet, da sie, wie Euripides sagt, nicht träge ist noch feige und nicht

„Auf weichen Mädchenwangen einschläft“.

Denn ein Mann, den die Minne des Eros beseelt, bedarf nicht des Ares, wenn er gegen die Feinde kämpft, sein Gott der Liebe genügt ihm und gerne wagt er sich ins Feuer, aufs Meer, in die Stürme des Äthers hinaus um seines geliebten Freundes willen, wenn der es heisst. So ruft denn auch von den Niobiden des Sophokles der Eine einzig und allein seinen Liebhaber zu Hilfe:

„O stelle dich zu mir!“

Ihr wisst doch, warum Kleomachos aus Pharsalos im Kampfe zu Grunde ging? . . . Als der Krieg der Thessalier gegen Eretria im vollen Gange war, da ward den Chalkidäern ein Retter; das Fussvolk der Chalkidäer schien wohl stark zu sein, aber die Reiter der Feinde zurückzudrängen war sehr schwer. Da ermahnten die Genossen den Kleomachos, einen Mann mit der Seele eines Helden, er solle zuerst auf die Reiter eindringen. Dieser fragte seinen anwesenden Geliebten, ob er ein Zeuge des Kampfes sein wolle. Der junge Mann bejahte es und liebte und umarmte ihn und setzte ihm den Helm auf; da ward Kleomachos von kühner Freude ergriffen, er nahm die besten Thessalier mit sich, trieb mutig an und fiel so über die Feinde her, dass die Reiterei verwirrt wurde und sich zur Flucht wandte. Indessen flohen auch die Schwerbewaffneten, und die Chalkidäer siegten mit Macht. Jedoch den Kleomachos ereilte der Tod. Sein Grab zeigen die Chalkidäer auf dem Markte, wo bis heute noch die grosse Säule steht: und während sie früher die Lieblingminne tadelten, lobten und verehrten sie diese Liebe fortan mehr als jede andre. Aristoteles sagt zwar, der Kleomachos wäre anderswie gestorben, als er die Eretäer in der Schlacht besiegte; jener aber, der von seinem Liebhaber geküsst wurde, sei von den Chalkidäern aus Thrakien gewesen und den Chalkidäern in Euböa zu Hilfe gesandt; woher bei den Chalkidäern gesungen würde:

„O Jünglinge, die ihr mit Liebreiz seid
„Und mit edlen Vätern gesegnet,
„Missgönnet trefflichen Männern nicht
„Eurer blühenden Schönheit Liebesgenuss:
„Denn mit männlicher Tapferkeit blühet zugleich
„Der Eros, welcher von Sorgen löst,
„In chalkidäischen Städten.“

. . . Und bei uns Thebanern beschenkte doch der Liebhaber den Geliebten mit der ganzen Ausrüstung, wenn dieser in die Ardeten (eine Bürgerabteilung, nach I. I. Reiske) eingeschrieben wurde. Pammenes, ein Mann, welcher der Lieblingminne ergeben war, veränderte die Aufstellung der Schwerbewaffneten, nachdem er den Homer als einen Liebesunkundigen getadelt hatte, weil er die Achaier nach Abstammung und Verwandtschaft einteilte und nicht den Geliebten neben den Liebhaber stellte, damit so seine Worte wahr würden:

„Schild an Schild und Helm an Helm sich drängte“,

wie allein ein Feldherr unbesieglich sei. Denn die Stammesgenossen und Verwandten, ja sogar die Eltern und Kinder lassen einander im Stich, zwischen Liebhaber und Geliebten drängte sich aber noch nie ein Feind, noch trennte er sie, die auch, ohne gezwungen zu sein, mutig sind und nicht um ihr Leben bangen. So legte der Thessalier Theron seine ruhmreiche Hand an die Mauer, zog sein Schwert und hieb den Daumen ab, wobei er den Nebenbuhler ihm nachzueifern reizte. Ein Andrer, der in der Schlacht auf das Antlitz gefallen war, bat den Feind, der ihn gerade töten wollte, ein wenig zu warten, damit der Geliebte ihn nicht im Rücken verwundet sähe. Daher sind nicht blos die streitbarsten Volksstämme der Lieblingminne überaus ergeben, wie die Böotier und Lakedämonier und Kreter, sondern auch Männer aus alter Zeit, wie Meleager, Achilles, Aristomenes, Kimon, Epameinondas; denn dessen Geliebte waren Asopikos und Kephisodoros, welch letzterer mit ihm bei Mantineia fiel und neben ihm begraben ist . . . .

Elisar von Kupffer.

LUKIANOS.

Geb. 125 n. Chr. im syrischen Samosata, gest. 180 als kaiserlicher Beamter in Ägypten. Er ist ein glänzender Schriftsteller moralphilosophischer und satirisch-sozialer Werke, der Voltaire der antiken Kultur, vor dessen beissendem Witze fast nichts Stand hält. Berühmt sind seine Göttergespräche. Um so auffallender erscheinen jene Werke, in denen er mit freimütiger Wärme und ohne jeden Sarkasmus seine Gefühle zur Geltung kommen lässt, wie in „Toxaris“ oder „Über die Freundschaft“ und in der Schrift „Über die Liebe“, aus der nachfolgende Stellen entnommen sind.

Lukian lässt zwei Freunde, Lykinos und Theomnestes, sich über die Liebe unterhalten. Ersterer erzählt, wie er auf einer Reise mit zwei jungen Hellenen, Charikles und Kallikratidas zusammengetroffen sei. Während eines Aufenthaltes in Knidos, im Tempel der Aphrodite, geraten beide in Streit über die Vorzüge der Frauen- und der Lieblingminne. Charikles preist die Frauenliebe auch aus dem Grunde, wie Goethe (vgl. Anhang und Lukian, Erotes 428). Kallikratidas spottet, Charikles würde in einem Weiberstaate gewiss zu hohem Ansehen gelangen und fährt darauf fort:

. . . Ich glaubte schon, unser heitrer Streit würde auf eine Kinderei hinauslaufen: da aber seine (des Charikles') Reden es gar unternahmen, über die Weiber zu philosophieren, so habe ich freudig diese Gelegenheit ergriffen: denn nur die Männerliebe ist ein Werk zugleich des Verdienstes und der Lust. Wäre es möglich, ich betete darum, dass jener glückliche Baum der Akademie und des Lykeions, die Platane, die den Reden des Sokrates zugehört hat, in unsrer Nähe wüchse, dort wo Phaidros angelehnt lag, während der wunderbare Mann, den alle Anmut umgab, redete. Sie würde wohl sogleich wie die Buche aus Dodona aus ihrem Gezweige eine heilige Stimme erschallen lassen und, noch eingedenk des schönen Phaidros, die Lieblingminne verherrlichen. . . .

Kap. 31.

Kallikratidas preist hierauf den Eros als den gestaltenden Trieb im Weltall, als das Streben nach der Schönheit, das vornehmer ist, wenn auch zeitlich später als die Erfüllung des Notwendigen, die Fortpflanzung des Geschlechts. Nachdem er dann das gekünstelte Wesen der Frau geschildert hat und ihr die Einfachheit des Jünglings entgegengestellt, sagt er:

. . . Wen würde denn nicht Liebe zu solch einem Jüngling erfassen? Wessen Augen blicken so blind, wessen Verstand urteilt so stumpf? Wie soll man wohl nicht einen Solchen lieben, der im Ringkampf dem Hermes nacheifert, im Spiel der Leier dem Apollo, dem Kastor als Rosselenker, und ob schon sterblichen Leibes nach göttlichen Vorzügen strebt? Mir aber, ihr himmlischen Geister, sei es in einem langen Leben beschieden, meinem Liebsten gegenüberzusitzen und aus der Nähe seinem süssen Geplauder zu lauschen, mit ihm auszugehen, wenn er ausgeht, und an all seinem Tun teilzuhaben. Ein Liebender wünscht nun wohl dem Geliebten, in leichtem und sichrem Leben ohne Kummer das Greisenalter zu erreichen, unbekannt mit der neidischen Missgunst des Schicksals. Wenn ihn aber nach dem Gesetze der menschlichen Natur Siechtum treffen sollte, so wollte ich, mit ihm leidend, krank sein, und wenn er über das stürmische Meer fährt, mit ihm reisen. Und schlägt eine tyrannische Macht ihn in Fesseln, ich legte das gleiche Eisen auch um mich; mein Feind wird jeder, der ihn hasst, und lieben will ich jeden, der ihm wohlgesinnt ist. Sähe ich Räuber oder Feinde ihn anfallen, so griffe ich zu den Waffen selbst über meine Kräfte. Und stürbe er, ich ertrüg es nicht länger zu leben. Mein letztes Gebot und letzter Auftrag an jene, die ich nach ihm lieben würde, wird der sein, über uns beide e i n e n Grabhügel aufzuschütten, meine Gebeine mit den seinen zu vermengen und selbst unsren stummen Staub nicht zu trennen. . . . .

Kap. 46. *Dr. Ed. von Mayer.*

CLAUDIUS AELIANUS.

Um 200 n. Chr., stammte aus Praeneste (Palestrina); römischer Schriftsteller, schrieb in griechischer Sprache: „Varia historia."

DIE BEDEUTUNG DER LIEBLINGMINNE IN KRIEG UND FRIEDEN.

Mit einem Manne, den die Liebe beseelt, wird wohl niemand, der keine Liebe hegt, im Gedränge der Schlacht handgemein werden, wenn der Kampf sie zusammenführt. Denn der Mann ohne Liebe meidet und flieht den Liebeentbrannten, da er ungeweiht und dem Gotte (Eros) fremd ist und nur solange tapfer, als ihm sein Mut geht und sein Körper Kräfte hat; er fürchtet den andern, da der vom Gotte (Eros) beseelt und begeistert ist, und zwar nicht, weil er von Ares entflammt wird, was ihnen gemeinsam ist, sondern eben um des Eros willen. . . . . Die Jünger des Eros, die sich im Kampfe von Ares antreiben und von Eros entflammen lassen und einen doppelten Dienst nicht verschmähen, vollfünren, wie die Kreter meinen und wie es billig ist, doppelt glückliche Taten. Also dürfte es wohl niemand tadeln, wenn ein Schwerbewaffneter, der selbst nur von einem Gotte und nicht von beiden gelenkt ist, keinen Kampf mit einem Manne bestehen möchte, der um Ares und Eros willen von Kampfeslust erfüllt ist.

10) Über die lakedämonischen Ephoren[17]) habe ich auch sonst viel Treffliches zu berichten; was ich nun ausgewählt habe, das will ich jetzt sagen.

Wenn einer ihrer schönen jungen Männer einen reicheren Liebhaber einem tüchtigen, aber armen Manne vorzog, so straften sie (die Ephoren) ihn am Vermögen und bändigten so gleichsam sein Verlangen nach Geld durch eine Geldbusse. Sie straften aber auch einen an Leib und Seele vortrefflichen Mann, wenn er keinen schön gewachsenen Jüngling begehrte, gerade deswegen, weil er tüchtig war und doch keinen liebte. . . . Denn die Gunst der Liebhaber gegen ihre Lieblinge vermag ihre Fähigkeiten herauszubilden, wenn sie selbst würdige Männer sind; übrigens giebt es auch folgendes lakonische Gesetz:, sofern ein Jüngling sich vergangen hat, so berücksichtigen sie zwar seine naive Achtlosigkeit und unerfahrene Männlichkeit, den Liebhaber jedoch strafen sie um seinetwillen; denn sie verlangen, dass die Liebenden richten und prüfen, was ihre Lieblinge tun.

12) Weder spröde noch hochfahrend sind die schönen jungen Männer in Lakedämon gegen ihre Liebhaber, denn im Gegensatz zu den anderen Jugendschönen lässt sich das von ihnen lernen. Sie selbst bitten ihre Liebhaber, sie zu beleben (εἰσπνεῖν), denn dies ist der lakedämonische Ausdruck, welcher minnen (ἐρᾶν)[18]) bedeutet. Die spartanische Liebe ist nicht schlecht; denn sei es, dass ein Jüngling die Kühnheit hatte ein Verbrechen zu wagen oder ein Liebhaber eine Gewalttat zu begehen, so war es keinem von beiden ratsam, in Sparta zu bleiben; denn entweder wurden sie des Vaterlandes verwiesen oder auch, falls die Tat noch verwegener war, am Leben gestraft.

III, 9, 10, 12. *Elisar von Kupffer.*

DIE GESCHICHTE VOM EDLEN LIEBLING.

Der König Ptolemaios hatte einen Geliebten namens Galetes, der überaus schön war. Doch das Gemüt dieses Jünglings war noch edler als seine Gestalt. Oftmals bestätigte ihm das Ptolemaios und sagte: „Mein liebes Herz, noch niemals hast du jemandem etwas Böses getan, jedoch vielen schon des Guten so viel beschert.“

Dieser Jüngling ritt einmal mit dem Könige; da erblickte er in der Ferne Leute, die zum Tode geführt wurden, es betrübte ihn und er sprach zu Ptolemaios: „Mein König, da uns wohl ein guter Genius jener Leute gerade hier zu Pferde sein lässt, so lass uns, wenn es dir recht dünkt, die Rosse antreiben und schneller nachsetzen, damit wir jenen Unglücklichen als Dioskuren erscheinen, als

„Edle Retter und gütige Beschützer“;

wie es von diesen Göttern heisst. Der König war hocherfreut über sein gutes Herz und so tief verliebt in den mitleidsvollen Jüngling, dass er jene Leute begnadigte und sich völlig dem Zauber dieser Liebe ergab.

I, 30. *E. v. K.*

(Ptolemaios I., genannt Soter, der Erretter, war erst Feldherr Alexander des Grossen, dann 323—285 v. Chr. König von Ägypten.)

XENOPHON AUS EPHESOS.

Lebte um 300 n. Chr. Griechischer Romanschriftsteller.

Aus der Geschichte „HABROKOMES UND ANTHEIA".

Hippothoos erzählt dem Habrokomes aus seinem Leben:

„Ich bin ein geborener Perinther, sagte er, aus einer Thrakien benachbarten Stadt und aus vornehmem Geschlechte. Du hast wohl von dem Ruhme Perinths und dem Wohlstande seiner Bürger gehört. Jung, wie ich war, verliebte ich mich in einen schönen Jüngling. Der Jüngling war ein Landsmann von mir, mit Namen Hyperanthes. Ich gewann ihn sogleich lieb, als ich ihn im Gymnasium ringen sah, und hatte mich nicht mehr in der Gewalt. Als nun ein Fest und eine nächtliche Feier stattfand, näherte ich mich ihm und bat ihn flehentlich, mit mir Mitleid zu haben. Der Jüngling schenkte mir Gehör, versprach alles und hatte für mich Verständnis . . . Und wir lebten lange Zeit zusammen und liebten uns ganz herzlich, bis uns einmal ein böser Dämon heimsuchte. Es kam ein Mann aus Byzanz an, einer aus vornehmem Geschlechte, der auf seinen Reichtum und sein Ansehen stolz war. Er hiess Aristomachos. Sobald dieser in Perinth war, gleichsam von einem mir feindseligen Gotte abgesandt, erblickte er den Hyperanthes bei mir, ward sogleich in Bewunderung über die Schönheit des Jünglings verstrickt und wollte ihn ganz für sich gewinnen. Masslos verliebt, wie er war, hielt er nicht mehr an sich und schickte zuerst Geschenke an den Jüngling. Als das nichts half — denn Hyperanthes, der mich liebte, liess keinen zu sich —, überredete er dessen Vater, einen feigen und armen Mann. Dieser gab ihm den Hyperanthes, vorgeblich um des Unterrichts willen, denn er behauptete ein Künstler der Rede zu sein. Sobald er ihn (den Hyperanth) erlangt hatte, hielt er ihn zuerst eingeschlossen, darauf führte er ihn nach Byzanz mit sich.

Und ich folgte ihm, indem ich alle meine Angelegenheiten im Stich liess, und war, so oft ich es vermochte, mit dem Jüngling zusammen. Ich konnte es aber selten, der Liebesverkehr wurde spärlich, und sprechen konnten wir uns auch schwer, denn ich ward von vielen überwacht.

Zuletzt halte ich es nicht mehr aus und aufgebracht kehre ich nach Perinth zurück, verkaufe meinen ganzen Besitz, komme mit meinem Gelde nach Byzanz, dringe, im Einverständnis mit Hyperanthes, mit einem Dolche in das Haus des Aristomachos, finde ihn bei dem Jüngling liegen und von Zorn ergriffen verwunde ich den Aristomachos tötlich. Da es still war und alle ruhten, gehe ich unbemerkt hinaus, und Hyperanthes mit mir. Dann ging es durch die ganze Nacht nach Perinth, wo wir sogleich ein Schiff bestiegen und nach Asien fuhren. Anfangs war die Fahrt günstig, zuletzt bei Lesbos überfiel uns ein heftiger Sturm und warf das Schiff um. Ich hielt und unterstützte den Hyperanthes und suchte ihm das Schwimmen leichter zu machen. Als es Nacht wurde, konnte ich den Jüngling nicht mehr tragen, er liess im Schwimmen nach und starb. — Ich vermochte nur soviel, dass ich den Körper ans Land rettete und begrub. Ich habe geweint und geklagt — ich habe den Leichnam begraben — und da ich nur eines Steines habhaft werden konnte, habe ich ihm den aufs Grab gesetzt, und darauf schrieb ich zum Angedenken an das traurige Schicksal des Jünglings eine Inschrift, die ich in jenem Augenblicke selbst ersann:

Hyperanthes, dem Schönen, errichtet Hippothous dies Grabmal,
Welches des Toten nicht würdig, des seligen Sohnes der Heimat —
Dir, du prangende Blüte, den ach! der Erde ein Dämon
Raubte in gierige Tiefen des weiten stürmenden Meeres.

. . .

Elisar von Kupffer.

PARTHENIOS.

Um 300 n. Chr. Naiver griechischer Novellist im Stil des Boccaccio.

Aus „Leiden der Liebe“.

ANTILEON UND HIPPARINOS.

In dem italischen Heraklea verliebte sich Antileon in einen Jüngling (namens Hipparinos) von hoher Schönheit und aus sehr angesehenem Stande. Und ob er sich auch viel Mühe gab, gelang es ihm doch nicht, ihn für sich zu gewinnen. Als der Jüngling sich einst bei den Gymnasien aufhielt, näherte er sich ihm und sagte, er hege ein solches Verlangen nach ihm, dass er jede Mühe auf sich nehmen und nichts unterlassen wolle, was er auch wünschen sollte. Dieser hielt ihn zum Besten und trug ihm auf, die Wachtglocke von dem befestigten Platze zu holen, den der Tyrann von Heraklea am meisten bewachen liess; denn er war überzeugt, dass er niemals die mühevolle Aufgabe ausführen werde. Antileon jedoch schlich heimlich zu der Burg, lauerte dem Wächter der Schelle auf und tötete ihn. Als er darauf nach erfülltem Versprechen zu dem Jüngling kam, gelangte er bei ihm in hohe Gunst und sie liebten sich seitdem ausserordentlich.

Da der Tyrann des Landes sich eifrig um den Jüngling bemühte und im stande war ihn mit Gewalt zu entführen, so ermahnte Antileon diesen mit schwerem Herzen, sich nicht durch Widerspruch in Gefahr zu bringen; selbst aber lief er auf den Tyrannen zu, als dieser aus dem Hause ging, und erschlug ihn. Nach dieser Tat eilte er davon und wäre wohl entkommen, wenn er nicht durch zusammengekoppelte Schafe zu Fall gebracht und überwältigt worden wäre. Deshalb wurden, nachdem die Stadt in ihren alten Zustand gelangt war, von den Herakleoten beiden eherne Standbilder errichtet und ein Gesetz erlassen, dass niemand fortan die Schafe gekoppelt treiben dürfe.

HIPPARINOS UND ACHAIOS.

Hipparinos, der Tyrann von Syrakus, verliebte sich in einen sehr schönen Jüngling mit Namen Achaios. Diesen versuchte er durch viele Auszeichnungen zu gewinnen und überredete ihn, sein Heim zu verlassen und mit ihm zu leben. Einige Zeit nachher, als ein feindlicher Angriff gegen ein von ihm beherrschtes Gebiet gemeldet wurde und er eiligst zu Hilfe eilen musste, ermahnte Hipparinos vor seinem Aufbruch den Jüngling, falls jemand mit Gewalt in den Hof eindringen sollte, ihn mit dem Schwerte zu töten, das er ihm gerade geschenkt hatte. Als er darauf die Feinde beim Zusammenstoss überwältigt hatte, setzte er sich mit seinen Gefährten zum Wein. Von dem Rausch und dem Liebesverlangen nach dem Jüngling erhitzt, ritt er nach Syrakus zurück. Als er zu seinem Hause gelangt war, wo er den Jüngling hatte bleiben heissen, gab er sich nicht zu erkennen, sondern sagte in thessalischer Mundart, er habe den Hipparinos getötet. Der Jüngling geriet in Wut, und da es finster war, verwundete er den Hipparinos tötlich. Der lebte noch drei Tage und starb, nachdem er den Achaios für unschuldig am Morde erklärt hatte.

Elisar von Kupffer.

ACHILLEUS TATIOS.

Er war aus Alexandreia gebürtig, lebte im 5. Jahrhundert und starb als Bischof der christlichen Kirche. Erhalten ist von seinen Werken die Liebesgeschichte „Kleitophon und Leukippe".

Buch II, Kap. 35.

Kleitophon erzählt: „Da ich sah, dass den Menelaos (er hatte seinen Geliebten auf der Jagd aus Versehen getötet) die Erinnerung an seine Unglücksfälle traurig gemacht hatte und auch Kleinias beim Andenken an den Charikles weinte (Ch., ein schöner Jüngling, war mit dem Pferde verunglückt, das Kleinias ihm geschenkt hatte), leitete ich, um sie von der Traurigkeit abzuziehen und ihr Gemüt zu erheitern, ein Liebesgespräch ein. Leukippe (seine Geliebte) war eben nicht zugegen; sie schlief in einem abgelegenen Gemache des Schiffes. Lächelnd sagte ich nun zu ihnen: Wie sehr ist mir jetzt Kleinias überlegen! Er sollte, wie er es gewöhnlich tat, gegen die Weiber sprechen. Jetzt hat er leicht reden, da er einen Gefährten seiner Liebe gefunden hat. Ich weiss nicht, woher die Liebe zum männlichen Geschlechte so häufig ist.

„Nun, ist sie nicht weit besser als die andre Liebe? fragte Menelaos. Denn die Jünglinge sind doch natürlicher und ungekünstelter als die Weiber und ihre Schönheit reizt mehr zum Vergnügen."

Woher reizt sie mehr, fragte ich, wenn sie entschwindet, nachdem sie nur einen gnädigen Blick auf uns geworfen hat, und wenn sie sich dem Liebenden entzieht, wie das Getränk des Tantalos? Denn oft entflieht sie, während man sie geniesst, und der Liebhaber geht, ohne genossen zu haben. Der Trank wird geraubt, bevor der Trinkende sich gesättigt hat, und so kann der Liebhaber nicht vom Jüngling weggehen, ohne ein Leid zu empfinden, denn er verlässt ihn noch dürstend.

„Du weisst nicht, Kleitophon, erwiderte Menelaos, worin hauptsächlich das Vergnügen besteht. Ersehnt ist immer, was sich nicht erschöpfen lässt. Was wir immer und immer geniessen, tötet durch den Überdruss die Lust; was sich aber rauben lässt, ist immer neu und blüht immer mehr, denn seine Freuden altern nicht und, was sie an Zeit verlieren, gewinnen sie an Stärke der Sehnsucht. Daher ist auch die Rose unter allen Blumen die schönste, weil ihre Schönheit bald entflieht. Ich glaube, dass es zweierlei Schönheiten giebt, und zwar eine himmlisch-hehre (οὐράνιον) und eine gewöhnliche (πάνδημον). Die hehre Schönheit lässt sich ungern an die irdische Hülle fesseln und sucht eilig gen Himmel zu entfliehen, die gewöhnliche aber treibt sich unten umher und veraltet an den Leibern . . .“

Sie halten sich nun gegenseitig entgegen: Menelaos, dass Zeus nie ein Weib in den Himmel entführt habe, wie den Ganymedes, vielmehr ihnen noch schädlich wurde; Kleitophon dagegen, dass Zeus dafür der Weiber wegen vom Himmel herabgestiegen wäre, und fährt dann fort:

Ich bin zwar ein Neuling in der Frauenliebe — sofern ich mit Freudenmädchen Umgang gehabt habe — und ein anderer, der eingeweihter ist, dürfte vielleicht mehr zu sagen haben — doch will ich mit meiner geringen Erfahrung reden. Der Leib des Weibes ist weich in der Umarmung und ihre Lippen sind zart zum Küssen. Deshalb hält sie den Körper in ihren Armen ganz in weichem Fleische gefangen und umhüllt den, der gleichsam darin ruht, mit dem Gewande der Wollust. Sie drückt ihre Küsse den Lippen wie Siegel auf; sie küsst aber mit Kunst und macht ihre Küsse süsser. Denn sie will nicht blos mit den Lippen lieben, sondern nimmt auch mit den Zähnen am Liebeskampfe Teil. Sie weidet die Lippen des Liebhabers ab und beisst in den Küssen. In dem höchsten Genusse tobt sie vor Lust, küsst mit offenem Munde und ist ausser sich. . . . Der Atem geht mit dem Liebeshauche bis zu den Lippen des Mundes hinauf und trifft mit dem irrenden Kusse, der eben hinab will, zusammen; der Kuss vermischt sich mit dem Hauche, kehrt mit ihm zurück und trifft das Herz, das Herz schlägt, durch den Kuss erschreckt, heftig; und wenn es nicht mit den Eingeweiden verbunden wäre, so würde es, von den Küssen angezogen, ihnen folgen. Die

Küsse der Jünglinge hingegen sind kunstlos, ihre Umarmungen ungeschickt und der Genuss unwirksam und ohne Lust.

Darauf erwiderte Menelaos: „Nicht ein Neuling, sondern ein Greis scheinst du mir in der Liebe zu sein; soviel hast du mit Künsteleien des Weibes uns überschüttet. Höre nun du auch deinerseits, was ich von den Knaben sage. Bei dem Weibe ist alles gekünstelt, ihre Reden sowohl wie ihre Geberden. Und wenn eine schön zu sein scheint, so tut das die wirksame Hilfe der Salben; und ihre Schönheit liegt entweder in den Salben oder in der Farbe der Haare oder in der Art der Küsse. Entblösst du sie aber dieser vielen Kunstgriffe, so gleicht sie der Krähe in der Fabel, der man die Federn ausrupfte.

Des Knaben Schönheit ist aber nicht mit duftenden Salben befeuchtet, noch mit künstlichen und fremden Gerüchen parfümiert; schöner als jede Salbung des Weibes duftet der Schweiss der Jünglinge. Dazu kommt, dass man mit ihnen wie im Liebeskampfe in der Palästra handgemein werden kann und sich öffentlich umschlingen, und keine Schande bereiten einem diese Umarmungen; auch lässt kein weichliches Fleisch diese Liebesumarmungen erschlaffen, sondern die Körper widerstehen einander und kämpfen um die Lust. Ihre Küsse haben nichts von der weiblichen Künstelei, noch täuschen sie mit verderblicher Betörung. Der Jüngling küsst, wie er's versteht, und es sind nicht Küsse der Kunst, sondern der Natürlichkeit. Dies ist ein Bild des Knabenkusses: wenn der Nektar gerönne und zur Lippe würde, so hättest du einen solchen Kuss. . . .“

(Übersetzt mit teilweiser Benutzung der Übertragung von Friedr. Ast (Leipzig 1802): *Elisar von Kupffer.*

KONSTANTINOS.

Grammatiker aus Sicilien, lebte im 9. oder 10. Jahrhundert n. Chr.

*
* *

Mitten in des Stromes Fluten
Sah ich einst den Knaben Eros,
Sah ihn schwimmend heiter scherzen
Mit dem Reigen der Najaden.

Und der Strom, der goldgewellte,
Brauste: willst du mich entflammen,
Willst du mich versengen, Knabe?!
Meide, meide meine Fluten!

Und des Haars goldige Pracht, herrlich zu schauen,
Um das Haupt lag es gelockt Eros, dem Knaben.

Kaum erblickt ich ihn, so trieb mich
Das Begehren, ihn zu fangen
Und mit Banden gut zu fesseln,
Jungen Männern ihn zu zeigen.

Er jedoch entfloh vom Strome
Heimlich und er lachte meiner,
Balde mir zu Fuss entschlüpfend,
Bald auf Flügeln mir enteilend.

Niedlich war er und beflügelt,
Wunderlich war sein Geplauder,
Wunderbar des Leibes Bildung,
Wunderlieblich seine Schönheit.

Fliehet der Paphischen Sohn, Pfeile verschiesst er,
Ihr aus der Edelen Blut, Jünglinge, flieht ihn!

Nackt war er, mit blossen Füssen,
Einer lichten Flamme ähnlich,
Denn er sandte aus den Augen
Seiner Blicke heisse Strahlen.

. . . .

Elisar von Kupffer.

IBN AT TUBI.

Er blühte zur Zeit des Fürsten Mu-izz-ibn Badis, der von 1016—1062 regierte, galt als das Haupt der arabisch-sicilischen Dichter und stand bei den Herrschern in hohem Ansehen.

*
* *

Wie nahm an ihm mich ganz gefangen
Der grossen schwarzen Augen Pracht!
Und meines Herzens wild Verlangen
Hat ihm mein Bote überbracht.

Und siehe da, mit leiser Schnelle,
So wie die Flamme heimlich trinkt
Das Öl der Lampe, schon zur Stelle
Mein Bote mir den Schönen bringt!

Elisar von Kupffer, nach der italienischen Prosa-Übersetzung von Michele Amari.

Auf schaukelndem Kahne wiegt sich der Dichter in Gesellschaft schöner Jünglinge auf den Wellen des Guadalquivir:

Wen muss der Reiz der Nacht nicht überraschen,
Wenn auf dem Wasser wir die Freuden haschen?
Der Nachen prangt mit einem Holden, Schlanken,
Der in der feingebauten Glieder Schwanken
Dem Weidenzweige gleicht, vom Wind bewegt.
Inmitten zweier Kerzen, die er trägt,
Erglänzt sein Antlitz wie der volle Mond,
Der zwischen Adler und Orion tront,
Indess dem Blitz gleich, der durch Wolken blinkt,
Der Schimmer in das Wasser niedersinkt.

Ad. Fr. Graf v. Schack.

AL MOTAMID.

Regierte 1069—90 als letzter König von Sevilla; bedeutender Dichter. Vgl. die ausführliche Biographie im Anhang.

Der Garten wetteiferte an Glanz mit den schimmernden Gemächern, schon hatten die Vögel ihr fröhliches Gezwitscher begonnen und die Blumen vertrauten dem mit ihren Kelchen kosenden Ostwinde ihre Liebesgeheimnisse. Vor dem König stand ein Page, dessen Antlitz wie Morgenröte leuchtete und der von Geschmeide blitzte, als hätte er sich mit dem Halsbande der Plejaden geschmückt; sich sanft wie ein schwankender Zweig verbeugend, bot er dem König ein mit Wein gefülltes Kristallglas und dieser improvisierte:

„Wie schön nicht steht mit funkelndem Getränke,
Den Becher füllend, vor mir da der Schenke!
Ein Wunder ist, was er mir beut, der holde,
Ein Eiskristall voll von geschmolznem Golde!"

Ad. Fr. Graf von Schack.

An einen Jüngling,

der in der Schlacht von Zalaka (1086) tapfer gekämpft hatte.

Dein schwarzes Ross, o junger Mann, sah ich im Kampfgetümmel
Umsaust von Lanzen, und verglich es mit dem nächtgen Himmel;

Doch leuchtend strahlte, wie der Mond durch dunkle Wolkenrisse,
Dein schönes Antlitz und vor ihm entflohn die Finsternisse.

Ad. Fr. Graf von Schack.

ABU MOHAMMED ELKASIM BEN ALIEL HARIRI VON BASRA.

Geb. 1054 in Basra, gest. 1122 daselbst. Arabischer Dichter, in Deutschland bekannt durch die meisterhafte Nachbildung seiner „Makamen“ von Fr. Rückert, in denen er die Erlebnisse des abenteuernden Abu Seid von Serug durch den Hareth Ben Hemmam erzählen lässt.

Achte Makame: das Eidformular.

Hareth Ben Hemmam erzählt, wie er nach Rahba am Euphrat kommt:

.... Als ich Anker und Zeltplatz mir hatt erkoren — und trat aus einem Bade gesalbt und geschoren: — sah ich einen Jüngling, gegossen in der Schönheit Form, — gegliedert nach der Vollkommenheit Norm, — gehalten an seines Mantels Falten — von einem Alten, — der ihn beschuldigte mit Wut, — er habe vergossen seines Sohnes Blut. — Der Jüngling aber, standhaft, — leugnete ab die Bekanntschaft — ..... — bis beide zuletzt sich verständigten, — dass sie ihren Streit, den sie nicht beendigten, — zur Entscheidung dem Wali des Orts behändigten. — Der aber war einer, von dem man sagte, — dass Knabenschönheit ihm mehr als andre behagte. — .... — Dieser gebot dem Jüngling, zu sprechen, — und schon hatten begonnen ihn zu bestechen — die dunklen Locken um die hellen Flächen ....

Da der Jüngling die Beschuldigung zurückweist und der Alte keine Zeugen hat, gesteht der Richter diesem nur die Forderung des Reinigungseides zu.

... — Da sprach der Alte zum Jüngling: Sprich:

Bei dem, der die Stirne geschmückt mit dem Lockenkranz — und die Augen mit dem dunklen Glanz, — die Augenbrauen mit der leisen Scheidung — und die Wimpern mit der Saumbekleidung, — die Augenlider mit der Schwere, — die Nasenwölbung mit der Hehre, — die Wangen mit dem Tagesanbruch — und das Kinn mit dem Jugendanflug, — die Knospe des Mundes mit dem Aufsprung, — die Säule des Halses mit dem Aufschwung, — die Haltung des Hauptes mit dem Sinken — und das Lächeln mit dem Zahnblinken! — ich habe deinem Sohn nichts getan zu leide, — noch seinen Busen gemacht zu meines Schwertes Scheide. — Wo nicht, so schlage Gott mein Aug mit Decken — . . . . — das Silber meines Kinnes mit der Schwärze — und das Elfenbein meiner Hüfte mit dem Schmerze!

Der Jüngling weist diesen Eid zurück.

. . . — Doch des Jünglings edle Weigerung — diente seiner Schönheit zur Steigerung — und zur Schürung von des Richters Brunst, — der eine Regung spürt zu seiner Gunst. — Sein Ohr war erfüllt vom Eidformular, — das ein Verzeichnis der Reize war, — und mit des Auges Geize — verschlang er noch einmal die Reize; — bis dass ihm der Empfindung Flammen — schlugen über der Besinnung zusammen — und die Thorheit ihm den Rat einflösste, — den Jüngling zu gewinnen, indem er ihn löste. — . . .

Der Richter rät dem Alten, sich mit 100 Miskal zu begnügen, worauf der Alte eingeht; doch da der Richter gerade nur 50 auftreiben kann, soll der Jüngling bis zur Erlegung der andren Hälfte in der Gewalt des Alten bleiben. In der Nacht nun macht sich der Alte mit dem Jüngling, der in Wirklichkeit sein Sohn und Lockvogel ist, und mit den erhaltenen 50 Miskal auf und davon und hinterlässt dem Wali folgenden Brief:

So sprich zum Wali, welchen mein Verschwinden
Geworfen in der Reue Feuerpein:
Der Alte nahm dein Geld, dein Herz der Junge,
Den doppelten Verlust, o streich ihn ein!
. . . .

Friedrich Rückert.

Aus der zehnten Makame.

. . . .

Ja Wein ist der Meister
Der Menschen und Geister . . .
O süsseste Feier,
Wenn Anstand, sich freier
Geberdend, die Schleier
Der Sitte durchbrach.
Erst wo die Tapeten
Der Zimmer sich drehten,
Wie Sonn und Planeten,
Der Himmel erwacht.
Drum höre mich immer
Und schelte mich nimmer
Und denke nicht schlimmer
Von meinem Geschmack.
Lass Labe dir schenken
Vom lieblichen Schenken,
Dem Liebe zu schenken
Das Herz ist gemacht . . . . .

Fr. Rückert.

MOSLICHEDDIN SADI.

Geb. um 1190 in Schiras; war schon früh als Dichter berühmt. Als Dshingiskhan (1226) auch in Persien einfiel, ging er in die Fremde und kam nach Damaskus, Mekka und Delhi in Indien. Später, nach Schiras zurückgekehrt, lebte er unter dem Schutze des edlen Fürsten Atabeg Abu Bekr. 1291 starb er, über hundert Jahr alt, in hohem Ansehen; er war ein durchaus gottesfürchtiger und frommer Mann, wie das sich in seinen Büchern fast ständig äussert. Sein Biograph erzählt von ihm: „Fürsten und Grosse und fromme Männer kamen ihn zu besuchen . . .“

Aus dem „Rosengarten“.

Ich erinnre mich, dass einst mein teurer Freund nachts zur Thüre hereintrat; ausser mir vor Freude sprang ich auf, so dass mein Ärmel das Licht auslöschte.

„Nachts erschien das Traumbild mir, das meine Finsternis zerstreut.
Staunend rief ich: Woher kommt das Glück, das heute mich erfreut?“

Er setzte sich und fing an mich zu schelten: Warum hast du im Augenblick, wo du mich erblicktest, das Licht ausgelöscht? Ich glaubte, die Sonne ginge auf, antwortete ich, auch haben witzige Leute gesagt:

Wenn sich ein plumper Mensch vor deine Leuchte stellt,
So lösche mit der Faust ihm aus das Lebenslicht.
Ist lieblich sein Gesicht und zuckersüss der Mund,
Halt ihn am Ärmel fest und lösche aus das Licht.

An einen Freund, mit dem er sich aussöhnte.

War zwischen uns das Band der Lieb und Treue nicht?
Doch du zerrissest es und schienest mich zu hassen.
Ganz liess ich los die Welt und band mein Herz an dich;
Ach! wie vermochtest du so schnell mich zu verlassen?
Wenn du Versöhnung willst, so komm, o komm zurück!
Mit grössrer Liebe noch werd ich dich jetzt umfassen.

„. . . . In meiner Jugendzeit stand ich mit einem Jüngling in Verbindung und hegte für ihn so aufrichtige Liebe, dass die Kibla meiner Augen seine Schönheit und der Zins meines Lebenskapitals seines Umgangs Gewohnheit war . . . .“

Auf den Tod dieses Jünglings, der plötzlich starb, dichtete Sadi folgende Verse:

„Hätte doch, als sich des Todes Dorn dir in den Fuss gestochen,
Mit dem Schwerte des Verderbens das Geschick mein Haupt getroffen,
Dass nicht mehr mein trübes Auge ohne dich die Welt erblickte!
Ach! ich lieg auf deinem Grabe, wäre doch mein Grab auch offen!

Auf seinem Lager fand er Ruhe nicht noch Schlummer,
Er streute Rosen und Narzissen denn darauf.
Zerstoben sind von seinem Angesicht die Rosen,
Und Dornen sprossen nun aus seinem Staube auf . . . .“

Wie der Kadhi in den Armen des Geliebten sang.

. . . .

O schwiege doch der Hahn und gönnt uns längre Rast!
Wir haben nicht genug uns herzend noch umfasst.
Des Freundes Angesicht im Walde dunkler Locken
Erglänzt wie Elfenbein in Ebenholz gefasst.
Nimm wahr den Augenblick, wo schläft des Unheils Auge!
Sei wach, dass nicht umsonst das Leben du verprasst!
Solang von der Moschee der Morgenruf nicht tönte,
Die Trommel nicht erklang von Atabegs Palast,
Ein Thor, wer bei dem Schrei des Hahns die rosge Lippe
Verliesse, die er heiss im Kusse hat erfasst.

. . . .

* * *

Ein Jüngling war von lautrem Sinn und Leben,
Der einem lautren Antlitz sich ergeben.
Einst fielen sie bei einer Meeresfahrt
In einen Strudel, den sie nicht gewahrt.
Ein Schiffer kam, um Jenes Hand zu fassen,
Eh noch das teure Leben ihn verlassen;
Doch er rief mitten aus dem Wogenbrand:

Lass mich und fasse schnell des Freundes Hand!
Indess er sprach, sah er die Welt zerrinnen;
Mit diesem Wort entschwanden seine Sinnen!
Die Liebe lerne nicht vom eitlen Mann,
Der in Gefahr den Freund vergessen kann. —
So werden stets die wahren Freunde handeln:
Von dem Erfahrnen lerne recht zu wandeln;
Denn Sadi weiss, wie's in der Liebe geht,
Wie man Arabisch in Bagdad versteht.
Für den Geliebten soll dein Herz nur sorgen,
Sonst sei die ganze Welt dem Blick verborgen.
. . . .

Sämtlich übers. von *Karl Heinr. Graf*, Lic. theol.

Aus dem „Lustgarten".

. . . .
„Wenn ein Geliebter dir das Herz beschwert,
Du findest wieder, was dir Trost gewährt;
Sein Grollen trage nicht mit bittrem Mut,
Lösch aus mit andrem Wasser seine Glut!
Doch hat an Schönheit er nicht seinesgleichen,
Um kleiner Qual darfst du nicht von ihm weichen.
Dein Herz kannst du von jemand ab nur ziehn,
Wenn du vermagst zu leben ohne ihn."
. . . .

. . . .
Liebst du ein Wesen, das von Staub wie du,
Dem Herzen raubet es Geduld und Ruh;
Im Wachen quälen Schönheitsmal und Wangen,
Im Schlafen hält das Traumbild dich gefangen.
Dein Haupt ist unter seinen Fuss gestellt;
Ein Nichts erscheint dir neben ihm die Welt.
Wenn Gold nichts gilt in des Geliebten Augen,
Scheint Gold und Staub dir gleich viel auch zu taugen.
Ein Wort vernimmt von dir ein andrer kaum,
Denn neben ihm ist nicht für andre Raum.
. . . .

K. H. Graf.

MOHAMMED SCHEMSEDDIN HAFIS.

Geb. zu Schiras in Persien etwa 1320 n. Chr. Er war Scheich und Sofi (betrachtender Weiser) und unterrichtete auch an einer Schule in Schiras, die sein Gönner der Grosswesir Kawameddin für ihn eigens bauen liess; er beschäftigte sich mit theologischen und philologischen Arbeiten. Von den Fürsten von Schiras wurde er hochgeehrt, auch der Sultan von Bagdad suchte ihn an seinen Hof zu ziehen; selbst der grosse rücksichtslose Eroberer Timur empfing ihn in Ehren, wie Napoleon unseren Goethe. Sein Leben gemahnt in gewisser Beziehung an Goethe: während der heftigste Kampf um ihn tobt, Reiche stürzen und Usurpatoren emporschiessen, singt er ruhig seine unsterblichen Lieder in den Rosenhainen von Schiras. Er hat sowohl reife Jünglinge als auch Mädchen geliebt und besungen. Er starb 1389. Das Grab dieses orientalischen Lyrikers ist Wallfahrtsort.

*
* *

Jedem Blicke eine Sonne strahle deiner Reize Licht!
Schöner noch als selbst die Schönheit sei dein schönes Angesicht!

Eines Falken Glanzgefieder, einem Huma[20]) gleicht dein Haar:
Alle Königsherzen schirme dieser Flügel immerdar!

Wer von deinen Locken nimmer freudig sich gefesselt fühlt,
Sei wie deine eignen Locken stets verworren und durchwühlt!

Und das Herz, das für dein Antlitz nicht entbrennt in Liebesglut,
Sei getaucht für alle Zeiten in des eignen Busens Glut!

Wenn, mein Abgott, deine Wimper ihren Pfeil vom Bogen schnellt,
Sei's mein wundes Herz, das freudig ihm den Schild entgegenhält!

Und wenn einen Kuss verschenket, süss wie Zucker, dein Rubin,
Sei der Gaumen meiner Seele auch wie Zucker süss durch ihn!

Jeden Augenblick erweckest frische Liebe du in mir;
Drum verleihe jede Stunde eine andre Schönheit dir!

Innig sehnt Hafisens Seele sich nach deinem Angesicht:
O entziehe doch die Blicke sehnsuchtvollen Männern nicht!

Te. 46. *Vincenz von Rosenzweig-Schwannau.*

*
* *

Beim Zauber deines Augs, du Liebling, der entzückt,
Beim Rätsel deines Flaums, du Wunder, das beglückt;

Bei deinem süssen Mund, du meines Lebens Quell,
Bei deinem Schmelz und Duft, du Frühling schön und hell;

Beim Staube deiner Bahn, der Hoffnung Schattendach,
Bei deiner Füsse Staub, beneidet selbst vom Bach;

Beim anmutvollen Gang, der Rebhuhnschritten gleicht,
Beim Blicke, dem der Blick selbst der Gazelle weicht;

Bei deines Odems Hauch, beim süssen Morgenduft,
Bei deiner Locke Wehn, bei kühler Abendluft;

Bei jenem Onyx, der mein Augensiegel heisst,
Bei jener Perle, die dein Redekästchen weist;

Bei jenem Wangenblatt, des Geistes Rosenbeet,
Und jenes Blickes Flur, wo sich mein Wahn ergeht,

Schwört dir Hafis, er wird, willst du Gehör ihm leihn,
Dir nicht nur Hab und Gut, nein, selbst das Leben weihn.

Kaf. 7. *V. v. Rosenzweig.*

* * *

Ich gab mir tausendfache Mühe, dass endlich Freund du werdest mir
Und eines Herzens Wunsch erfüllest, dem Ruhe fremd ist, fern von dir;

Dass du ein Weilchen in der Hütte des trauernden Verliebten weilst
Und eine Nacht nur als Gefährte den Kummer meines Herzens teilst . . .

. . . .

Werd ich die Wonne je geniessen, des Nachts, und wärs im Traume blos,
Statt jenes Stromes meiner Tränen dich zu erblicken mir im Schooss?

. . . .

Da Herrscher in der Anmut Reichen gar stolz auf ihre Diener tun,
So sei denn du in ihrer Mitte mein Herr und mein Gebieter nun!

. . . .

Du sagtest mit zwei schönen Lippen mir feierlich drei Küsse zu,
Und wenn du sie mir nicht bezahlest, so bist nunmehr mein Schuldner du.

. . . .
Hafis zwar bin ich, der Berühmte, doch bin ich nicht ein Körnchen wert,
Du hättest denn aus eigner Gnade zu meinem Freunde dich erklärt.

Je, 76. *V. v. Rosenzweig.*

* * *

Geliebter! da ich eine Nacht
Bis hin zum Tag mit dir verbracht,
Bin ich kein Mann, verbringe ich
Nunmehr ein Weilchen ohne dich.
Der Furcht des Todes bin ich los
Für alle Zeit, denn ich genoss
Des Lebens Wasser, das so hell
Entströmet deinem süssen Quell.

Rubaijat, 13. *V. v. Rosenzweig.*

* * *

Seit ich den Vers vernahm: „Ich blies von meinem Geist ihm ein“,
Erkannte ich, Sein sei ich ganz und Er, Er sei ganz mein.

Geheimnisse der Liebe fasst nicht jedes Herz; fürwahr,
Die sinnigen und hohen sind nur meiner Seele klar.

Schweig, Prediger, und deute mir den Glauben länger nicht:
Mein Glaub in beiden Welten ist, nur was mein Liebling spricht.
. . . .

Te, 77. *V. v. Rosenzweig.*

* * *

. . . .
Beredt und süss ist seine Sprache,
Gewandt sein hoher Körperbau,

Sein Antlitz sanft und herzgewinnend,
Und schelmisch ist sein Blick und schlau.
. . . .
Sieh jenen Mund, der, Herzen fesselnd,
Den Aufruhr weckt, wenn hold er lacht;

Sieh jenen Gang, so voll von Anstand,
Und jenen Schritt voll von Bedacht!

Und jener Hirsch mit schwarzen Augen
Entwischte meinem Netze hier:

Wie rat ich diesem scheuen Herzen,
O sagt es, teure Freunde, mir!

. . .

Soll ich noch lang den Vorwurf tragen,
Womit dein holdes Aug mich quält?

O blick nur einmal freundlich wieder,
Du, den zum Freunde ich gewählt!

. . . .

He, 8. *V. v. Rosenzweig.*

* * *

Alle Schönheit zu besteuern, kommt dir gleich der Liebe zu,
Denn der Schönen Allerschönster bist der Schönheit König du.

Turkistans schönäugge Jugend hat dein süsser Blick erregt;
Selbst des Inders Haar sich nimmer so wie deins in Locken legt.

Lichter als des Tages Helle mir dein holdes Antlitz lacht,
Deine Haare glänzen dunkler als die schwarze Mitternacht.

Sag, wie soll ich Heilung finden, Heilung von der Liebe Schmerz,
Spendet mir kein Heilungsmittel meines Lieblings eignes Herz!

Sprudelt doch aus deinem Munde ewgen Lebens Quell hervor,
Süsser noch sind deine Lippen als Ägyptens Zuckerrohr.

Weisst du nicht, dass deine Härte mir ein jähes Ende bringt,
Meinem Herzen, das so zart ist und so leicht wie Glas zerspringt?

Leicht mit einem Haar umschlängest du den Leib dir, hold und fein;
Deine nackten Lenden schimmern wie gewölbtes Elfenbein.

Ist dein Mund des Lebens Quelle, hütet ihn der junge Bart,
Wie der Schooss die rote Rose, sie umhegend grün und zart.

Einen Schatz, wie du, mein Liebling, hat Hafis sich stets ersehnt,
Der vor deiner Türe harrend sich im Staube glücklich wähnt.

Dschim, 1. *Elisar von Kupffer:* mit Benutzung von *I. v. Hammer* und *V. v. Rosenzweig.*

IBN CHALDUN.

Geb. 1332 in Tunis, gest. 1406 in Kairo; berühmter arabischer Historiker.

Nach seiner Erzählung fuhr Ibn Kazman, ein geborener Kordovese, der sich aber oft in Sevilla aufhielt, einst in Gesellschaft mehrerer seiner Bekannten auf dem Guadalquivir. Die Freunde ergötzten sich am Fischen; bei ihnen im Nachen befand sich ein schöner Knabe. Da forderte einer von der Gesellschaft die anderen auf, ein Zadschal (eine Gedichtform) in Bezug auf ihre Situation zu improvisieren; er selbst begann . . .

Freunde! beim Forellenfang
Mühn wir uns umsonst schon lang.

Gerne möcht ich in den Maschen
Köstliche Forellen haschen;
Doch, indess sie fliehn die raschen,
Wird mir für mich selber bang.

Könnten, gleich den hurtgen Fischen,
Unsre Herzen nur entwischen!
Alle fallen sie inzwischen
In des Knaben Netz als Fang.

Ad. Fr. Graf v. Schack.

MICHEL ANGELO DEI BUONARROTI.

Geb. 6. März 1475 zu Caprese in Toscana aus altem Florentiner Adelsgeschlecht, war zuerst D. Ghirlandajos Schüler und lebte 1489—92 im Palaste Lorenzos von Medici, dessen Gunst er genoss. Ein Cupido, den er arbeitete, ward für ein antikes Original gehalten. 1496 kam er nach Rom, wo die Antike ihm noch lebendiger entgegentrat. 1501—05 weilte er in Florenz, wo der wunderbare David entstand. Papst Julius II. berief ihn nach Rom, dort schuf er die herrlichen Gemälde der Sixtinischen Kapelle und schilderte mit Vorliebe die kraftvolle Blüte der Mannesschönheit, ferner schuf er das Juliusgrab, das Grabmal der Medici in Florenz, die Kuppel des Doms von St. Peter.

In späten Jahren verband ihn eine innige Freundschaft mit Vittoria Colonna, verwitweten Markgräfin von Pescara. Doch schon früher war er einem schönen jungen Römer, dem vornehmen Tommaso dei Cavalieri in leidenschaftlicher Liebe ergeben und genoss dessen treue verständnisvolle Anhänglichkeit 32 Jahre hindurch bis an seinen eigenen Tod, denn er starb 18. Febr. 1564 zu Rom in den Armen seines Lieblings und Freundes, fast ähnlich wie Pindar, nur nicht in der offenherzigen griechischen Welt und vor aller Augen. Er hat auch den Tommaso in Lebensgrösse gemalt, obwohl er sonst gar nicht porträtierte.

Ich verweise besonders auf Prof. H. Grimm, Robert-tornow (weiland Bibliothekar Sr. M. des Deutschen Kaisers Wilhelm II.), L. v. Scheffler (1892) und Prof. C. Frey.

Die Ausgaben der Sonette vor 1864, d. h. dem Aussterben der Familie Buonarroti, sind falsch.

AN TOMMASO DEI CAVALIERI.
(Madrigal.)

Was ich auch schau, es will mich stets erweichen
Und fleht und drängt: o liebe Ihn in Treue!
Ja nur dein Wohl und Glück ist auch das meine.
Die Liebe, feindlich sonst den Wunderzeichen,
Will mir zum Heil, dass ich mich sehnend freue
An dir, du Sonne! Jedem Hoffnungsscheine
Raubt sie den Zauber sonst und jedem Streben;
Ich soll erglühn und leben
Durch dich und alles, was dir sollte gleichen
An deinen Augen und der Augen Brauen;
Denn die, so euch nicht schauen,

Euch, meines Lebens Sterne, sind im Dunkeln.
Wo ist der Himmel, seh ich euch nicht funkeln!

Elisar von Kupffer.

AN TOMMASO.

Wenn in den Augen wir die Seele sehen,
Sind meine meiner Gluten klarstes Zeichen;
Um deine Gunst, mein Liebling, zu erreichen,
Genüge dies! Du wirst mich nun verstehen.
Siehst du in keuscher Glut mich fast vergehen,
Wird sich vielleicht dein Sinn für mich erweichen,
Mir glaublich kaum, vertrauend ohne gleichen,
Wie Huld Die überströmt, die sie erflehen.
O selger Tag, der einst Gewissheit bringt!
Erbarmt euch, Zeit und Stunde, Tag und Sonne:
Steht plötzlich still in eurem ewgen Gange;
Dass mirs auch ohne mein Verdienst gelingt,
Zu schliessen in die Arme voller Wonne
Den holden Freund, nach dem ich längst verlange!

Walter Robert-tornow.

AN TOMMASO.

Ich sehe sanftes Licht mit deinen Blicken,
Mit meinen eignen Augen bin ich blind;
Mit dir im gleichen Schritte wandelnd, sind
Leicht mir die Lasten, die mich sonst erdrücken.
Von deinen Schwingen mit emporgetragen
Flieg ich mit dir hinauf zum Himmel ewig;
Wie du es willst: kühn oder zitternd leb ich,
Kalt in der Sonne, warm in Wintertagen,
In deinem Willen ruht allein der meine,
Dein Herz, wo die Gedanken mir entstehn,
Dein Geist, in dem der Worte Quell sich findet:
So kommts, dass ich dem Monde gleich erscheine,
Den wir so weit am Himmel nur ersehn,
Als ihn der Sonne Feuerstrahl entzündet.

Prof. Hermann Grimm.

AN FEBO DI POGGIO.

(Ein junger Florentiner, von dem Michel Angelo sich schwer trennte, als er 1534 nach Rom ging. Er scheint bald darauf gestorben zu sein.)

Vor deiner Augen Pracht
Sinkt jeder Blick, der Trotz ist überwunden!
Wenn einer je den Freudentod gefunden,
Geschiehts in solchen Stunden,
Wo Schönheit unterliegt der Liebe Macht.
Ich sank in Todesnacht,
Wenn sich mein Herz im Feuer nicht bewährte,
Durch deinen vielversprechend ersten Blick,
Vor dem ich nie zurück
Mein Auge hielt, das sehnend mich verzehrte,
Wenn Schwäche mich zerstörte,
Wärst du nicht schuld; ich dürfte gar nicht klagen!
Du Huld und Schönheit, die du niemals endest,
Zu Grabe mehr du sendest,
Je mehr du Gnade spendest;
Bewundrer musst du ja mit Blindheit schlagen!

Walter Robert-tornow.

AUF DEN TOD DES CECHINO BRACCI.

(Gest. 1544 im 17. Jahr seines Lebens; Neffe des Luigi del Ricci.)

Hier ruht der Knab, durch dessen schöne Züge
Gott selbst verbessern wollte die Natur:
Vergeudet ist, was halb wir ehren nur;
So gab er ihn und nahm ihn bald zur Rüge.

*

Ja, Braccios schöner Leib ist hier entschwunden —
Er auferstand; ihn nahm die Gnade fort
Vor dem Gericht, denn läg er dann noch dort,
Er würd allein des Himmels wert befunden.

Elisar von Kupffer.

„AN MESSER LUIGI DEL RICCIO,
meinen holden Gebieter und treuen Freund."

Die Glut, die so inniglich,
Sie wird mein Leben verzehren,
Will deine Huld nicht gewähren
Das Heim deiner Brust, aus dem ich nimmer entwich!
Wenn die Liebe dem Blinden nicht glich,
Sie täte nicht zögern und bangen,
Mir Wunden beizubringen;
In deinem Herzen bin ich,
Und will sie zu meinem gelangen,
So müsste sie feindlich erst deine Hülle durchdringen.
Mit dir den Tod erringen,
Wär Gunst für mich, jedoch für dich wohl herbe:
Gieb mir mich wieder, willst du, dass ich sterbe!

E. v. K.

Tausend und Eine Nacht.

Diese Erzählungen sind wohl eine arabische Schöpfung aus dem 15. und 16. Jahrhundert n. Chr.. Es hat noch die persischen tausend Erzählungen gegeben, die weit älteren Ursprungs waren als diese späten Erdichtungen und Bearbeitungen.

Aus der „Geschichte des dritten Kalenders".

. . . .

Der alte Mann führte einen hübschen Jüngling an der Hand, der nach der schönsten Form gebildet war: er glich einem grünen Baumzweige, bezauberte jedes Herz durch seine Anmut und war ebenso gebildet als schön, so dass er alle Leute an Reizen und Tugenden übertraf, wie ein Dichter sagte:

„Mit der Schönheit kam er sich zu messen,
Und sie beugte da beschämt ihr Haupt.
„Schönheit, sahst du so was jemals?" Nimmer!
Sprach die Schönheit, hätt es nie geglaubt!"

E. v. K.

Es gingen nun alle zusammen in die Höhle und blieben mehr als zwei Stunden darin. . . .

Nachdem die Leute ohne den Jüngling herausgekommen und fortgegangen sind, steigt nun der Erzähler hinab und findet den Jüngling dort; er befreundet sich mit ihm und erfährt, dass er dort der Sicherheit halber untergebracht ist, weil die Sterndeuter prophezeit hatten, dass er in diesem Alter 40 Tage lang in Gefahr käme durch einen gewissen Adjib, Sohn des Königs Hassib. Dieser Adjib ist nun aber gerade der Erzähler, doch mag er in seiner Liebe und Trauer gar nicht an die Wahrheit der Prophezeiung glauben, und er fährt nun fort wie folgt:

„O möchte Gott ein Unglück, das dir begegnen sollte, mir einen Tag früher zuschicken," sagte ich. Ich holte dann etwas zu essen und wir assen miteinander; dann durchräucherte ich das Zimmer und reinigte es, wir spielten und scherzten und belustigten uns und assen und tranken, bis es Nacht ward; da stand ich endlich auf, zündete die Wachskerzen an, reichte ihm süsse Speisen und so assen und unterhielten wir uns wieder, bis wir zu Bette gingen.

So lebten wir Tag und Nacht; ich gewöhnte mich so sehr an ihn, dass ich meinen Kummer und alles, was mir begegnet war, vergass: die Liebe zu ihm bemächtigte sich meines ganzen Herzens.

Ich dachte, gewiss haben die Sterndeuter gelogen — — denn bei Gott, ich sehe nicht ein, wie ich diesen Jüngling umbringen sollte, den ich schon seit 39 Tagen bediene und so gut unterhalte. Als der vierzigste Tag herbeikam, freute sich der Jüngling über seine Rettung . . .

Er dankte dem Adjib (dem Erzähler), versprach wieder doppelte Wohltaten und sagte:

„Nun aber bitt ich dich noch, mir Wasser zu wärmen, damit ich mich wasche und meine Kleider wechsle." Ich antwortete ihm: „Recht gern!", machte Wasser warm, ging dann mit dem Jüngling in sein Gemach, wusch ihn sauber, zog ihm andre Kleider an, machte ihm ein hohes Lager zurecht und breitete einen Himmel darüber. Der Jüngling kam und legte sich aufs Bett, denn das Bad hatte ihn schläfrig gemacht. Er sprach: „Mein Bruder, zerschneide mir doch eine Wassermelone und streue ein wenig Zucker darauf." Ich holte eine schöne, grosse Melone herbei, legte sie auf eine Schüssel und sagte: „Mein Herr, wo ist das Messer?" Er antwortete mir: „Es ist vielleicht auf dem Gesimse über meinem Kopfe." Ich machte schnell einen Schritt über ihn und nahm das Messer aus der Scheide, aber als ich wieder zurückschreiten wollte, glitt mein Fuss aus und ich fiel auf den Jüngling mit dem Messer in der Hand, das gerade ihm ins Herz fuhr, so dass er augenblicklich den Geist aufgab.

Das Fatum, an das der Mohamedaner glaubt, hat sich so erfüllt, wie es in der Regel in diesen Erzählungen geschieht, und Adjib bricht nun in heftige Klagen aus.

Dr. Gustav Weil.

Aus der „Geschichte des Prinzen Kamr".

Seine Schönheit — welch ein Wunder! und ist doch ein Teilchen nur Seines Wesens. Zauber atmet der Bewegung kleinste Spur.

Sprächest du zum lichten Monde: Rühme dich! Er spräch zu dir: „Nur den Tulpen seiner Wangen dank ich meines Glanzes Zier."

Ob er fehlte — ihm entsagen nie mein Herze will und kann;
Rechne Gott ihm seine Fehler, diese auch als Tugend an!

Von der Zeit begehrt ich immer, dass sie beide ganz uns eint;
Oft noch weilt er allzuferne, Einsamkeit ihm eigen scheint.

Über all der Unbill Leiden, die das Schicksal mir geschürt,
Warf ich der Versöhnung Schleier, als es ihn mir zugeführt.

Haben uns umarmt, umschlungen, und die süsse Nacht verstrich;
Ihn berauschte mein Liebkosen, seines Mundes Becher mich.

Ach, ich hielt ihn, wie ein Reicher, der den Schatz gefährdet glaubt,
Bangend, dass man eine Schönheit mir von seiner Schönheit raubt.

Ja ich hielt ihn in den Armen fest, als könnt er mir entfliehn,
Wie die flüchtige Gazelle — in den Armen hielt ich ihn! . . .

Elisar von Kupffer: nach der Prosa-Übersetzung von *Dr. G. Weil.*

GARCILASO DE LA VEGA.

Geb. 1503 zu Toledo aus vornehmer Familie. Er trat in die Dienste Kaiser Karls V. und zeichnete sich besonders 1529 bei der Verteidigung von Wien und 1535 bei der Belagerung von Tunis aus. In Wien war er zeitweilig einer Intrigue wegen in Ungnade und auf einer Donauinsel gefangen, kam jedoch bald frei und in Gunst beim Kaiser. Kurze Zeit lebte er dann in Neapel und Sicilien seinen Dichtungen. 1536 ward er beim Sturm auf den Turm Muy bei Frejus (Provence) tötlich getroffen und starb erst 33 Jahre alt in Nizza. 1538 ward sein Leichnam nach Toledo übergeführt. Garcilasos sanftes und weiches Gemüt stand ganz im Gegensatz zu seinem Stande. Seine Zeitgenossen nannten ihn den Fürsten der spanischen Dichter und noch heute ist er einer ihrer bedeutendsten. Er hat Eklogen unter dem Einflusse Vergils gedichtet.

Wen es interessiert, der vergleiche mit folgender Epistel die andre an Boscan von dem Don Diego de Mendoza (in dem Buche von Hoffmann); man wird da deutlich den Unterschied in der Empfindung der beiden Dichter merken und erst recht die innige Zuneigung Garcilasos zu Boscan gewahr werden.

AN JUAN BOSCAN.

Señor Boscan, wer solch Verlangen fühlet,
Von seinem Denken Euch Bericht zu geben
Bis selbst hinab zu namenlosen Dingen,
Dem kann für Euch es nicht an Stoff gebrechen,
Noch braucht zu suchen er nach einem leichten,
Gefälligen und wohlgewählten Stile,
Wie er gehöret für ein zierlich Schreiben.

Zu den sehr hohen Gütern, die gewähret
Vollkommne Freundschaft, rechne ich auch diesen
Zwanglosen, freien Ton der Unterhaltung,
Der sich um steife Förmlichkeit nicht kümmert.
Und so denn sag ich, diese Freiheit nutzend,
Ankam ich, was doch Hauptsach ist, so munter
Wie jemand, der im Laufe von zwölf Tagen
Gereist — wohin? Das sollt Ihr erst erfahren,
Wenn an den Schluss des Briefes Ihr gekommen.

Den Zügel lös und lass ich nach Gefallen,
Weit mehr noch als dem Rosse, dem Gedanken;
Und der ergeht zu Zeiten sich auf Wegen
So reizend und so lieblich, dass darüber
Ich des vergangnen Ungemachs vergesse.
Dann wieder wählt er solche rauhe Pfade,
Dass bei der gegenwärtgen Leiden Grösse
Ich gleichfalls der vergangnen nicht gedenke.
Dann zieh ich einen freundlichen, bequemen,
Ehrbaren Mittelweg, auf dem Gespräche
Der Geist zu halten anfängt mit dem Herzen.
So dacht und sprach ich eines Tags darüber,
Nach welchem Kleinod seine Hände streckte
Der Mann, der uns der Freundschaft Bahn gewiesen.
Und augenblicklich fiel da mein Gedanke
Auf Euch, der Ihr ein Muster seid von Freunde;
Und etwas Seltnes, wie mir scheint, und Grosses
Mit Euch zum wenigsten mir da begegnet.
Und dass Ihr es vernehmt in wen'gen Versen,
So wisst: indem der Vorteil' ich gedenke,
Der Ehren und der Freuden, so mir werden
Durch Eure Freundschaft, die so hoch ich halte,
Steht dennoch nichts bei mir in höhrem Werte,
Nichts lässt von meiner Seite so mich fühlen
Das trauliche Verhältnis, als die Liebe.
Solch eine Macht sie über mich besitzet,
Dass, kenn ich gleich sehr wohl die andren Teile
Der Freundschaft und das Bündnis unsrer Herzen,
Von ihr allein bewegt fühlt sich die Seele.
Auch weiss ich, dass sie Höhres mir gewähret,
Als das Vergnügen, welches nachzustehen
Den nützlichen und ernsten Dingen pfleget.
Mich treibts, die Ursach davon auszuforschen,
In mir so neu die Wirkung stets zu sehen,
Und da nun find ich Vorteil so wie Ehre,
Freud und Vergnügen, so das Band der Liebe
Mich lässt geniessen, das um unsre Herzen
Von unsrem Genius geschlungen worden,

Sind Dinge, so nicht ausgehn von mir selber,
Und auf mich der Gewinn allein sich wendet.
Drum hat die Lieb — auf deren Antrieb alles
Vielleicht geschieht, wenn irgend was ich tue,
Das Nutzen und Vergnügen Euch gewähret —
Ein hohes Recht, dass sie in grössrer Achtung
Als alle andren Dinge bei mir stehe,
Wie schöner es und edler ist, des Guten
Zu spenden, als des Guten zu empfangen:
So dass ich Freud am Lieben hab und finde,
Es sei nicht Thorheit diese meine Freude.

Wie muss ich doch erröten und mich schämen,
Dass ich Euch die Bewirtung auf dem Wege
Nach Frankreich und die Gasthöf angepriesen!
Ich schäme mich, dass nun für einen Lügner
Ihr müsst mit Recht mich halten; ich erröte,
Dass ich die Zeit verschwendet, Euch zu loben,
Was so verdient, dass Tadel nun es treffe.
Denn eitel Lügen würdet Ihr nur finden
Und saure Weine, garstge Kammerzofen,
Habsüchtge Diener, schlecht Posten, teures
Quartier, des Geldes wenig, weite Wege.
Kurz, nach Neapel komm ich, ohne dorten
Zu haben einen Schatz begraben lassen,
Es sei denn, dass Ihr sprächt, das sei begraben,
Was man nicht fand und was man nicht besitzet.

Umarmet meinen Dural, wenn Ihr könnt,
Ja mir aufs herzlichste in meinem Namen.

Am zwölften des Oktobers, auf der Stelle,
Woselbst entstand Petrarks berühmtes Feuer
Und wo die Asche dieses Feuers ruhet.

Friedr. Wilh. Hoffmann.

*
* *

GIOVANNI DELLA CASA.

Geb. 28. Juni 1503 bei Florenz, war Erzbischof von Benevent, später päpstl. Geh. Staatssekretär in Rom, gest. in Rom 14. Nov. 1556. Er zählt zu den klassischen Schriftstellern Italiens. Im Anhang erscheint ein Bruchstück seines „Capitolo del Forno“ im Original, das in dieser Sammlung unübersetzt blieb.

AUF DEN TOD DES M. M. ANTONIO SORANZO.

(Ein junger venezianischer Edelmann, an den er das „Capitolo del Forno“ gerichtet hatte.)

O mein Soranzo, deinen lichten Faden
Zerschnitten mir die Parzen, und in Wehe
Blieb ich seitdem zurück; was ich nun sehe,
Erleb, wird mir zur Last, zum Schmerz und Schaden.

Wohl weisst du, mir, dem neidisch nur gegeben
Der Himmel selten eine kurze Wonne,
Warst du die Zuflucht hier, warst du die Sonne!
Fortan erhellt, beschirmt kein Mensch mein Leben.

. . . . .

Sonetto XII. *Elisar von Kupffer.*

MICHAEL EYQUEM VON MONTAIGNE.

Geb. 28. Februar 1533 auf Schloss Montaigne bei Perigord; er machte grössere Reisen, war längere Zeit Parlamentsrat in Bordeaux, zog sich dann auf sein Stammschloss zurück, wo er am 13. Sept. 1592 starb. Ein Philosoph für die Welt, voll feinsten Lebensverständnisses, schrieb er die berühmten 107 „Essays“. Wohltuend berührt bei seinem Skepticismus der begeisterte Glaube an die Freundschaft und die persönliche Gemütswärme, die aus den folgenden Seiten spricht.

Über die Freundschaft.

... Was wir gemeinhin Freunde und Freundschaft nennen, sind nur Bekanntschaften und vertrauliche Beziehungen, geknüpft vom Zufall oder der Bequemlichkeit, die gewöhnlich den Verkehr der Gemüter vermittelt. In der Freundschaft, von der ich rede, vereinigen sich und verschmelzen diese so vollständig, dass sie verschwinden und auch die Naht, die sie verbunden, nicht zu entdecken ist. Wenn man mich zu sagen drängt, warum ich ihn (... Étienne de la Boëtie ...) liebte, so fühle ich, Das lasse sich nur durch diese Antwort ausdrücken: „Weil er es war; weil ich es war.“ Weit über jeder Erörterung und Allem, was ich davon im Einzelnen sagen kann, steht rätselhaft eine unerklärliche und übermächtige Kraft da, die diesen Bund gestiftet. Wir suchten uns, noch ehe wir uns gesehen hatten, und zwar aus gegenseitiger Einwirkung, die unser Fühlen weit stärker beeinflusste, als es sonst der Fall ist; ich glaube, es war ein Geheiss des Himmels. Zuerst begrüssten sich unsre Namen; bei unsrer ersten Begegnung — zufällig auf einem grossen Feste in städtischer Gesellschaft — fühlten wir uns dermaassen von einander hin und so vertraut und so eng verbunden, dass seither kein Ding uns so nahe trat, wie wir einander. Er schrieb ein ausgezeichnetes lateinisches Gedicht, das veröffentlicht worden ist; hierin entschuldigt und erklärt er die Augenblicklichkeit unsres Einvernehmens, das so bald ein so völliges wurde. Da es nur zu so kurzer Dauer bestimmt war und spät begonnen hatte (denn wir beide waren erwachsne Männer und er mehrere Jahre älter), so war keine Zeit zu verlieren und brauchte es sich nicht an das Beispiel sanfter und hergebrachter Freundschaften zu halten, die der grossen Vorsicht langer vorhergegangener Aussprache bedürfen. Eine Freundschaft wie die unsre hat nur sich selbst im Sinne und kann nur selbst sich beeinflussen. Nicht war es eine besondere Absicht, auch nicht zwei, nicht drei, nicht tausend; es war eine unerklärliche Quintessenz davon, die seinen Willen ergriff und wie im Hunger oder Wettkampf in dem meinen aufgehen und sich verlieren liess; ich sage, sich verlieren: denn fürwahr, keinem von uns blieb etwas Eignes übrig, etwas, das nur sein oder nur mein gewesen wäre.

Montaigne erörtert darauf die Geschichte, die Plutarch im Leben des Tiberius Gracchus, Kap. 20, berichtet, und fährt fort:

. . . Alles Gerede der Welt ist ausser Stande, mir die Gewissheit zu rauben, die ich von den Absichten und Meinungen meines Freundes habe: nicht eine seiner Handlungen, sie habe welchen Anschein sie wolle, könnte man mir vorhalten, deren Triebfeder ich nicht sogleich erkennen würde. Unsre Seelen sind so einmütig zusammengegangen, sie versenkten sich ineinander in so leidenschaftlichem Drange und lernten einander gleich leidenschaftlich bis ins innerste Mark so sehr verstehen, dass ich nicht blos die seine gekannt, wie die meine, sondern auch ich meinesteils ihm zweifellos mehr getraut hätte als mir selbst.

Möge man nur nicht alle jene gewöhnlichen Freundschaften mit auf diese Stufe stellen; ich kenne sie so gut als irgend wer und die besten ihrer Art; aber ich möchte vor der Verwechselung ihrer Gesetze warnen: das gäbe eine Täuschung. Bei diesen Freundschaften darf man aus Klugheit und Vorsicht sich nie gehen lassen, denn so fest ist dieses Band nicht geknüpft, dass ihm garnicht zu misstrauen wäre. Cheilon[21]) pflegte zu sagen: „Lieb ihn, als müsstest du ihn eines Tages hassen; hass ihn, als würdest du ihn dereinst lieben.“ Diese Vorschrift, so abscheulich für die einzige und höchste Freundschaft, ist doch bei den gemeinen und hergebrachten Freundschaften heilsam zu befolgen; auf sie wird passend der Lieblingsspruch des Aristoteles angewandt: „Freunde, es giebt keinen Freund!“ Gefälligkeiten und Wohltaten, von denen sich die andren Freundschaften nähren, verdienen bei diesem herrlichen Verhältnisse überhaupt nicht in Berechnung gezogen zu werden; der Grund hiervon ist die so völlige Verschmelzung unsres Wollens. Wächst doch mein Wohlwollen gegen mich, trotz der Ansicht der Stoiker, keineswegs durch die eigne Aushilfe in der Not; weiss ich doch mir selbst keinen Dank für die eignen Dienste! Und gerade so geht's, wenn der Bund solcher Freunde wirklich ein vollkommener ist: er macht das Gefühl solcher Pflichten verschwinden und lässt sie alle unterscheidenden und trennenden Worte hassen und meiden, wie: Wohltat, Verpflichtung, Erkenntlichkeit, Bitte, Dank und dergleichen. Denn in der Tat, alles ist ihnen gemeinsam, Willen, Gedanken und Ansichten, Hab und Gut, Weiber und Kinder, Ehre und Leben; ihre Übereinstimmung ist, wie Aristoteles so sehr treffend erklärt, nur die Einheit der Seele in zwei Leibern. Und so können sie einander auch nichts darreichen, noch geben. Daher verbieten denn auch die Gesetzgeber, um die Ehe durch einen scheinbaren Vergleich mit diesem göttlichen Bunde zu ehren, Schenkungen zwischen Mann und Frau, damit anzudeuten, dass jedem von ihnen alles gehöre und sie untereinander nichts zu teilen und zu scheiden hätten.

Könnte in der Freundschaft, von der ich rede, Einer dem Andern etwas geben, so wäre es der Empfänger der Wohltat, der sich seinen Genossen verpflichten würde. Denn wenn jeder von ihnen vor allen Dingen dem Andern Liebe zu erweisen sucht, so ist freigebig der, welcher die Möglichkeit und Gelegenheit dazu giebt und dem Freunde die Befriedigung gewährt, seinerseits seinen höchsten Wunsch zu erfüllen.

Montaigne erwähnt nun die von Lukian im „Toxaris", Kap. 22, erzählte Geschichte, betont dann die Unmöglichkeit, mehr als einen Freund in dieser Weise zu lieben, und will in dieser Sache nur das Urteil derer gelten lassen, die sie selber durchlebt haben. Dann fährt er fort:

. . . Im Altertume nannte Menander Den glücklich, der auch nur dem Schatten eines Freundes habe begegnen können; und gewiss, er hatte Recht so zu reden, und sollte er selbst es auch erlebt haben. Denn in Wahrheit: mein ganzes übriges Leben verging mir durch Gottes Gnade sanft, leicht und, bis auf den Verlust eines solchen Freundes, ohne erdrückenden Kummer, dazu voll Seelenruhe, seit ich mich in die mir natürlichen und eignen Umstände gefunden, ohne nach andren zu fahnden. Vergleiche ich aber dieses Ganze mit den vier Jahren, die es mir vergönnt gewesen, den lieben Umgang und die Gegenwart dieses Menschen zu geniessen, so ists nur ein Rauch, so ists nur eine finstre und öde Nacht. Seit dem Tage, da ich ihn verlor,

den wehe Erinnerung
Immer in Ehren mir halten wird. Götter, ihr wolltet es also!

seither schleppe ich mich verschmachtend dahin; sogar die gelegentlichen Freuden verdoppeln, anstatt mich zu trösten, den Gram um seinen Verlust: wir teilten uns in allem; mir ists, als raubte ich, was ihm zukommt.

Und jeder Wonne hab ich mich entschlagen,
Solange er, der mir Genosse, fehlt.

Ich hatte mich schon so hineingefunden und daran gewöhnt, überall der Zweite zu sein, dass ich mich nur mehr halb vorkomme.

Da mir die halbe Seele entrissen hat
Das allzueilge Schicksal, was leb ich noch,
Da ich nichts wert, da ich nichts Ganzes?
Beide zerschmetterte uns das Unheil
An jenem Tage. . . .

Es giebt keine Tat, keinen Gedanken, bei dem ich nicht so zu sprechen hätte; würde er mir doch unbedingt Liebe erzeigt haben, denn ebenso wie er mich sonst in jeder Fähigkeit und guten Eigenschaft unendlich übertraf, so tat er es auch in den Pflichten der Freundschaft.

Buch I, Kap. 27. *Dr. Eduard von Mayer*

CHRISTOPH MARLOWE.

Geb. 26. Februar 1564 in Canterbury als armer Leute Kind, empfing er doch eine gute Erziehung in Cambridge. Die Universität verliess er 1583, tauchte 1587 in London wieder auf und zwar mit seinem Drama „Tambourlain der Grosse“. Dann folgten „Doktor Faustus“ und andre. 1592 schrieb er die Tragödie „König Eduard II.“, die aber erst 1598 erschien. Er wurde von seinen Neidern, besonders Greene, angefeindet und wegen Gottlosigkeit verklagt. Ehe es zur gerichtlichen Entscheidung kam, wurde er den 1. Juni 1593 in Deptford ermordet.

KÖNIG EDUARD II.

Akt I, Scene 1: eine Strasse in London.
Gaveston tritt auf, aus einem Briefe des Königs laut lesend.

„Mein Vater ist dahin! Komm, Gaveston,
Und teil das Reich mit deinem besten Freunde.“
Wie solche Worte mich mit Lust erfüllen!
Giebt es für Gaveston ein grössres Glück,
Als eines Königs Liebe sein zu nennen?
Ich komme, Herzensfürst! Dein Liebesbrief
Hätt mich vermocht von Frankreich herzuschwimmen
Und wie Leander auf dem Sand zu stranden,
So du nur lächeltest und mich umarmtest.
London zu sehn — für mein verbanntes Auge
Ists, was der Himmel der befreiten Seele.
Nicht lieb ich diese Stadt, noch ihre Menschen,
Doch sie beherbergt ihn, der mir so teuer —
Den König. Darf an seiner Brust ich liegen,
So mag die Welt mir ferner feindlich sein.
Liebt wohl des Nordens Volk das Licht der Sterne,
Da ihm bei Tag und Nacht die Sonne scheint?
Nichts denn von Demut mehr vor hohen Peers!
Ich beug mein Knie vor keinem — nur dem König.
Doch diese Vielen sind mir nichts als Funken,
Aus ihres Elends Asche aufgescheucht; —
So wenig! Eher schmeichelt ich dem Winde,
Der meine Lippen streift und weiterflieht.

Gaveston weist hierauf drei Männer zurück, die ihm ihre Dienste anbieten. Als er den König mit den Vornehmen kommen sieht, verbirgt er sich. Die Lords beschwören den König, den vom Parlament verbannten Gaveston nicht zurückzurufen, da er einfacher Herkunft sei, und verlassen ihn mit der Drohung offnen Aufstandes.

Eduard mit seinem Bruder, Grafen von Kent, zurückbleibend:

Ich dulde diese stolze Drohung nicht.
Muss ich als König gar mich meistern lassen?
Entfalt im Felde meine Fahnen, Bruder;
Zum Streit mit den Baronen, Grafen will ich
Und sterben — leben nur mit Gaveston.

Gaveston aus seinem Verstecke hervorkommend:

Nicht leidets länger fern mich vom Gebieter.

Eduard: Wie, Gaveston! Gegrüsst! Küss nicht die Hand -
Umarme mich, so wie ich dich umarme.
Was willst du knien? Vergasst du, wer ich bin?
Dein Freund, du selbst, ein zweiter Gaveston.
Nicht mehr beklagt von Herkules ward Hylas,
Als du von mir, seit du verbannt gewesen.

Gaveston: Und ärgre Qualen fühlte kein Verdammter,
Als, Ärmster, ich, seit ich von hier gegangen.

Eduard: Ich weiss. — Bewillkomm, Bruder, meinen Freund.
Verschwört euch nun, treulose Mortimers,
Und du, hochmütger Graf von Lancaster!
Erfüllt ist jetzt mein Wunsch, dich zu erblicken;
Und eher soll die See mein Land verschlingen,
Als dich auf einem Schiffe mir entführen.
Hier gleich ernenn ich dich zum Lord Grosskämmrer,
Zu meinem und des Staates Sekretärn.
Sei Graf von Cornwall, Fürst und Herr von Man.

Gaveston: Gebieter, dieser Titel bin ich unwert.

Kent: Mein Bruder, Ihr Geringster schon genügte
Selbst einem Vornehmern als Gaveston.

Eduard: Still, Bruder: solche Worte duld ich nicht.
Dein Wert, Geliebter, übersteigt so sehr,
Was ich dir gab, dass nur mein Herz es ausgleicht;
Und sollt dir jemand diese Würden neiden,
Geb ich dir mehr: denn nur um dich zu ehren,
Ward mit der Krone Eduard beglückt.
Bangt dir ums Leben? Du sollst Wachen haben.
Begehrst du Gold? So nimm von meinen Schätzen.
Soll man dich lieben — fürchten? Hier mein Siegel!
Verdamm, begnadge, tu in unsrem Namen,
Was dir beliebt, was dich die Laune heisst.

Gaveston: Ich hab genug, geniess ich Eurer Liebe.
Solang sie mein ist, fühl ich mich so gross,
Wie Cäsar, welchen Könige in Ketten
Auf seinem Wagen einst durch Rom gezogen.

*

Aber die Lords setzen es doch durch, dass Gaveston als Statthalter nach Irland weggeschickt wird; dann lassen sie sich durch die Königin bereden, ihm die Rückkehr zu gestatten. Sie überfallen den König in Schloss Tynmouth, nehmen Gaveston auf der Flucht gefangen und bringen ihn um. Der König siegt aber über sie und richtet mehrere hin. Lord Mortimer entkommt, kehrt mit der verbannten Königin aus Frankreich zurück, nimmt den König in Bristol gefangen und lässt ihn töten, wird aber selbst vom jungen Könige Eduard III. hingerichtet.

Dr. Eduard von Mayer.

SIR WILLIAM SHAKESPEARE.

Geb. im April 1564 in Stratford am Avon, vermählte er sich 1583 mit Anna Hathaway, die acht Jahre älter war als er; er hatte von ihr einen Sohn Hamnet, der bereits 1596 starb, und zwei Töchter. Ob seine Ehe glücklich war oder nicht, darüber steht uns kein Urteil zu, da über sein Leben nur sehr geringe Nachrichten vorhanden sind; jedenfalls verliess er bereits 1586 Weib und Kind und ging nach London, um sich eine Stellung zu schaffen; dort machte er sich seinen Namen durch seine Sonette und „Venus und Adonis". 1599 ward ihm der Adel bestätigt. In London trat er in die innigsten Beziehungen zu dem jungen Grafen Henry von Southampton (geb. 1573) und dem jugendlich schönen William Herbert Lord Pembroke (geb. 1580), den er in den wärmsten Liebesgedichten besang. Etwa 1604 zog er sich auf einen Landsitz bei Stratford zurück, wo er den 23. April 1616 starb.

Über Shakespeare als den grössten Dramatiker der menschlichen Kultur brauche ich hier nicht zu reden. Ich erwähne noch, dass die weiblichen Rollen zu seiner Zeit ausschliesslich von jungen Männern gespielt wurden, worüber auch Goethe sich sehr lobend äusserte — ganz im Gegensatz zu unsrer Zeit, wo selbst junge Männer von Frauen dargestellt werden, wie sogar der junge Goethe im „Königsleutnant" von Gutzkow. So sehr haben sich auch innerhalb unsrer christlichen Kultur die öffentlichen Anschauungen gewandelt.

Die römischen Ziffern folgender Sonette bezeichnen die willkürliche Numerierung der Übersetzung von Gelbcke.

Sonett 20 (XX).

Ein Frauenantlitz hast du, das Natur
Selbst malte, Herr, du Herrin meiner Seele!
Ein sanftes Herz wie Fraun, doch freier nur
Von Flattersinn, der Frauen stetem Fehle;

Ein Auge, glänzender als ihrs, doch treu,
Das alles übergüldet im Beschauen,
Männliche Farbe solcher Art dabei,
Dass sie gefällt den Männern wie den Frauen.

Und sicher warst du auch bestimmt zum Weib,
Bis sich Natur, dich bildend, selbst verliebte
Und, mit Unnötgem schmückend deinen Leib,
Durch solche Zutat Raub an mir verübte.

Doch schuf sie dich einmal zur Lust der Schönen,
So gieb mir deine Lieb, — den Niessbrauch jenen.

F. A. Gelbcke.

Sonett 18 (XXIII).

Vergleich ich dich mit einem Sommertage?
Ach, der ist nicht so hold und mild wie du.
Der Sturm zerpflückt die Maienros am Hage
Und frühem Ende eilt der Sommer zu.

Oft glüht zu heiss des Himmels Auge droben,
Oft ist sein Licht verhüllt; was schön ist, stirbt
Allmählich oder ist im Nu zerstoben,
Wenn es Natur in jäher Wut verdirbt.

Dein Sommer aber, er soll ewig dauern
Mit all der Schönheit, die du ihm verdankst,
Tod sich nicht blähn, du gingst in seinen Schauern,
Da du auf Liedern in die Zukunft rankst.

So lange Menschen leben, Augen schaun,
Lebt dies mein Lied und giebt dir Leben, traun!

F. A. Gelbcke.

Sonett 104 (XLIX).

Für mich, mein schöner Freund, wirst du nicht alt,
So schön du warst, als ich zuerst dich fand,
Scheinst du mir immer. Dreimal ward dem Wald
Des Sommers Pracht geraubt von Winters Hand;

Drei holde Lenze wandelte das Jahr
In fahlen Herbst; der heisse Junimond
Versengte dreimal, was April gebar,
Seit ich dich blühen sah — du bliebst verschont.

Ach! aber leise, wie der Schatten auf
Der Sonnenuhr, stiehlt Schönheit weiter sich;
Auch deine stehet wohl nicht still im Lauf,
Ich merks nur nicht — die Liebe täuschet mich.

Drum hör es, Nachwelt: Eh du sagst, ich bin!
War schon mit ihm der Schönheit Sommer hin.

A. F. Gelbcke.

Sonett 105 (CIV).

Nennt Götzendienst nicht meine Liebe, — heisst
Nicht Götzen mir den Freund, weil mein Gesang
Nur ihm erklingt und immer ihn nur preist
Mit unverändertem, stets gleichem Drang.

Hold ist mein Lieb, so heut wie morgen hold,
Beständig ist er auch und zwar recht sehr;
Beständig steht mein Lied in seinem Sold
Und singet nur von ihm, will sonst nichts mehr.

Schön, hold und treu! Das ist mein einzger Stoff,
Dem ich nur wechselnd andre Worte leih,
Von dem ich höchste Wirkung mir erhoff;
In diesem Einen hab ich ihrer Drei.

Schön, hold und treu! zu Einem hier verbunden,
Die sich bis jetzt in Einem nie gefunden.

A. F. Gelbcke.

Sonett 107.

Nein, nicht an eigner Furcht, noch an der Welt,
Mag sie prophetisch von der Zukunft sprechen,
Je meiner Liebe treuer Bund zerschellt,
Der nur beschränktem Urteil dünkt Verbrechen.

Bestand der Mond doch seine Finsternis,
Die Gramverkünder ernten Spott und Schande,
Und Zweifelhaftes ward nun ganz gewiss,
Ein ewger Frieden ziehet in die Lande.

Im frischen Tau der duftgen Zeit erblüht
Die Liebe mir, und nicht der Tod hier schaltet,
Ihm trotzt mein Herz, das in den Liedern glüht,
Ihm, der bei Stummen nur und Dumpfen waltet.

Vergingen Fürstengräber auch und Kronen,
Dein Denkmal hier wird jede Zeit verschonen.

Elisar von Kupffer.

Aus Sonett 71 (CXV).

. . . . .

. . . . .

O wenn ich einst in Asch und Staub zerfallen,
Und du betrachtest dieses Lied, das blieb,
Selbst meinen Namen wolle dann nicht lallen,
Mit meinem Namen starb auch meine Lieb.

Sonst forscht die kluge Welt nach deinen Tränen,
Und lachet dein, sieht sie nach mir dich sehnen.

A. F. Gelbcke.

Aus Sonett 144 (LXVIII).

Glückselge Lieb, unselge Liebe trag
Im Herzen ich, — zwei Geister, die dort flüstern;
Der gute Geist ein Mann, schön wie der Tag,
Der bös ein Weib, mit Zügen feindlich düstern.
. . . . .

F. A. Gelbcke.

FRIEDRICH DER GROSSE.

Geb. 24. Januar 1712 als Sohn König Friedrich Wilhelms I. Die Härte seines Vaters drängte ihn 1730 zu einem Fluchtversuch, der aber vereitelt wurde; er musste seinen ihm teuren Freund Leutnant von Katte enthaupten sehen und kam selbst in Haft in Küstrin. 1733 musste er sich auf den Wunsch seines Vaters vermählen; doch lebte er selbst zu Rheinsberg in Umgang mit seinen Freunden. Er starb 17. August 1786 in Sanssouci.

Der Sieger der Schlesischen und des Siebenjährigen Krieges, der sich gegen eine Welt von Feinden allein behauptete, ist so hinlänglich bekannt, dass ich darauf nicht einzugehen brauche. Gross wie als Feldherr war er auch als Organisator seines Landes, beseelt von dem edelsten Gefühl der Gerechtigkeit, das ihn auch die Jesuiten dulden liess, als selbst der Papst sie verurteilte. Er war mit Goethe der grösste Mann des 18. Jahrhunderts und begründete die heutige Macht des Deutschen Reiches. Er schrieb Geschichte, Staats- und Kriegswissenschaft, Philosophie und Litteratur (französisch) und verfasste auch Kompositionen.

Ich bringe folgende Gedichte, die mir zugänglich gewesen sind, und verweise auch noch auf den Anhang, wo ich glaubte eine Stelle wiedergeben zu müssen, die für den ehrlichen, gesunden Sinn dieses einzigen Menschen beredtes Zeugnis ablegt.

DEN MANEN CESARIONS.
(Graf Kaiserlingk.)

O Gott! Wie grausam der Schickung Gebot!
Cesarion starb! Seine frohen Tage
Begrub nun der bleiche Tod;
Um seiner Reize Huld ich nun klage.
Der zarte, getreue Freund ist — tot!
Ach, tausend Dolche durchbohren mein Herz,
Es zittert zerrissen vor Weh und Schmerz.
Nicht mehr! . . . Dahin! . . . Und kein Morgenrot!
Dir folgen ins Grab meine heissen Triebe
Und heilig soll dein Gedenken sein;
Ich schenkte im Leben dir Liebe
Und will sie im Tode dir weihn.
Dir bangte nicht in den Tod zu schauen,
Da schaudernd selbst die Natur erbebt,

Dein Mut liess dich auf dich selbst vertrauen,
Dein Sinn, der nach Edlem gestrebt,
Verlachte den höllischen Spuk und das Grauen
Und liess dich auf blinde Zukunft nicht bauen.
Der Weisheit der Freude hast du gelebt,
Und sterbend ward dir die Kraft,
Die Ruhe der Seele in Leiden verschafft.
Wohin ist das Herz, das so gross geschlagen,
Des Geistes Sinnen und Sagen?
Ob du noch lebst? Ob du nicht mehr bist? . . .
O Gott, welch ein Abgrund von Fragen!
Sein edles Gemüt nun vernichtet ist.
Denn wäre er noch, ich hätt es vernommen,
Er wär aus dem Reiche der Schatten gekommen
In unsre Lebendigkeit,
Um mich zu trösten im Leid.
O welches Erinnern, vom Unglück getroffen!
O blöder Stolz! O thörichtes Hoffen!
Wer schützet sich wider der Schickung Not!
Ich glaubte, ich könnte mich wagen
An alle Sorgen und Plagen —
Ich hab mich betrogen: dein Tod . . .
Ach Gott! wie soll ich es tragen!
Verwirrend und tödlich mein Gram mich befällt.
Und ach! deine letzten Minuten . . .
In solchem schmerzlichen Bluten
Vernunft mein Herze nicht aufrecht hält,
Die, wider mich selbst verschworen,
Den Kummer noch mehr vergällt.
Ich habe den Freund, den ich liebte — hab alles verloren –
Bin allein, ohne dich in der öden Welt!
Wie Schatten sollten die Stunden enteilen,
Da unsere Herzen vermählt und verwebt,
Da glücklich Freude und Leid zu teilen
Wir blos ein gemeinsames Glück erstrebt!
Wir mochten nichts trennen und scheiden,
Dasselbe gefiel uns beiden,
Uns einte der Freundschaft zärtlichstes Band,

Wir taten uns nimmer meiden,
Uns waren die Stürme und Leiden
Des Streites nimmer bekannt.
Du sahst dich von Spielen und Freuden begleiten;
Dein Geist, der von trefflichstem Geiste belehrt,
Dein Zartgefühl wusste veredelnd zu leiten,
Hat aller Wildheit gewehrt,
Und würdig warst du zu streiten
Mit den Ruhmreichsten, welche den Griechen beschert
Und denen sie Jubel weihten;
Und derer, die Frankreich ehrt.
Noch würdiger deines Herzens wegen
Bist du der Freundschaft seltner Art,
Und könnt ich horazisch den Kummer hegen,
Ich würd des Parnasses Echo erregen
Mit Klagen des Herzens, das dir sich bewahrt,
Ich wollt es in Liedern pflegen,
Dass reicher in deinem Gewinn
Als Orest ich und Pylades bin.
Unsterblichkeit meine Liebe erstrebte
All deinem herrlichen Sinn,
Der die schöne Seele belebte!
Doch lebe nur ich und du — bist hin!
Der Tod fällt alle mit grausamen Streichen,
Der ödeste Narr vor ihm nicht besteht,
Der Herrlichste muss vor ihm weichen;
Der Tugenden keine dir Schonung erfleht:
Betrittst du des Todes Gebiet,
Dir alles Errungne entflieht —
Entschwunden — auf immer verweht . . .
In Gleichheit dort untergeht
Achilles, Hektor — Thersit.
Zum dunklen Ziele schreit ich hinab,
Die Tage und Stunden eilen bergab,
Mehr legt ich zurück als die Hälfte der Bahn,
Ich sehe das Ende nahn.
Bald steig ich zu dir ins düstere Grab;
Ja dort im Heime der Schatten

Da will ich dir mich gatten,
Dass ewig lieb ich dich hab.
Solang ich vom Schicksal bin hier gefangen
In wehem Verlangen,
Werd ich dein Bild in mir leben sehn,
Verscheuchet kein Glück meines Grames Sorgen;
Wo deine Cypressen stehn,
Wo deine Reste geborgen,
Da werde ich träumen gehn
Von meinen Qualen und Leiden,
Und will mich mit Liedern und Zähren bescheiden,
Mit Seufzern der Liebe traut,
Mit Blumen, von meinen Tränen betaut,
Will ich dein Grab bekleiden.

O glücklich der Mensch, der wagt mit heiterem Blick
Dem grausamen nahenden Tod seinen Gruss zu sagen,
Der da besteht sein Geschick
Ohne Schrecken und ohne Klagen!

Aus dem französischen Original von *Elisar von Kupffer.*

Widmung.

Cesarion, lass uns bewahren
Die Treue und Freunde sein,
Wie edle Griechen uns paaren,
Uns ihren Tugenden weihn!
Dass nimmer der Freund verhehle
Aus Schwachheit des Freundes Fehle,
Aus falscher Zärtlichkeit.
So läutert sich Gold im Feuer
Und wird erst edel und teuer,
Von allen Schlacken befreit.

E. v. K.

JOHANN J. WINCKELMANN.

Geb. 9. Dezember 1717 in Stendal, war erst Konrektor in Seehausen, dann Sekretär beim Grafen Bünau in Dresden, ward 1754 katholisch, um nach Italien zu gelangen und seinen Drang nach Kunststudien befriedigen zu können: fand erst in Rom eine Heimat der Liebe, ward dort Bibliothekar und Freund des kunstsinnigen Kardinals Albani und 1763 Oberaufseher der Altertümer. Auf der Rückkehr aus Deutschland nach Italien wurde er in Triest 8. Juni 1768 von einem Raubmörder umgebracht.

Er begründete die Kunstgeschichte des Altertums, wodurch er sich seinen unsterblichen Namen machte; seine Schriften atmen die Begeisterung für die Schönheit, die ihm Lebensbedürfnis war.

Vergl. auch den Anhang.

Fünfter Brief an Friedr. Reinhold v. Berg in Liefland.

Rom, den 10. Februar 1764.

Geliebtester, schönster Freund!

Alle Namen, die ich Ihnen geben könnte, sind nicht süss genug und reichen nicht an meine Liebe, und alles, was ich Ihnen sagen könnte, ist viel zu schwach, mein Herz und meine Seele reden zu lassen. Vom Himmel kam die Freundschaft und nicht aus menschlichen Regungen. Mit einer gewissen Ehrfurcht näherte ich mich Ihnen; daher ich bei Ihrer Abreise des höchsten Gutes beraubet zu sein schien. Was hätte ich nicht schreiben müssen, wenn nur unter Hunderten meiner Leser ein einziger dies hohe Geheimnis begreifen könnte. Mein teuerster Freund, ich liebe Sie mehr als alle Kreatur, und keine Zeit, kein Zufall, kein Alter kann diese Liebe mindern; aber entfernt zu sein, ohne sich mit Briefen erreichen zu können, ist mir fast schmerzhafter als selbst der Abschied. (Ihr letztes Schreiben vom 28. November ist mir heute allererst durch Herrn Walther übermacht worden und vielleicht hat es einige Zeit bei ihm gelegen.)

Sie werden nunmehr das geringe Denkmal unserer Freundschaft überkommen haben, welches hätte merkwürdiger werden sollen, wenn ich nicht zu sehr geeilet hätte; und doch ist es mit allgemeinem Beifall aufgenommen worden. Ich werde es dem Grafen Woronzow, welcher in einigen Tagen hier erwartet wird, übergeben und ihm einen Begriff geben von dem seltenen Jüngling, den ich mir zur Qual ausersehen. Ich wünschte, es könnte Ihnen einiger Nutzen daraus erwachsen. Ich schrieb an Sie in einem Schreiben des würdigsten Herrn Grafen von Münnich, welches in dem Hof-Pakete des Wienerischen Hofes nach Petersburg abgegangen ist, und dieses war im Oktober. Sollten Sie, um mich völlig trostlos zu lassen, Ihren Aufenthalt in Petersburg machen, so kann ein Weg zum Briefwechsel über Wien gemacht werden; bis dahin mache ich mir aber noch allezeit einige Hoffnung, Sie vor meinem Ende zu umarmen, welches ich nur einmal und voller Furcht und Verwirrung getan habe. . . .

(Er dankt für die Teilnahme an seinem Werk und verspricht ihm sein Bildnis.)

. . . Ich gedenke den 28sten dieses nach Neapel zu gehn, wo ich mich auf dem Wege mit der geliebten Idee meines Freundes unterhalten werde. Wie glücklich würde ich sein, Sie zur Seite zu haben! Sie stehen mit mir auf, Sie gehen mit mir schlafen! Sie sind der Traum meiner Nacht. (Ich werde nicht umhin können Herrn Reifstein daselbst zu sehen und ihm Ihre Schrift zu bringen.)

Man sucht mir Vorschläge nach Dresden zu machen; es werden dieselben aber schwerlich annehmlich sein. Denn was kann ich gewinnen gegen 400 Scudi jährliches Einkommen und gegen den Himmel und die Menschen, welche ich vertauschen müsste. . . .

Machen Sie mich bald durch eine Antwort beglückt. Eine jede Zeile von Ihrer Hand ist mir eine heilige Reliquie, und wenn Sie wiederkommen wollen, ist Ihnen die Zuschrift einer wichtigen Schrift zugedacht!

Ich küsse Ihr Bild und ersterbe

Ihr

ewiger geweihter Freund und gehorsamster Diener

Winckelmann.

Briefe von Fr. R. von Berg an Winckelmann waren auf dem weiten Wege verloren gegangen. Winckelmann, der es nicht wusste, war dann sehr missgestimmt. Als der letzte Brief v. Bergs in Rom anlangte, da war Winckelmann kurz vorher ermordet worden. R. v. Berg starb als Excellenz und Landrat in Liefland.

JOHANN GOTTFRIED VON HERDER.

Geb. 25. August 1744 in Mohrungen, gest. 18. Dezember 1803 als Generalsuperintendent und Hofprediger in Weimar. Sein Leben und Schaffen dürfte in Deutschland als hinlänglich bekannt angenommen werden; es handelt sich ja hier auch nicht um seine litterarische Würdigung.

Als Urteil eines christlichen Theologen ist folgender Abschnitt immerhin beachtenswert. Seine Moral ist noch die altjüdisch-byzantinische (Moses-Paulus-Justinian).

Aus: Ideen zur Philosophie der Geschichte der Menschheit.

. . . . Nie hat ein Zweig schönere Früchte getragen, als der kleine Öl-, Epheu- und Fichtenzweig, der die griechischen Sieger kränzte. Er machte die Jünglinge schön, gesund, munter; den Gliedern gab er Gelenkigkeit, Ebenmaass und Wohlgestalt; in ihrer Seele fachte er die ersten Funken der Liebe an für den Ruhm, selbst für den Nachruhm und prägte ihnen die unzerstörbare Form ein, für ihre Stadt und für ihr Land zu leben; was endlich das Schätzbarste ist, er gründete in ihrem Gemüte jenen Geschmack für Männerumgang und Männerfreundschaft, der die Griechen ausnehmend unterscheidet. Nicht war das Weib in Griechenland der ganze Kampfpreis des Lebens, auf den es ein Jüngling anlegte; die schönste Helena könnte immer doch nur einen Paris bilden, wenn ihr Genuss oder Besitz das Ziel der ganzen Mannestugend wäre. Das Geschlecht der Weiber, so schöne Muster jeder Tugend es auch in Griechenland hervorgebracht hat, blieb nur ein untergeordneter Zweck des männlichen Lebens; die Gedanken edler Jünglinge gingen auf etwas Höheres hinaus; das Band der Freundschaft, das sie unter sich oder mit erfahrnen Männern knüpften, zog sie in eine Schule, die ihnen Aspasia schwerlich gewähren konnte, daher in mehreren Staaten die männliche Liebe der Griechen mit jener Nachweisung, jenem Unterrichte, jener Dauer und Aufopferung begleitet ist, deren

Empfindungen und Folgen wir im Plato, beinah wie in einem Roman aus einem fremden Planeten lesen.

Männliche Herzen banden sich aneinander in Liebe und Freundschaft, oft bis auf den Tod; der Liebhaber verfolgte den Geliebten mit einer Art Eifersucht, die auch den kleinsten Fehler an ihm aufspähte, und der Geliebte scheute das Auge seines Liebhabers als eine läuternde Flamme der geheimsten Neigungen seiner Seele. Wie uns nun die Freundschaft der Jugend die süsseste, und keine Empfindung dauernder ist, als die Liebe derer, mit denen wir uns in den schönsten Jahren unsrer wachsenden Kräfte auf einer Laufbahn der Vollkommenheit üben: so war den Griechen diese Laufbahn in ihren Gymnasien, bei ihren Geschäften des Krieges und der Staatsverwaltung öffentlich bestimmt, und jene „heilige Schar" der Liebenden davon die natürliche Folge. Ich bin weit entfernt die Sittenverderbnis zu verhehlen, die aus dem Missbrauch dieser Anstalten, insonderheit, wo sich unbekleidete Jünglinge übten, mit der Zeit erwuchsen; allein auch dieser Missbrauch lag leider im Charakter der Nation, deren warme Einbildungskraft, deren fast wahnsinnige Liebe für alles Schöne, in welches sie den höchsten Genuss der Götter setzten, Unordnungen solcher Art unumgänglich machte. Im Geheimen geübt, würde diese nur desto verderblicher geworden sein, wie die Geschichte fast aller Völker des warmen Erdstrichs oder einer üppigen Kultur beweisen. Daher ward der Flamme, die sich im Innern nährte, durch öffentliche, rühmliche Zwecke und Anstalten freiere Luft verschafft; sie kam damit aber auch unter die einschränkende Aufsicht der Gesetze, die sie als eine wirkliche Triebfeder für den Staat brauchen.

JOH. WOLFGANG VON GOETHE.

Geb. 28. August 1749 in Frankfurt, gest. 22. März 1832 in Weimar. Vergl. Anhang.

Aus „Winckelmann und sein Jahrhundert".

HEIDNISCHES.

Jene Schilderung des altertümlichen, auf diese Welt und ihre Güter angewiesenen Sinnes führt uns unmittelbar zur Betrachtung, dass dergleichen Vorzüge nur mit einem heidnischen Sinne vereinbar seien. Jenes Vertrauen auf sich selbst, jenes Wirken in der Gegenwart, die reine Verehrung der Götter als Ahnherren, die Bewunderung derselben gleichsam nur als Kunstwerke, die Ergebenheit in ein übermächtiges Schicksal, die in dem hohen Werte des Nachruhms selbst wieder auf die Welt angewiesene Zukunft gehören so notwendig zusammen, machen solch ein unzertrennliches Ganze, bilden sich zu einem von der Natur selbst beabsichtigten Zustand des menschlichen Wesens, dass wir in dem höchsten Augenblicke des Genusses, wie in dem tiefsten der Aufopferung, ja des Untergangs eine unverwüstliche Gesundheit gewahr werden.

Dieser heidnische Sinn leuchtet aus Winckelmanns Handlungen und Schriften hervor und spricht sich besonders in seinen früheren Briefen aus, wo er sich noch im Konflikt mit neuern Religionsgesinnungen abarbeitet. Diese seine Denkweise, diese Entfernung von aller christlichen Sinnesart, ja sein Widerwillen dagegen muss man im Auge haben, wenn man seine sogenannte Religionsveränderung beurteilen will. Diejenigen Parteien, in welche sich die christliche Religion teilt, waren ihm völlig gleichgültig, indem er, seiner Natur nach, niemals zu einer der Kirchen gehörte, welche sich ihr subordinieren.

FREUNDSCHAFT.

Waren jedoch die Alten, so wie wir von ihnen rühmen, wahrhaft ganze Menschen, so mussten sie, indem sie sich selbst und die Welt behaglich empfanden, die Verbindungen menschlicher Wesen in ihrem ganzen Umfange kennen lernen, sie durften jenes Entzückens nicht ermangeln, das aus der Verbindung ähnlicher Naturen hervorspringt.

Auch hier zeigt sich ein merkwürdiger Unterschied alter und neuer Zeit. Das Verhältnis zu den Frauen, das bei uns so zart und geistig geworden, erhob sich kaum über die Grenze des (all)gemeinsten Bedürfnisses. Das Verhältnis der Eltern zu den Kindern scheint einigermaassen zarter gewesen zu sein. Statt aller Empfindungen aber galt ihnen die Freundschaft unter Personen männlichen Geschlechts, obgleich auch Chloris und Thyia noch im Hades als Freundinnen unzertrennlich sind.

Die leidenschaftliche Erfüllung liebevoller Pflichten, die Wonne der Unzertrennlichkeit, die Hingebung eines für den andern, die ausgesprochene Bestimmung für das ganze Leben, die notwendige Begleitung in den Tod setzen uns bei Verbindung zweier Jünglinge in Staunen, ja man fühlt sich beschämt, wenn uns Dichter, Geschichtschreiber, Philosophen, Redner mit Fabeln, Ereignissen, Gefühlen, Gesinnungen solchen Inhaltes und Gehaltes überhäufen.

Zu einer Freundschaft dieser Art fühlte Winckelmann sich geboren, derselben nicht allein sich fähig, sondern auch im höchsten Grade bedürftig; er empfand sein eigenes Selbst nur unter der Form der Freundschaft, er erkannte sich nur unter dem Bilde des durch einen Dritten zu vollendenden Ganzen. Frühe schon legte er dieser Idee einen vielleicht unwürdigen Gegenstand unter (den jungen Lambert, welcher ihm mit Undank lohnte), er widmete sich ihm, für ihn zu leben und zu leiden, für denselben fand er selbst in seiner Armut Mittel, reich zu sein, zu geben, aufzuopfern, ja er zweifelt nicht, sein Dasein, sein Leben zu verpfänden. Hier ist es, wo Winckelmann, selbst mitten in Druck und Not, gross, reich, freigebig und glücklich fühlt, weil er dem etwas leisten kann, den er über alles liebt, ja dem er sogar, als höchste Aufopferung, Undankbarkeit zu verzeihen hat.

Wie auch die Zeiten und Zustände wechseln, so bildet Winckelmann alles Würdige, was ihm naht, nach dieser Urform zu seinem Freunde um, und wenn ihm gleich manches von diesen Gebilden leicht und bald vorüberschwindet, so erwirbt ihm doch diese schöne Gesinnung das Herz manches Trefflichen und er hat das Glück, mit den Besten seines Zeitalters und Kreises in dem schönsten Verhältnisse zu stehen.

SCHÖNHEIT.

Wenn aber jenes tiefe Freundschaftsbedürfnis sich eigentlich seinen Gegenstand erschafft und ausbildet, so würde dem altertümlich Gesinnten dadurch nur ein einseitiges, ein sittliches Wohl zuwachsen, die äussere Welt würde ihm wenig leisten, wenn nicht ein verwandtes, gleiches Bedürfnis und ein befriedigender Gegenstand desselben glücklich hervorträte, wir meinen die Förderung des sinnlich Schönen und das sinnlich Schöne selbst: denn das letzte Produkt der sich immer steigernden Natur ist der schöne Mensch.

. . . .

Für diese Schönheit war Winckelmann seiner Natur nach fähig, er ward sie in den Schriften der Alten zuerst gewahr; aber sie kam ihm aus den Werken der bildenden Kunst persönlich entgegen, aus denen wir sie erst kennen lernen, um sie an den Gebilden der lebendigen Natur gewahr zu werden und zu schätzen.

Finden nun beide Bedürfnisse der Freundschaft und der Schönheit zugleich an einem Gegenstande Nahrung, so scheint das Glück und die Dankbarkeit des Menschen über alle Grenzen hinauszusteigen, und alles, was er besitzt, mag er so gern als schwache Zeugnisse seiner Anhänglichkeit und seiner Verehrung hingeben.

So finden wir Winckelmann oft im Verhältnis mit schönen Jünglingen, und niemals erscheint er belebter und liebenswürdiger, als in solchen, oft nur flüchtigen Augenblicken.

* * *

DER SCHENKE SAKI.

Nennen dich den grossen Dichter,
Wenn dich auf dem Markte zeigest;
Gerne hör ich, wenn du singest,
Und ich horche, wenn du schweigest.

Doch ich liebe dich noch lieber,
Wenn du küssest zum Erinnern:
Denn die Worte gehn vorüber,
Und der Kuss, der bleibt im Innern.

Reim auf Reim will was bedeuten,
Besser ist es viel zu denken.
Singe du den andern Leuten
Und verstumme mit dem Schenken.

* * *

Jene garstige Vettel,
Die buhlerische,
Welt heisst man sie,
Mich hat sie betrogen
Wie die übrigen alle.
Glaube nahm sie mir weg,
Dann die Hoffnung,
Nun wollte sie
An die Liebe,
Da riss ich aus.
Den geretteten Schatz
Für ewig zu sichern,
Teilt ich ihn weislich
Zwischen Suleika und Saki.
Jedes der Beiden
Beeifert sich um die Wette,
Höhere Zinsen zu entrichten.
Und ich bin reicher als je.
Den Glauben hab ich wieder!
An ihre Liebe den Glauben!
Er, im Becher, gewährt mir
Herrliches Gefühl der Gegenwart;
Was will da die Hoffnung!

Aus „Wilhelm Meisters Wanderjahren“.

Zweites Buch, Kap. 12.

Der junge Wilhelm kommt mit seinen Eltern zu Pfingsten „aus der alten ernsten Stadt“ (Frankfurt?) zu einem befreundeten Pastor aufs Land. Dorfkinder sind ihm beim Blumenpflücken behilflich.

Der ältere dieser Knaben jedoch, an Jahren wenig vor mir voraus, der Sohn des Fischers, den dieses Blumengetändel nicht zu freuen schien, ein Knabe, der mich bei seinem ersten Auftreten gleich besonders angezogen hatte, lud mich ein, mit ihm nach dem Fluss zu gehen, der, schon ansehnlich breit, in weniger Entfernung vorbeifloss. Wir setzten uns mit ein paar Angelruten an eine schattige Stelle, wo im tiefen, ruhig klaren Wasser gar manches Fischlein sich hin und her bewegte. Freundlich wies er mich an, worum es zu tun, wie der Köder am Angel zu befestigen sei, und es gelang mir einigemal hintereinander, die kleinsten dieser zarten Geschöpfe wider ihren Willen in die Luft herauszuschnellen. Als wir nun so zusammen aneinandergelehnt beruhigt sassen, schien er zu langweilen und machte mich auf einen flachen Kies aufmerksam, der von unserer Seite sich in den Strom hinein erstreckte. Da sei die schönste Gelegenheit, zu baden. Er könne, rief er, endlich aufspringend, der Versuchung nicht widerstehen; und ehe ich mich's versah, war er unten, ausgezogen und im Wasser.

Da er sehr gut schwamm, verliess er bald die seichte Stelle, übergab sich dem Strom und kam bis an mich in dem tieferen Wasser heran; mir war ganz wunderlich zu Mute geworden. Grashupfer tanzten um mich her, Ameisen krabbelten heran, bunte Käfer hingen an den Zweigen, und goldschimmernde Sonnenjungfern, wie er sie genannt hatte, schwebten und schwankten geisterartig zu meinen Füssen, eben als jener, einen grossen Krebs zwischen Wurzeln hervorholend, ihn lustig aufzeigte, um ihn gleich wieder an den alten Ort zu bevorstehendem Fange geschickt zu verbergen. Es war umher so warm und so feucht, man sehnte sich aus der Sonne in den Schatten, aus der Schattenkühle hinab ins kühlere Wasser. Da war es denn ihm leicht, mich hinunter zu locken; eine nicht oft wiederholte Einladung fand ich unwiderstehlich und war, mit einiger Furcht vor den Eltern, wozu sich die Scheu vor dem unbekannten Elemente gesellte, in ganz wunderlicher Bewegung. Aber bald auf den Kies entkleidet, wagt ich mich sachte ins Wasser, doch nicht tiefer, als es der leise abhängige Boden erlaubte; hier liess er mich weilen, entfernte sich in dem tragenden Elemente, kam wieder, und als er sich heraushob, sich aufrichtete, im höheren Sonnenschein sich abzutrocknen, glaubt ich meine Augen von einer dreifachen Sonne geblendet: so schön war die menschliche Gestalt, von der ich nie einen Begriff gehabt. Er schien mich mit gleicher Aufmerksamkeit zu betrachten. Schnell angekleidet standen wir uns noch immer unverhüllt gegen einander; unsere Gemüter zogen sich an, und unter den feurigsten Küssen schwuren wir eine ewige Freundschaft.

. . . .

Sie trennen sich und verabreden ein abendliches Stelldichein an der Waldecke.

Es dämmerte schon, als wir uns der Waldecke wieder näherten, wo der junge Freund meiner zu warten versprochen hatte. Ich strengte die Sehkraft möglichst an, um seine Gegenwart zu erforschen; als es mir nicht gelingen wollte, lief ich ungeduldig der langsam schreitenden Gesellschaft voraus, rannte durch Gebüsche hin und wieder. Ich rief, ich ängstigte mich; er war nicht zu sehen und antwortete nicht; ich empfand zum erstenmal einen leidenschaftlichen Schmerz, doppelt und vielfach.

. . . .

Bald überrascht ihn das Unglück: denn sein junger Freund Adolf ist mit vier andern Knaben beim Krebsen ertrunken. Es folgt nun das Wiedersehn mit dem eben gewonnenen und wieder verlornen Freunde.

Der Pfarrherr mit dem Vater gingen bedenklich dem Gemeindehause zu; der volle Mond war aufgegangen und beleuchtete die Pfade des Todes; ich folgte leidenschaftlich, man wollte mich nicht einlassen; ich war im schrecklichsten Zustande. Ich umging das Haus und rastete nicht; endlich ersah ich meinen Vorteil und sprang zum offenen Fenster hinein.

In dem grossen Saale, wo Versammlungen aller Art gehalten werden, lagen die Unglückseligen auf Stroh, nackt, ausgestreckt, glänzendweisse Leiber, auch bei düsterm Lampenschein hervorleuchtend. Ich warf mich auf den Grössten, auf meinen Freund; ich wüsste nicht von meinem Zustand zu sagen, ich weinte bitterlich und überschwemmte seine breite Brust mit unendlichen Tränen. Ich hatte etwas von Reiben gehört, das in solchem Falle hilfreich sein sollte, ich rieb meine Tränen ein und belog mich mit der Wärme, die ich erregte. In der Verwirrung dacht ich ihm Atem einzublasen, aber die Perlenreihen seiner Zähne waren fest verschlossen; die Lippen, auf denen der Abschiedskuss noch zu ruhen schien, versagten auch das leiseste Zeichen der Erwiderung. An menschlicher Hilfe verzweifelnd, wandt ich mich zum Gebet; ich flehte, ich betete, es war mir, als wenn ich in diesem Augenblicke Wunder tun müsste, die noch inwohnende Seele hervorzurufen, die noch in der Nähe schwebende wieder hineinzulocken.

Man riss mich weg; weinend, schluchzend sass ich im Wagen und vernahm kaum, was die Eltern sagten: unsere Mutter, was ich nachher so oft wiederholen hörte, hatte sich in den Willen Gottes ergeben. Ich war indessen eingeschlafen und erwachte verdüstert am späten Morgen in einem rätselhaften, verwirrten Zustande.

Da der Tod des krebsenden Knaben ein wirkliches Erlebnis Goethes aus seiner Jugendzeit ist, darf man wohl die Gefühle für den Fischerknaben auch als inneres Jugenderlebnis des Dichters in Anspruch nehmen.

* * *

FRIEDRICH VON SCHILLER.

Geb. 10. Nov. 1759 zu Marbach, gest. 9. Mai 1805 zu Weimar. Sein Lebensgang und seine Werke dürften jedem gebildeten Deutschen halbwegs geläufig sein. Ich kann mir daher um so eher gestatten, diese beiden Stellen aus dem „Don Karlos“ ohne Erläuterung des Stoffes zu bringen. Wer nicht erkannt hat, dass die Hingebung des Marquis Posa gegenüber Don Karlos ursprünglichste Liebe ist und nicht sentimentale Freundschaft, der frage sich selbst, ob eine so blutlose Regung irgend jemanden zu solcher Aufopferung des Lebens bewegen kann. Das heisst den männlichen Dichter absolut verkennen und die wahren Empfindungen, die in dem Werke pulsieren, zu überspannten Sentimentalitäten herabwürdigen. Solche falsche Beurteilung trifft diesen trotz allem grössten Dramatiker Deutschlands leider nur zu häufig. Zugleich sei auf die Beziehungen Maxens zu Wallenstein und auf „die Bürgschaft“ hingewiesen. Dies alles beweist zum mindesten, in welchem Maasse unser grosser Dichter diese Gefühle geschätzt hat, zumal ihm die Schilderung der Frauenliebe meist minder geglückt ist.

Aus der „Freundschaft“.

(Aus den Briefen Julius' an Raphael, einem noch ungedruckten Roman.)

. . . .

Wars nicht dies allmächtige Getriebe,
Das zum ewgen Jubelbund der Liebe
Unsre Herzen aneinanderzwang?
Raphael, an deinem Arm — o Wonne!
Wag auch ich zur grossen Geistersonne
Freudigmutig den Vollendungsgang.

Glücklich! glücklich! dich hab ich gefunden,
Hab aus Millionen dich umwunden,
Und aus Millionen mein bist du —
Lass das Chaos diese Welt umrütteln,
Durcheinander die Atome schütteln;
Ewig fliehn sich unsre Herzen zu.

Muss ich nicht aus deinen Flammenaugen
Meiner Wollust Widerstrahlen saugen?
Nur in dir bestaun ich mich
Schöner malt sich mir die schöne Erde,
Heller spiegelt in des Freunds Geberde,
Reizender der Himmel sich.
. . . . . .

Aus „Don Karlos", I. Akt, 2. Auftritt.

Karlos und Marquis von Posa.

Karlos: O, wenn es eintrifft, was
Mein Herz mir sagt, wenn du aus Millionen
Herausgefunden bist, mich zu verstehn;
Wenns wahr ist, dass die schaffende Natur
Den Roderich im Karlos wiederholte,
Und unsrer Seelen zartes Saitenspiel
Am Morgen unsres Lebens gleich bezog;
Wenn eine Träne, die mir Lindrung giebt,
Dir teurer ist, als meines Vaters Gnade —

Marquis: O, teurer als die ganze Welt.

Karlos: So tief
Bin ich gefallen — bin so arm geworden,
Dass ich an unsre frühen Kinderjahre
Dich mahnen muss — dass ich dich bitten muss,
Die lang vergessnen Schulden abzutragen,
Die du noch im Matrosenkleide machtest —
Als du und ich, zwei Knaben wilder Art,
So brüderlich zusammen aufgewachsen,
Kein Schmerz mich drückte, als von deinem Geiste
So sehr verdunkelt mich zu sehn — ich endlich
Mich kühn entschloss, dich grenzenlos zu lieben,
Weil mich der Mut verliess dir gleich zu sein.
Da fing ich an, mit tausend Zärtlichkeiten
Und treuer Bruderliebe dich zu quälen;
Du, stolzes Herz, gabst sie mir kalt zurück.
Oft stand ich da, und — doch das sahst du nie!

Und heisse, schwere Tränentropfen hingen
In meinem Aug, wenn du, mich überhüpfend,
Geringre Kinder in die Arme drücktest.
Warum nur diese? rief ich trauernd aus:
Bin ich dir nicht auch herzlich gut? — Du aber,
Du knietest kalt und ernsthaft vor mir nieder:
Das, sagtest du, gebührt dem Königssohn.

Marquis: O stille, Prinz, von diesen kindischen
Geschichten, die mich jetzt noch schamrot machen.

Karlos: Ich hatt es nicht um dich verdient. Verschmähen,
Zerreissen konntest du mein Herz, doch nie
Von dir entfernen. Dreimal wiesest du
Den Fürsten von dir, dreimal kam er wieder
Als Bittender, um Liebe dich zu flehn
Und dir gewaltsam Liebe aufzudrängen.
Ein Zufall tat, was Karlos nie gekonnt.

Er erzählt nun die Geschichte mit dem Balle und die Strafe, die er für seinen Freund erduldet . . .

Ich sah auf dich und weinte nicht. — Du kamst;
Laut weinend sankst du mir zu Füssen. Ja,
Ja, riefst du aus, mein Stolz ist überwunden.
Ich will bezahlen, wenn du König bist.

Marquis (reicht ihm die Hand):
Ich will es, Karl. Das kindische Gelübde
Erneur ich jetzt als Mann. Ich will bezahlen.
Auch meine Stunde schlägt vielleicht.

*

IV. Akt, 5. Auftritt.

Karlos und König Philipp an der Leiche des ermordeten Posa.

Der Tote war mein Freund — Und wollt Ihr wissen,
Warum er starb? Für mich ist er gestorben.

. . . . . .

Ja, Sire, wir waren Brüder! Brüder durch
Ein edler Band, als die Natur es schmiedet.
Sein schöner Lebenslauf war Lieb. Liebe
Für mich sein grosser, schöner Tod. Mein war er,
Als Sie mit seiner Achtung grossgetan,
Als seine scherzende Beredsamkeit
Mit ihrem stolzen Riesengeiste spielte.
Ihn zu beherrschen wähnten Sie — und waren
Ein folgsam Werkzeug seiner höhern Pläne.
Dass ich gefangen bin, war seiner Freundschaft
Durchdachtes Werk. Mich zu erretten, schrieb
Er an Oranien den Brief — O Gott,
Es war die erste Lüge seines Lebens!
Mich zu erretten, warf er sich dem Tod,
Den er erlitt, entgegen. Sie beschenkten ihn
Mit Ihrer Gunst — er starb für mich. Ihr Herz
Und Ihre Freundschaft drangen Sie ihm auf,
Ihr Zepter war das Spielwerk seiner Hände;
Er warf es hin und starb für mich!

*

SPIEL DES SCHICKSALS.

Ein Bruchstück aus einer wahren Geschichte.

Aloysius von G*** war der Sohn eines Bürgerlichen von Stande in ***schen Diensten, und die Keime seines glücklichen Genies wurden durch eine liberale Erziehung frühzeitig entwickelt. Noch sehr jung, aber mit gründlichen Kenntnissen versehen, trat er in Militärdienste bei seinem Landesherrn, dem er als ein junger Mann von grossen Verdiensten und noch grösseren Hoffnungen nicht lange verborgen blieb. G*** war in vollem Feuer der Jugend, der Fürst war es auch; G*** war rasch, unternehmend, der Fürst, der es auch war, liebte solche Charaktere. Durch eine reiche Ader von Witz und eine Fülle von Wissenschaft wusste G*** seinen Umgang zu beseelen, jeden Zirkel, in den er sich mischte, durch eine immer gleiche Jovialität aufzuheitern, und über alles, was sich ihm darbot, Reiz und Leben auszugiessen; und der Fürst verstand sich darauf, Tugenden zu schätzen, die er in einem hohen Grade selbst besass. Alles, was er unternahm, seine Spielereien selbst, hatten einen Anstrich von Grösse: Hindernisse schreckten ihn nicht und kein Fehlschlag konnte seine Beharrlichkeit besiegen. Der Wert dieser Eigenschaften erhöhte eine empfehlende Gestalt, das volle Bild blühender Gesundheit und herkulischer Stärke, durch das beredte Spiel eines regen Geistes beseelet; in Blick, Gang und Wesen eine anerschaffne natürliche Majestät, durch eine edle Bescheidenheit gemildert. War der Prinz von dem Geiste seines jungen Gesellschafters bezaubert, so riss diese verführerische Aussenseite seine Sinnlichkeit unwiderstehlich hin. Gleichheit des Alters, Harmonie der Neigungen und der Charaktere stifteten in kurzem ein Verhältnis zwischen Beiden, das alle Stärke von der Freundschaft und von der leidenschaftlichen Liebe alles Feuer und alle Heftigkeit besass. G*** flog von einer Beförderung zur andern: aber diese äusserlichen Zeichen schienen sehr weit hinter dem, was er dem Fürsten in der Tat war, zurückzubleiben. Mit erstaunlicher Schnelligkeit blühte sein Glück empor, weil der Schöpfer desselben sein Anbeter, sein leidenschaftlicher Freund war. Noch nicht zweiundzwanzig Jahr alt, sah er sich auf einer Höhe, womit die Glücklichsten sonst ihre Laufbahn beschliessen. Aber sein tätiger Geist konnte nicht lange im Schooss müssiger Eitelkeit rasten, noch sich mit dem schimmernden Gefolge einer Grösse begnügen, zu deren gründlichem Gebrauch er in sich Mut und Kräfte genug fühlte. Während dass der Fürst nach dem Ringe des Vergnügens flog, vergrub sich der junge Günstling unter Akten und Büchern und widmete sich mit lasttragendem Fleiss den Geschäften, deren er sich endlich so geschickt und so vollkommen bemächtigte, dass jede Angelegenheit, die nur einigermaassen von Belange war, durch seine Hände ging. Aus einem Gespielen seiner Vergnügen wurde er bald erster Rat und Minister und endlich Beherrscher seines Fürsten. Bald war kein Weg mehr zu diesem, als durch ihn. Er vergab alle Ämter und Würden; alle Belohnungen wurden aus seinen Händen empfangen.

* * *

FRIEDRICH HÖLDERLIN.

Geb. 20. März 1770 in Lauffen a. Neckar; ein unglückliches Schicksal liess ihn schon 1802 in Tiefsinn verfallen, aus dem ihn der Tod erst am 7. Juni 1843 in Tübingen erlöste.

Seine formvollendeten Gedichte, von heiligem Feuer geläutert, entquellen einer tiefen, ungestillten Sehnsucht. Viele Gedichte, wie das „An die jungen Dichter" verraten wirklich hellenisches, maassvoll natürliches Empfinden. Es ist keine farblose Sentimentalität, die manche heute mit Hellenismus taufen. Sein Lebensroman „Hyperion" zählt der Sprache nach zum Besten, was die deutsche Prosa besitzt. Wenn Hölderlin von den Göttern singt, so ist es bei ihm kein gekünstelter Pseudoklassizismus, sondern sein tiefstes Herzensbedürfnis nach dem Walten einer solchen Religion, denn der Dichter ist durchaus religiös, was nämlich keineswegs mit „christlich" identisch ist. Das kann nicht genug betont werden.

GRIECHENLAND.

An St.

Hätt ich dich im Schatten der Platanen,
Wo durch Blumen der Ilissus rann,
Wo die Jünglinge sich Ruhm ersannen,
Wo die Herzen Sokrates gewann,
Wo Aspasia durch Myrten wallte,
Wo der brüderlichen Freude Ruf
Aus der lärmenden Agora schallte,
Wo mein Plato Paradiese schuf;

Wo den Frühling Festgesänge würzten,
Wo die Fluten der Begeisterung
Von Minervens heilgem Berge stürzten —
Der Beschützerin zur Huldigung —,
Wo in tausend süssen Dichterstunden
Wie ein Göttertraum das Alter schwand,
Hätt ich da, Geliebter! dich gefunden,
Wie vor Jahren dieses Herz dich fand!

Ach! wie anders hätt ich dich umschlungen —
Marathons Heroen sängst du mir,
Und die schönste der Begeisterungen
Lächelte vom trunknen Auge dir,
Deine Brust verjüngten Siegsgefühle,
Und dein Haupt, vom Lorbeerzweig umspielt,
Fühlte nicht des Lebens dumpfe Schwüle,
Die so karg der Hauch der Freude kühlt.

Ist der Stern der Liebe dir verschwunden
Und der Jugend holdes Rosenlicht?
Ach! umtanzt von Hellas goldnen Stunden,
Fühltest du die Flucht der Jahre nicht!
Ewig, wie der Vesta Flamme, glühte
Mut und Liebe dort in jeder Brust,
Wie die Frucht der Hesperiden blühte
Ewig dort der Jugend süsse Lust.

. . . . . .
. . . . . .
. . . . . .

Mich verlangt ins bessre Land hinüber,
Nach Alkaios und Anakreon,
Und ich schlief im engen Hause lieber
Bei den Heiligen in Marathon;
Ach! es sei die letzte meiner Tränen,
Die dem heilgen Griechenlande rann,
Lasst, o Parzen, lasst die Scheere tönen,
Denn mein Herz gehört den Toten an!

SOKRATES UND ALKIBIADES.

„Warum huldigest du, heiliger Sokrates,
„Diesem Jünglinge stets? kennest du Grössres nicht?
„Warum siehet mit Liebe,
„Wie auf Götter, dein Aug auf ihn?“

Wer das Tiefste gedacht, liebt das Lebendigste,
Hohe Tugend versteht, wer in die Welt geblickt,
Und es neigen die Weisen
Oft am Ende zum Schönen sich.

Aus „HYPERION“.

Da „Hyperion“ jedem so leicht zugänglich ist (Reclam), glaube ich jede Einführung entbehren zu können. Hyperion ist Hölderlin.

Hyperion an Diotima.

Ich hab ihn, teure Diotima!

Leicht ist mir die Brust und schnell sind meine Sehnen, ha! und die Zukunft reizt mich, wie eine klare Wassertiefe uns reizt, hinein zu springen und das übermütige Blut im frischen Bade zu kühlen. Aber das ist Geschwätz. Wir sind uns lieber als je, mein Alabanda und ich. Wir sind freier umeinander und doch ists alle die Fülle und Tiefe des Lebens, wie sonst.

O wie hatten die alten Tyrannen so recht, Freundschaften, wie die unsre, zu verbieten! Da ist man stark wie ein Halbgott und duldet nichts Unverschämtes in seinem Bezirke! —

Es war des Abends, da ich in sein Zimmer trat. Er hatte eben die Arbeit beiseite gelegt, sass in einer mondhellen Ecke am Fenster und pflegte seiner Gedanken. Ich stand im Dunkeln, er erkannte mich nicht, sah unbekümmert gegen mich her. Der Himmel weiss, für wen er mich halten mochte. Nun, wie geht es? rief er. So ziemlich! sagte ich. Aber das Heucheln war umsonst. Meine Stimme war voll geheimen Frohlockens. Was ist das? fuhr er auf: bist dus? Jawohl, du Blinder! rief ich und flog ihm in die Arme. O nun! rief Alabanda endlich, nun soll es anders werden, Hyperion!

Das denk ich, sagt ich und schüttelte freudig seine Hand.

Kennst du mich denn noch, fuhr Alabanda fort nach einer Weile, hast du den alten, frommen Glauben noch an Alabanda? Grossmütiger! mir ist es nimmer indes so wohl gegangen, als da ich im Lichte deiner Liebe mich fühlte.

Wie? rief ich, fragt dies Alabanda? Das war nicht stolz gesprochen, Alabanda. Aber es ist das Zeichen dieser Zeit, dass die alte Heroennatur um Ehre betteln geht, und das lebendige Menschenherz, wie eine Waise, um einen Tropfen Liebe sich kümmert.

Lieber Junge! rief er; ich bin eben alt geworden. Das schlaffe Leben überall und die Geschichte mit den Alten, zu denen ich in Smyrna dich in die Schule bringen wollte —

O es ist bitter, rief ich: auch an diesen wagte sich die Todesgöttin, die Namenlose, die man Schicksal nennt.

Es wurde Licht gebracht und wir sahen von neuem mit leisem liebenden Forschen uns an. Die Gestalt des Teuren war sehr anders geworden seit den Tagen der Hoffnung. Wie die Mittagssonne vom bleichen Himmel, funkelte sein grosses ewiglebendes Auge vom abgeblühten Gesichte mich an.

Guter! rief Alabanda mit freundlichem Unwillen, da ich ihn so ansah, lass die Wehmutsblicke, guter Junge! Ich weiss es wohl, ich bin herabgekommen. O mein Hyperion! ich sehne mich sehr nach etwas Grossem und Wahrem und ich hoff es zu finden mit dir. Du bist mir über den Kopf gewachsen, du bist freier und stärker wie ehmals, und siehe! das freut mich herzlich. Ich bin das dürre Land und du kommst wie ein glücklich Gewitter — o es ist herrlich, dass du da bist! . . . . . .

Noch eine Stelle aus dem Abschied Alabandas von Hyperion. Alabanda spricht:

. . . . . Ja! da ich noch ein Schiffsjunge war und stark und schnell der Geist und alle Glieder mir wurden bei rauher Kost, in mutiger Arbeit! Wenn ich da in heiterer Luft nach einer Sturmnacht oben am Gipfel des Mastes hing, unter der wehenden Flagge, und dem Seegevögel nach hinaussah über die glänzende Tiefe, wenn in der Schlacht oft unsre zornigen Schiffe die See durchwühlten, wie der Zahn des Ebers die Erd, und ich da an meines Hauptmanns Seite stand mit hellem Blick — da lebt ich, o da lebt ich! Und lange nachher, da der junge Tiniote mir nun am Smyrner Strande begegnete, mit seinem Ernste, seiner Liebe, und meine verhärtete Seele wieder aufgetaut war von den Blicken des Jünglings und lieben lernte und heilig halten alles, was zu gut ist, um beherrscht zu werden, da ich mit ihm ein neues Leben begann, und neue seelenvollere Kräfte mir keimten zum Genusse der Welt und zum Kampfe mit ihr, da hofft ich wieder — ach! und alles, was ich hofft und hatte, war an dich gekettet; ich riss dich an mich, wollte mit Gewalt dich in mein Schicksal ziehn, verlor dich, fand dich wieder, unsre Freundschaft nur war meine Welt, mein Wert, mein Ruhm; nun ists auch damit aus, auf immer, und all mein Dasein ist vergebens.

*
* *

GEORGE NOEL GORDON LORD BYRON.

Geb. 22. Januar 1788 in London aus altadliger Familie, wuchs in Schottland heran, besuchte die Universität in Cambridge, bereiste 1809 Portugal, Spanien und Griechenland, vermählte sich 1815 mit Lady Milbank, doch wurde die Ehe bereits 1816 getrennt, lebte dann in Italien, wo er mit der Gräfin Guiccioli in intimem Verkehr stand, ging 1823 nach Griechenland, um für die Befreiung der Griechen zu wirken, und starb schon 19. April 1824 in Missolunghi.

1811 hatte er einen Jüngling, Nicolo Giraud, in Athen lieb gewonnen, dem er für den Fall seines Todes eine Summe von 50 000 Thalern vermachte.

Er ist der grösste englische Dichter nächst Shakespeare und seiner Zeit von so ausgebreitetem Einfluss gewesen, wie kaum jemals ein zweiter. Ein fast dämonischer Zauber geht von seiner Persönlichkeit und seinen Werken aus; auch von Seiten Goethes wurde ihm die höchste Anerkennung zu Teil.

Aus „DON LEON“.

So sprich: hat die Natur, hab ich gefehlt,
Als, Kind noch, eine Neigung mich beseelt,
Als mich Gedanken wundersam umfingen,
Die kein Gebot vermochte zu bezwingen.
Ein hübscher Knabe, meines Pächters Spross,
War er bestellt zu meinem Dienst im Schloss.
Und heute, wo mein Haar beginnt zu bleichen,
Heut weiss ichs wohl, wird auch von unsren Sitten
Liebkosung gegen Knaben schlecht gelitten:
Aus Liebe, nur aus Liebe konnts geschehn,
Dass höchstes Glück mirs ward, ihn stets zu sehn,
Dass meinen Abgott ich im Jüngling fand,
War ich auch vornehm, er von schlichtem Stand.
Wie liebt ich ihn, wenn Wang an Wang gelegt
Ich seinen Leib in meinem Arm gehegt.
Ein Liebestrank war mir im Blut, fürwahr!
Wohin führt diese Fährt?
Sind Mädchen doch, nicht Knaben sonst begehrt!
Verpönt wär diese Lieb? . . O Herzeleid!

Zu welchen Schlingen ist Natur bereit!
Wozu umschwebet denn bei Tag und Nacht
Sein süsses Antlitz mich und weshalb tracht
Nach seinem holden Bild ich voll Verlangen?
Was giebt die Einsicht sich der Lust gefangen?
Droht das Gesetz — die Leidenschaft hält Stand,
Ist sie Natur doch, jenes — Menschentand.
Woher dies Sehnen voller Kraft und Macht?
Es schädigt keinen . . warum kams in Acht?
Wie mancher Held, vom Tatenruhm geschmückt,
Ward erst in seines Lieblings Arm beglückt!
Als tot Epaminondas, warum ward
Kephisodorus mit ihm aufgebahrt?
Die Liebe, die einander sie bewiesen,
Was ward sie von Plutarch so hoch gepriesen? . . .
Doch wir, wir müssen tadeln, was er sprach,
Sonst reicht man uns den Leidenskelch der Schmach.

Dr. Eduard von Mayer.

Aus „ADE".

. . . Und du, mein Freund, der mich geliebt,
So treu, wie's nie das Wort,
Das arme, schwache, wiedergiebt,
Dein denk ich fort und fort.
Den du mit Tränen einst genetzt,
Am Busen funkelnd ruht er jetzt
Dein Edelstein, der Liebe Pfand.
Wir waren Eins — Rang und Geschick
Vergass der teure Augenblick. . . .

FRIEDRICH RÜCKERT.

Geb. 16. Mai 1788 in Schweinfurt, studierte Jura und Philologie, Professor der orientalischen Sprachen, seit 1826 in Erlangen, seit 1841 in Berlin. Die letzten 18 Jahre seines Lebens brachte er in Neusess bei Koburg zu. Er starb 31. Januar 1866. Er vermittelte uns dichterisch den Orient.

Zum Gedächtnis meines Freundes Joseph Kopp.

. . . . .

. . . . .

Wie, der ich mich mit dir empfunden,
Empfind ich mich nun ohne dich?
Als ob ich halb mir sei entschwunden
Und halb geblieben, fühl ich mich.
Nie werd ich mehr mich ganz empfinden,
Denn dich werd ich nicht wiederfinden.

Nie wieder find ich dich im Raume,
Im Äussern, doch im Innern hier.
Ich sehe dich, doch nicht im Traume,
Du stehst im Wachen hell vor mir,
Und was ich dicht und was ich denke,
Es ist, als ob ich dir es schenke.

. . . . .

. . . . .

Mein Jonathan, du bist gegangen —
Und ich zu klagen blieb um dich.
Wenn je mir Davids Saiten klangen,
So mögen sie nun trösten mich!
Mein Kopp, mein Joseph, mein Getreuer!
Im Leben lieb, im Tod mir teuer.

* * *

Als der Schenke den Becher hielt,
Leise den Wein zu nippen,
Hat die Woge emporgespielt,
Küssend an seinen Lippen.

Als der Schenke die Flöte hielt,
Dass der Becher uns munde,
Hat die Flöte vor Lust gespielt,
Eh sie ihm war am Munde.

* * *

Aus der „Weisheit des Brahmanen".

Du hast der Freunde viel und geizest nicht um einen;
Ich habe wenige, und nannte dich den meinen,
Und muss im Herzen noch den meinigen dich nennen,
Und darf es, wenn nicht dir, mir selber wohl bekennen.
Was dich entfremden konnt, hab ich nicht Lust zu fragen;
Doch dass es möglich war, das hab ich zu beklagen.

II, 77.

* * *

Der Freund ist näher dir, als du dir selber bist;
O wie bist du so fern ihm, der so nah dir ist.

V, 195.

* * *

Der Freund hat einen Strick gelegt um mein Genick,
Führt mich, wohin er will, in jedem Augenblick.

V, 438.

FRANZ GRILLPARZER.

Geb. 15. Januar 1791 in Wien, war Archivdirektor, Mitglied der Akademie und des Herrenhauses, gest. 21. Januar 1872. Als Dramatiker zählt er zu den bedeutendsten; seine Werke zeichnen sich durch Leben, Energie und tiefpoetisches Empfinden aus. Trotz seines hohen Alters ist er erst nach seinem Tode wirklich zur Anerkennung durchgedrungen und wird es noch mehr.

In seinem „Tagebuch auf der Reise nach Frankreich und England 1836“ findet sich untenstehendes Gedicht mit folgender Einleitung:

„Ich weiss nicht, warum ich mir einbilde, Eine Person müsse sich eben jetzt in Paris finden. Ich sehe mich auf allen Strassen um und erschrecke manchmal. Und doch ist es ein Unsinn — Herzlosigkeit und ein Raum von 300 Meilen liegt dazwischen.

Eins ist, was altersgraue Zeiten lehren
Und lehrt der Morgen, der erst heut getagt:
Des Menschen ewges Schicksal heisst entbehren,
Und kein Besitz, — als den du dir versagt.

Der laute Tag, verlebt in froher Stunde —
Beim heitern Fest genippter Götterwein —
Des Teuren Kuss auf deinem heissen Munde —
Dein wärs? — Sieh zu! ob du vielmehr nicht sein.

Nur was du abweist, kann dir wiederkehren,
Nur was du denkst, ist dein; drum du bists, es ist du;
Drum lass gefasst ein Äussres uns entbehren:
In Selbstbewahrung liegt zuletzt die Ruh.“

AUGUST GRAF VON PLATEN-HALLERMÜNDE.

Geb. 24. Okt. 1796 in Ansbach, war erst bayrischer Leutnant, studierte dann in Würzburg und Erlangen, lebte seit 1826 in Italien und starb 5. Dec. 1835 in Syrakus. Sein Leben litt vielfach bitter unter den beschränkten Anschauungen der Heimat und Zeit. Seine Dichtungen zeichnen sich durch wunderbare Formenschönheit und Sprachbeherrschung aus und ist er darin wohl einer der ersten deutschen Dichter, auch sind seine Gedichte voll männlicher Kraft und ästhetisch feiner Leidenschaft. Wer sie marmorkalt nennt, will sie aus gewissen Gründen nicht verstehen, oder versteht es eben nicht, dass die Flamme wirklich künstlerisch verklärter Leidenschaft wie das Feuer im Diamanten lodert, das sich nicht mit plumper Hand greifen lässt. Hätte August von Platen im hellenischen Altertum gelebt, so würde er durch seine erhaben glutvollen Hymnen die Stelle eines zweiten Pindar errungen haben. Als Dramatiker ist er häufig ironisch wie Aristophanes.

An einen Freund.

(1816.)

Die Zeit war schön, der Himmel glänzte wider,
Und Tellus wob ihr bunt gewirktes Tuch,
Voll blauer Trauben duftete der Flieder,
Die Maienglocke streute Wohlgeruch,
Das leichte Volk mit farbigem Gefieder
Durchblätterte sein kleines Notenbuch,
Als auch der Frühling unsres Bundes lachte,
Den die Natur zu ihrem Lenze machte.

Beim ersten Blicke war ich dir gewogen;
Die ewge Liebe, die das All durchdringt,
Hat dich für mich, hat mich für dich erzogen,
Du standest vor mir, wie den Gott besingt
Die Hymne, welcher Leier trägt und Bogen:
Mit jenem Ton, der aus dem Herzen klingt,
Mit jenen Zügen, die zum Herzen sprechen,
Ein Rosenbusch, dem alle Knospen brechen.

* * *

An einen Freund.

(1820.)

Einsam und von Schmerz durchdrungen,
Sitzt der delphsche Gott und sinnt,
Er beweint den schönen Jungen,
Den geliebten Hyazinth.

Könnt ihm doch dein Bild erscheinen,
Das dir jedes Herz gewinnt,
Traun! er würde nicht mehr weinen
Um den schönen Hyazinth.

*
* *

ODE IV.

Warm und hell dämmert in Rom die Winternacht:
Knabe, komm! Wandle mit mir, und Arm in Arm
Schmiege die bräunliche Wang an deines
Busenfreundes blondes Haupt!

Zwar du bist dürftigen Stands: doch dein Gespräch,
O wie sehr zieh ich es vor dem Stutzervolk!
Weiche, melodische Zauberformeln
Lispelt dein Römermund.

Keinen Dank flüstere mir, o keinen Dank!
Konnt ich sehn, ohne Gefühl, an deines Augs
Wimper die schmerzende Träne hangen?
Ach, und welch Auge dies!

Hätt es je Bacchus erblickt, an Ampelos
Stelle dich hätt er gewählt, an dich allein
Seines ambrosischen Leibes verlornes
Gleichgewicht sanft gelehnt!

Heilig sei stets mir der Ort, wo dich zuerst,
Freund, ich fand, heilig der Berg Janiculus,
Heilig das friedliche, schöne Kloster
Und der stets grüne Platz!

Ja, von dort nanntest du mir die Stadt,
Wiesest mir Kirch und Palast, die Trümmer Sankt
Pauls, die besegelte, leichte Barke,
Die der Strom trieb hinab.

*
* *

(6. Mai 1835 in Sicilien.)

Inbrünstige fromme Gebete
Dir, Kypria, send ich empor,
Indem ich die Küsten betrete,
Die Haine, dir eigen zuvor!

Du lächelst noch immer dem Grusse
Der Gläubigen, innig und mild:
Nie konnten die Götzen der Busse
Verdrängen das göttliche Bild.

. . . .

Erregt an des Lenzes Erwarmung,
Indes du die Welten umfliegst,
Ruht alles in deiner Umarmung:
O heilige Liebe, du siegst!

Und soll ich allein im Gedränge
Der Lustigen nähren die Qual?
Wem biet ich die festlichen Klänge,
Wem reich ich den süssen Pokal?

Dir, freundlicher Knabe, kredenze
Den Wein ich, von Liebe betaut:
Du gleichst dem erwachenden Lenze,
Du schmiegst dich an mich so vertraut!

Nie trübten der Hass und die Lüge
Das Auge, das holde, und nichts
Entstellt die bescheidenen Züge
Des liebegewohnten Gesichts.

Mit Banden die Seele mir bindend,
Die längst dem Verlangen entschlief,
Unschuldig, und dennoch empfindend
Die Qualen der Liebe so tief.

So fand ich den Freund und vergesse,
Was sonst mir umwölkte die Stirn:
Sein Wuchs, er beschämt die Cypresse,
Sein Auge der Liebe Gestirn.

Nun, Kypria, steige hernieder
Zu diesen umdufteten Aun,
Um seiner ambrosischen Glieder
Vollendetes Wunder zu schaun!

Nun höre des Liebenden leises
Gebet und gewähre mir auch
Die Laute des tejischen Greises,[22])
Die wie ein ätherischer Hauch!

Lass mich den Ersehnten begaben
Mit Blumen und frischem Gewind,
Da, traun, die sikulischen Knaben[23])
So schön wie die samischen sind.

Nun möcht ich geniessen der Ernte
Nach langem und innigem Fleiss,
Wenn je den Gesang ich erlernte
Und was ich Erfreuliches weiss!

*
* *

(31. August 1835.)

Lieb und Lieblichkeit umfächeln
Deine Stirne voll Verstand:
Ganz bezwingt mich dieses Lächeln,
Diese schöne weiche Hand!

Deine Hand in meine flechten
Durft ich, was ich längst erbat:
Stets gehört zu deinen Knechten,
Wer ans Herz gedrückt sie hat!

Schlag, o Herz, entgegen zucke
Einer Hand so voll und weich:
Ach, in jenem Händedrucke
Lag ein ganzes Himmelreich!

Ach, es tun sich immer wieder
Meinem innern Auge kund
Diese Hände, diese Glieder,
Dieses Lächeln, dieser Mund!

Ewig werd ich dich vermissen,
Ewig fehlst du meinem Glück:
Die du ganz an dich gerissen,
Meine Seele gieb zurück!

Sonett 84.

Glaub mir, noch denk ich jener Stunden stündlich,
Wo ich zum ersten Male dir das zarte
Geheimnis deines Sieges offenbarte,
Im Liede kühn, allein verlegen mündlich.

Dein jetzger Wille scheint mir unergründlich:
Weil jene Schüchternheit sie nicht bewahrte,
Hör ich dich klagen, unsre Lieb entarte,
Und ihr Verlangen nennst du keck und sündlich.

O dass die Blume nicht umsonst verdüfte,
Lass Wang an Wange hier uns ruhn im Düstern,
Und Brust an Brust gedrängt, und Hüft an Hüfte.
Horch! wie es säuselt in den alten Rüstern;
Durchschwärmt vielleicht ein Elfenchor die Lüfte,
Wollüstig weichen Brautgesang zu flüstern.

*
* *

MICHAEL VON LERMONTOW.

Geb. 14./2. Okt. 1814 zu Moskau, wuchs nach dem frühen Tode seiner Mutter auf dem Landgute seiner Grossmutter, E. von Arssenjew, zu einem stolzen und verschlossenen Jüngling heran und glaubte schon früh die Falschheit der Menschen und das Elend des Lebens zu erkennen. Er studierte in Moskau und trat dann in St. Petersburg in das Leibgardehusarenregiment. Als er nach Puschkins gewaltsamem Tode (1837) tadelnde Verse gegen den Duellmörder und die höheren Kreise richtete, wurde er auf ein Jahr in den Kaukasus verbannt, 1840 wieder dahin versetzt. Dort, in Pjatigorsk, kam es 27./15. Juli 1841 zu einem Duell, Lermontow schoss absichtlich in die Luft und wurde selbst getötet. Er starb unvermählt. — Lermontow ist wohl der grösste russische Lyriker, ausser den Gedichten machen noch die poetischen Erzählungen seinen Ruhm aus, vor allem „Der Dämon".

An D......

Ich hab die russischen Gelände,
Ein armer Wanderer, durchirrt;
Rings Schlangentücke ohne Ende!
Nicht glaubt ich, dass ein Freund uns wird —
Nicht an der zarten Freundschaft Dauer,
Die schlicht und selbstlos uns erfreut;
Da wurdest du mir in der Trauer
Und hast den Frieden mir erneut!
Mit dir vereint im Fühlen, Denken,
Trink ich das Glück, wo Freude spricht;
Die falschen Mädchen mag ich nicht, —
Will ihnen nie Vertrauen schenken! . . .

Elisar von Kupffer.

DIE TRENNUNG.

Vor dir muss ich mich schuldig nennen,
Ich schätzte dein Verdienst zu spät.
Mit Tränen, die vor Sehnsucht brennen,

Hab um Vergebung ich gefleht;
Ich wollt ja, Freund, auch knieend sagen,
Verbrechen wär mein träumend Glück:
Doch meines Vorwurfs Qual und Klagen
Wiest du verständnislos zurück.
Warum musst ich so früh durchdringen,
So weh, die menschliche Natur,
Umsonst mein Glück zum Opfer bringen
Der Kälte deines Stolzes nur? . . .
Es ist geschehn! Ich sehe bangend
Die ewge Trennung vor der Tür . . .
Kalt ist die Hand, die ich verlangend
Mit meiner heissen Hand berühr.
O mög dich nie in fremden Landen,
Bei fremden Menschen, denkst du mein,
Ein Leid um mich mit wehen Banden
Verstricken in Erinnrungspein! . . .

E. v. K.

An N. N.

(An Ssaburow. (Unsre Freundschaft war mit so viel Streitigkeiten und Klatschereien verbunden, dass die Erinnerung an sie keineswegs heiter ist. Dieser Mensch hat einen weiblichen Charakter. Ich weiss selbst nicht, warum er mir so wert gewesen. Lermontows Anmerkung.)

Du wolltest nicht! Doch du wirst balde sehen,
Was unser Schicksal will, und untergehen,
Der Dolch der Reue dringt dir durch die Brust.
Ich werd ohn schweren Vorwurf dann bestehen,
Doch dir wird dann mein Blick erst recht bewusst,
Wie Schwert und Gift wird dich mein Blick bedrohen,
Reichst du dem Unrecht wieder deine Hand —
Nein, Freund, umsonst wirst du vor Eifer lohen,
Durch meinen Blick wirst du alsdann verbannt.
Ich will die Hand der Schmach nicht mehr umfangen,
Wie träumend denk ich unsrer Freundeszeit,
Mit mir teilt fürder niemand Harm und Leid.
Nach solchen Freunden trag ich nicht Verlangen;

Du bliebst ja kalt in meinen Unglücksstunden
Und als Verleumdung bös getroffen mich,
Doch kommt des Leidens Stunde auch für dich,
Dann wird auch mein Herz Mitleid nicht bekunden.

E. v. K.

Widmung an N. N.

(Bei Gelegenheit eines Streites mit Ssaburow.)

Nimm, Freund, was hier mein Dichten sorglos kündigt!
Was ich gefühlt, dir bring ich es nun dar,
Ob an der Freundschaft auch dein Stolz gesündigt,
Dir meines Herzens Glut nicht heilig war . . .
Du bist ja launisch sonder Überlegen,
Ein falscher Freund verlockte dich im Nu;
Bedenke wohl, man geht auf Dornenwegen
Durchs Tor des Unrechts seinem Glücke zu! . . .
Ich täte alles, gält es dich zu retten!
So schwor ich dir, und hab kein Leid geschaut;
Doch du — du schwiegst in deines Argwohns Ketten,
Hast meinen Worten nimmer recht getraut . . .
Die Stunde kommt: in meinem stummen Herzen
Da liest du alles einst mit wehem Blick;
Dann — flieh, vergeud nicht Worte ans Geschick —
Dann wird mein Urteil jede Regung merzen! . . .

E. v. K.

JOSE ZORILLA Y MORAL.

Geb. 21. Febr. 1817 in Valladolid, lebte in Paris, in Mexiko, und starb in Madrid 23. Januar 1893. Berühmt durch sein Drama „Don Juan Tenorio" (übers. v. J. Fastenrath); er ist auch Lyriker und Erzähler.

Zum Andenken an den unglücklichen Dichter Don Mariano Jose de Larra

(geb. 1809 in Madrid, gest. durch Selbstmord aus unglücklicher Liebe 1837).

Die Glockentöne, die ans Ohr mir schlagen,
Herüber tragen trauernd durch die Luft
Sie mir den Widerhall der letzten Klagen
Des Jünglings, der vom Weh, das er getragen,
Nun drunten ausruhn soll in tiefer Gruft.

Vollführt hat seine Sendung er hienieden
Und lässt sein Leben, das unselig war,
Der Jungfrau gleich, die zu des Klosters Frieden
Eingehnd, den Schleier aufhängt am Altar.

Zurück liess er nach schweren Schicksalsschlägen
Auf Erden diese freudenlose Nacht,
Um sich zu jenem Schlummer hinzulegen,
Draus man in einer andren Welt erwacht.

Ach, eine Blüte, die der Sommer knickte,
Ein Quell war er, vertrocknet schon im Mai;
Verronnen ist das Nass, das uns erquickte,
Die Blume starb, und alles ist vorbei.

Nein, Alles nicht; den Duft noch fühlt man wehen,
Man sieht das Frühlingsgrün des Blütenstrauchs,
Man fühlt durch all das Sterben und Vergehen
Das Atmen eines schöpferischen Hauchs.

Denn der Dichter in dem Werke,
Welches Gott ihm auferlegt,
Ist ein Baum, auf dem ein Fluch ruht,
Doch der Segensfrüchte trägt.

O schlafe, Freund, dort unten lebensmüde,
Wohin kein Ton von oben ferner dringt,
Als der von diesem trauervollen Liede,
Das dir ein andrer Dichter singt.

Nimm du es hin, als eine Liebesgabe!
Nicht singt im Tempel es ein Priesterchor —
Aus frommem, reinen Herzen weihts ein Knabe
Dem Freund, den er so früh verlor.

. . . . . .

Du der hinweg du gingst so jung,
Giebt es im Tode noch Erinnerung,
Gedenke meiner du im Jenseits drüben,
O Dichter, den zum Grab geführt die Bahre,
Wie treu an dich hier unten in dem trüben
Dasein ich die Erinnerung bewahre.

Ad. Fr. Graf v. Schack.

* * *

GUSTAV FLAUBERT.

Geb. 12. Dezember 1821 in Rouen, starb 7. Mai 1880. Hauptvertreter des modernen Realismus. Seine berühmtesten Werke sind „Madame Bovary" (1857) und „Salammbo" (1862).

In dem XIV. Kapitel seines historischen Romans „Salammbo" erzählt Flaubert das Ende des Aufstandes der Söldner gegen Karthago, das ihnen den Lohn vorenthalten hatte (241—237 v. Chr.). Das Heer der Söldner wird niedergemacht, vierhundert, die gefangen sind, sollen sich auf Hamilkar Barkas Befehl gleich Gladiatoren gegenseitig niedermetzeln. Der Dichter schildert nun das Elend der unglücklichen Männer folgendermassen:

. . . Die Barbaren (so wurden die Soldtruppen von den Karthagern genannt) sahen einander an und schwiegen. Es war nicht der Tod, der sie erbleichen liess, sondern die entsetzliche Zwangslage, in die sie sich versetzt sahen. Die Gemeinsamkeit ihres Lebens hatte zwischen diesen Männern innige Freundschaften erzeugt. Das Schlachtfeld war für die meisten ihr Vaterland; ohne Familie, wie sie waren, übertrugen sie ihr Bedürfnis nach Zärtlichkeit auf einen der Gefährten; sie entschlummerten Seite an Seite unter demselben Mantel beim Schimmer der Sterne. Und während sie durch aller Herren Länder in blutigen Taten und Abenteuern herumirrten, bildeten sich eigenartige Liebesbündnisse, geschlechtliche Vereinigungen, die ebenso ernsthaft wie Ehen waren, wo der Stärkere den Jüngeren im Gewühl der Schlacht verteidigte, ihm über Abgründe hinweghalf, den Fieberschweiss auf seiner Stirne trocknete, ja Nahrung für ihn raubte; und der andre, der als Kind vom Wege aufgelesen später zum Söldner geworden war, belohnte diese Aufopferung durch tausenderlei zarte Fürsorge und Gefälligkeiten einer Gattin.

Sie tauschten ihren Halsschmuck aus und ihre Ohrgehänge, Geschenke, die sie sich einst nach einer grossen Gefahr in den Stunden des Rausches gemacht hatten. Alle verlangten zu sterben und keiner wollte zustossen. Hie und da hörte man einen jungen Mann zu einem älteren mit ergrautem Bart sagen: „Nein! nein, du bist der Stärkere! Du wirst uns rächen, töte mich!" und dieser erwiderte: „Ich habe weniger Jahre zu leben! Stoss in mein Herz, und denk nicht mehr dran!" Die Brüder schauten sich an und drückten sich beide Hände. Der Geliebte, der bei dem Liebhaber stand, an seiner Schulter weinend, nahm von ihm auf ewig Abschied.

Sie lüfteten ihren Harnisch, damit die Spitze des Schwertes schneller eindringen konnte. Da zeigten sich die Spuren der schweren Hiebe, die sie um Karthagos willen erhalten hatten; es waren gleichsam Inschriften auf Säulen.

Sie stellten sich in vier gleichen Reihen auf nach der Art der Gladiatoren, und begannen mit zaghaften Ausfällen. Manche hatten sich sogar die Augen verbunden und ihre Schwerter strichen sanft durch die Luft, wie Stöcke von Blinden. Die Karthager stiessen ein Hohngelächter aus und schrieen ihnen zu, sie wären Feiglinge. Die Barbaren gerieten in Erregung und bald war der Kampf allgemein, heftig, entsetzlich.

Bisweilen blieben zwei Männer blutüberströmt stehn, fielen einander in die Arme und starben unter Küssen. Keiner wich zurück. Sie stürzten sich in die ausgestreckten Schwerter. Ihr Rasen war so furchtbar, dass die Karthager in der Ferne in Schrecken gerieten.

Elisar von Kupffer.

ADOLF HAUSRATH.

(George Taylor.)

Geb. 13. Januar 1837 in Karlsruhe, seit 1867 Professor in Heidelberg. Protestantischer Theologe und Kirchenhistoriker.

Aus: „ANTINOUS“, Kap. I.

Der edle, aber durch die Lebenserfahrungen argwöhnisch gewordene Kaiser Hadrian ruht in Gedanken; da wird er durch ein Geräusch aufgestört, er findet sein Schwert nicht an der gewohnten Stelle und misstrauisch schleicht er dem Geräusche nach; da überrascht er seinen Liebling Antinous, der damit beschäftigt ist, Zeichen in sein Schwert zu graben. Vor dem Zauber „der grossen seelenvollen Augen“ und der Gestalt des schönen Jünglings zerrinnt des Kaisers erster Groll. Antinous sucht ihm den Argwohn zu nehmen.

„Wem soll ich trauen,“ erwiderte Hadrian düster, „nachdem mich Vettern und Sippe verraten?“

„Oh,“ sprach der Jüngling, indem er bittend Hadrian näher trat, „sieh zu, dass nicht auch diese Verschwörung nur eine Ausgeburt deines Argwohns sei, Cäsar. Du hast Servianus und seinen Enkeln Unrecht getan, indem du Aelius Verus zum Mitregenten annahmst, und hast den Weichling doch nicht gewonnen, der wohl weiss, dass er vor dir sterben wird und nur seiner kranken Lunge die Erhebung dankt. Seit du sie alle getäuscht hast, fehlt dir selbst das Vertrauen zu ihnen, und nun hältst du auch die, die dich lieben, für Verschwörer und Mörder.“

„Wer liebt mich?“ sprach der Kaiser hohnvoll. Der Knabe warf sich leidenschaftlich zur Erde, indem er krampfhaft des Kaisers Kniee umklammerte.

„Oh, Hadrian, wenn du nur glauben könntest, wenn nur ein Fünkchen von Vertrauen in deiner Seele schlummerte, das ich anfachen könnte durch meinen Odem! Aber es ist alles vergebens,“ fuhr er in Tränen ausbrechend fort. „Nachdem ich durch ein Lustrum mit Leib und Leben dir diente, nichts wusste, nichts dachte, als dich, hast du für möglich gehalten, dass ich dich töten wollte!“ Und ein leidenschaftliches Zucken lief durch die schönen Glieder des Jünglings.

Des Kaisers Hand fuhr streichelnd über die nasse Wange des Lieblings.

„Stürme nicht so, mein Kind; du weisst, dass ich Tränen nicht liebe. Sehen wir morgen die Dinge bei Licht und gehen jetzt zur Ruhe,“ fügte er fröstelnd hinzu. „Wir werden derselben beide bedürfen.“

Der Knabe geleitete den fiebernden Fürsten zurück zu seinem Lager und, indem er dem Kranken Haupt und Wangen streichelte, wie einem Kinde, gelang es ihm, wie schon oft, den ruhlosen, gepeinigten Geist in Schlummer zu wiegen. So hatte vor einem Jahrtausend ein jüdischer Hirtenknabe seinen König in Schlummer gesungen, den ein gleicher Dämon um den Schlaf betrog. . . .

Als Hadrian bei dem helleren Lichte, das sich durch das Gemach stahl, erwachte, füllte ungewohnte Lebenskraft seine morschen Glieder. Mit helleren Farben als sonst schauten die Wandgemälde auf ihn hernieder. Mit Wohlgefallen ruhte sein Blick auf den kunstvollen Geräten, die der durch den Vorhang sich stehlende Sonnenstreifen in deutlicher Schönheit hervortreten liess, um schliesslich auf dem vollendetsten Gemälde dieses Gemachs, dem tadellos geformten Antlitz und Körper des Antinous, zu haften, der noch im glücklichen Schlafe der Jugend neben ihm lag. Mit zärtlicher Bewunderung folgte der Blick des Kaisers dem Heben und Fallen der hochgewölbten Brust, dem Spiel der halbgeöffneten Lippen. Was war es, was ihn so rätselhaft an diesen Knaben kettete? Wohl zunächst die Schönheit dieses Körpers, der mit edler hellenischer Form die Geschmeidigkeit des Asiaten, die schwermütige Würde des Orientalen verband, dann aber auch die tiefe Sympathie, die er für diese einfache Knabenseele empfand, in die noch keine Entzweiung, noch kein Riss gekommen war, und die darum in der unbedeutendsten Äusserung stets den vollen Metallton einer ungebrochnen Natur mitklingen liess. Wie oft hatte er dem träumerisch ins Leere schauenden Jüngling mit der Hand über die welligen Locken und die schmale Stirn gefahren und ihn gefragt, was er denke? und wenn dann der Jüngling sich selbst besinnend sagte: „Eigentlich nichts, Cäsar," so hatte ihn dieses Geständnis eines eben erst aus der glücklichen Dumpfheit des Knabenalters erwachenden Träumers tiefer ergriffen, als die klügste Antwort, denn er fühlte, dass in diesem Traumleben des Knaben mehr wahres Glück liege, als in den rastlosen Zweifeln, in denen sein eigenes, ewig bewegtes Denken sich zerrieb. Er selbst hing an diesem Knaben zunächst wohl um seiner Schönheit willen, aber er fühlte auch, dass ihm dieses stille Temperament wohltue, und die ruhige Milde dieser harmonischen Natur stimmte ihn selbst besser und heitrer als der Umgang mit denen, die nur das Echo seines Grollens und Argwohns waren und so seine Missstimmungen steigerten, statt sie zu lösen. . . . . .

CHARLES ALGERNONE SWINBURNE.

Geb. 5. April 1837 zu Henley a. d. Themse in Oxfordshire aus ursprünglich dänischer Familie. Seine Erziehung erhielt er in Eton und Oxford. Seine schönen und glühend sinnlichen Dichtungen erregten zuerst so grosse Feindschaft, dass er sich 1866 in einer Schrift dagegen verteidigte. Er ist Dramatiker grossen Stils, Epiker, Lyriker und Kritiker.

EROTION.

Ich lieb es, Lieb, vor dir in Furcht zu zagen,
Und liebs, wenn deine Blicke sie verjagen! . . .
So streift mir denn kein letzter süsser Gruss
Die Lippen, schon berührt vom Todeskuss?
Drum geh nicht weg; doch willst dus — du bist frei;
Lieb mich nicht, meiner Liebe nur sei treu.
Lieb, wo du willst, und lebe dir; doch ich,
Was Liebe nimmer kann, ich sterb um dich.
Verlass mich, nährt dein Haar, dein Aug, dein Arm
Auch meinen Wunsch und tötets meinen Harm.
Doch eh wir altern, eh mein Angesicht
Gebleicht, mein Hoffen stumm, die Sorge spricht,
Noch einen Kuss; und dann magst du mich hassen:
Sei mein nur jetzt, soll ich dich andren lassen.

Ja wünschest dus und machte es dir Kummer,
Will ich nicht weinen, schluchzen nur im Schlummer.
Schmerzt dich mein Tod? Du darfst mirs nicht verhehlen:
Lang liebt ich dich, nicht lang werd ich dich quälen.
Gabst du mir mehr doch, als des Lebens Zeiten —
Das Glück, und dürftest mir kein Weh bereiten?
Und werden nun auch Mädchen dich umschmeicheln,
Und Fremde deine Knabenlocken streicheln,
Und küssen sie die stolzen Lippen dir,
Was tuts, erst nach mir können sies, nach mir.
Und tat und tu ich oft, was dir missfällt,
Ich liebt und lieb dich mehr als alle Welt.
Verstoss mich, Liebling, oder halte mich,
Mein warst du erst, besäss wer wolle dich.
Und sei er schön — wohlan! Auch ich, erblüht,
Gewann mir doch dein knospendes Gemüt.
Dass du als schön mich liebst, wie geht das zu?
Weiss ich ja doch: nicht ich bin schön, nur du!
Geliebtes Haupt, du bist mein Sonnenschein,
Ob lebend ich, ob tot und ob allein;
Dein will ich denken bei des Lichtes Pracht
Und nicht vergessen dein, derweil es Nacht . . .
Vorm Leben schon willst du mir Abschied sagen,
Doch ich, bei meiner Lieb, ich will nicht klagen,
Wie jene sonst, die besser nicht, noch mehr
Geliebt als ich, der ich mich krank verzehr.
Und werden deine — meine — Lippen jetzt
Von andrer Stirn, von schönrer Brust ergötzt,
Und locken kosend weichre Arme dich,
Du findest keinen Zärtlichern als mich.

Dr. Ed. von Mayer.

ADOLF VON WILBRANDT.

Geb. 24. Aug. 1837 in Rostock, war 1881—87 Direktor des K. u. K. Hofburgtheaters in Wien, lebt in Rostock. Er ist einer der persönlichsten und feinsten Dichter und Schriftsteller von denen, die heute einen Namen haben.

Der Roman „Fridolins heimliche Ehe“, aus dem hier ein kleiner Ausschnitt gebracht werden soll, ist mit einem seltenen Humor geschrieben und schildert das Seelenleben eines Ästhetikers, dessen ganze Lebensweise wir kennen lernen. In einem Gespräch mit einem jüngeren Freunde entwickelt Professor Fridolin seine Erkenntnis über die sogenannten Pole der beiden Geschlechter und deren sogenannte Ausnahmen mit den folgenden Worten:

„.... Nun, mein thörichter Laie, so lass uns höhere Intelligenzen dir sagen, dass diese sogenannten „Abweichungen“ und „Ausnahmen“ auch hier nur die unzähligen Übergänge, Zwischenglieder der grenzenlosen Natur sind; dass sie auch hier keine Grenze, keine Lücke kennt. Wir werden dir abermals alle Menschen der Erde nebeneinanderstellen, diesmal nach den seelischen Eigenschaften des Geschlechts, vom Nordpol der Männlichkeit bis zum Südpol der Weiblichkeit geordnet; und wenn dann der Weltgeist die Gewogenheit hat, dir auf einen Augenblick seinen alles durchdringenden Weltblick zu leihen, so wirst du zur Beschämung deines blöden Geistes wahrnehmen, dass vom männlichsten Mann bis zum weiblichsten Weib keine Schattierung, keine Möglichkeit fehlt. Dass es unter anderm in der Mitte dieser langen Reihe sehr merkwürdige Wesen — sagen wir nicht „Ausnahmen“, sondern „Übergangsmenschen“ — giebt, die, was ihre liebe Seele betrifft, ungefähr ebenso viel vom Manne wie vom Weibe haben; die männlichen Verstand haben und weibliches Empfinden — oder weiblichen Geist und männlichen Charakter — oder alles aus Männlichem und Weiblichem gemischt. Die daher ihre Ergänzung — da ja jedes Geschlecht nach seiner geistigen Ergänzung strebt — sowohl nach rechts als nach links, sowohl beim Manne als beim Weibe suchen; deren seelische Magnetnadel bald nach dem Nordpol der Männlichkeit, bald nach dem Südpol des Weiblichen zeigt. Die man (Fridolin seufzte) — die man leider tragische Erscheinungen nennen muss: denn sie suchen ihre Ergänzung, aber sie finden sie nicht. Suchen sie den Mann? Nur die weibliche Hälfte ihrer Seele sucht den Mann. Die andre Hälfte nicht: sie hat den Mann in sich selbst. Suchen sie die Frau? Nur diese andere Hälfte sucht nach der Frau. Sie können sich nicht ergänzen, denn sie sind schon ergänzt. Sie sind mit sich selbst verheiratet. Sie leben mit sich selbst in heimlicher Ehe.

Das ist die heimliche Ehe, von der ich dir sagte, setzte Fridolin nach einer Pause hinzu.

. . . .

Auf einer nun folgenden Reise nach Riva am Gardasee, die Fridolin mit seinem älteren Bruder, dessen kleiner Tochter und deren Erzieherin Ottilie Ritter macht, verliebt er sich in letztere. Trotzdem der verwitwete Bruder, der ebenfalls Ottilie liebt, zurücktritt, wird doch nichts daraus, denn Fridolin fühlt, dass bei seiner Anlage seine Neigung für Ottilie doch nicht zu einer Ehe hinreicht. Gegenseitig brieflich entsagend verlassen beide Brüder, ohne dass einer es vom andren weiss, Riva, und Ottilie gerät in die peinlichste pekuniäre Verlegenheit, aus der sie durch einen Freund Fridolins befreit wird. In einem Kapitel, das wieder in Berlin spielt, erscheint Ottiliens jüngerer Bruder Ferdinand, der seine Schwester vergeblich aufgesucht hat, in heller Verzweiflung bei Fridolin und macht ihm die heftigsten Vorwürfe, dass seine Schwester so im Stich gelassen worden. In reizender, humorvoller Weise weiss Professor Fridolin die Erregung des schönen jungen Mannes zu parieren, ja ihn vollends für sich zu gewinnen, nachdem er in ritterlicher Eile alles getan hat, um Ottilie wiederzufinden. Folgende Scene zeigt Fridolins und Ferdinands Verhältnis in erster Entfaltung.

„. . . . — — Der Wein ist vortrefflich, sagte Ferdinand schüchtern, die tiefe Stille unterbrechend, nach einer geraumen Weile; aber, Herr Professor, Sie trinken ja nicht.

Fridolin fuhr aus seinem Sinnen auf; er nickte; dann hielt er die freundlichen, sanften Augen auf den Jüngling geheftet. Sie sagen zum erstenmal „Herr Professor“ zu mir; — es sei auch das letzte Mal, Ferdinand: es klingt von Ihren Lippen unnatürlich, unmenschlich. „Herr Professor“! Wie glücklich waren jene Alten, jene Griechen, die keine Titel kannten; nur Mensch und Mensch! — Sagen Sie „Fridolin“; Fridolin, weiter nichts. Alle meine jungen Freunde nennen mich so; — und ich betrachte Sie schon als meinen Freund. Sagen Sie's; ich bitte. Sagen Sie: Fridolin.

Fridolin! sagte Ferdinand mit Schüchternheit, Heiterkeit und Stolz.

Fridolin! Wie schön dieser Name von Ihren Lippen klingt. Ihre Schwester — — Was wollte ich Ihnen noch von Ihrer Schwester sagen? — -- Ich weiss es nicht mehr — Nehmen Sie Ihr Glas! Ich wünsche Ihnen etwas zu sagen; — und ich fürchte nicht, dass es Sie eitel macht: denn Ihnen sieht Charakter aus den braunen Augen; Verstand, Idealität. Klingen Sie an, mein Freund. Trinken wir darauf, dass Sie so unverdorben, so gut, so — ideal bleiben, wie Sie sind. Sagen Sie mir nichts! Werden Sie rot — nur zu — aber sagen Sie nichts. Ich weiss, ich sehe, Ferdinand, dass Sie von edler Art sind. Ich glaube, ich habe ein wenig vom Auge, vielmehr vom „Dämon" des Sokrates. In einer schönen Gestalt eine schöne Seele! — — Wie jugendlich verschämt, wie gerührt er mich ansieht. Ferdinand, — Ihre Hand. Ich habe Sie achten gelernt, als Sie mir Ihre Beleidigungen so schlank und dreist ins Gesicht warfen; jetzt, da Sie mir so unnachahmlich freundlich in die Augen schauen, lerne ich Sie lieben.

Fridolin! rief Ferdinand und sprang auf; denn die Bewegung, in die er geraten war, trieb ihn vom Stuhl empor. Was sind Sie für ein Mensch — — Er stammelte; er sah ihn voll Bewunderung an. Wenn es möglich wäre — wenn es möglich wäre, Fridolin, dass Sie mich jemals lieb hätten!

Ist schon geschehn, sagte Fridolin heiter, um seine eigene lyrische Wallung zu verbergen, und nahm die beiden Hände des Jünglings in die seinen. Warum sollte es auch erst übers Jahr, warum erst im Herbst, warum erst morgen geschehn. Am ersten Tag, oder nie! Durch Ihre Augen, Ferdinand, sieht man klar und tief in Ihre Seele hinein. Hinter diesen Fenstern wohnt wahre, warme Jugend, reine Gefühle, Begeisterung. Begeisterung ist alles! Gieb einem Menschen alle Gaben der Erde und nimm ihm die Fähigkeit der Begeisterung, und du verdammst ihn zu lebendigem Tod. Wo ich in einer jungen Menschenbrust Begeisterung fühle, da glaub ich, hoff ich und lieb ich. Ja, Kind, ich liebe Sie: „Sie!" Wozu sage ich „Sie"? Jene glücklichen Griechen kannten kein Sie. Mein glückliches altes Herz kennt für dich kein Sie. Warum warten, bis wir noch einige tausend Worte miteinander gewechselt haben. Gieb mir den Becher her, den silbernen Becher da mit der silbernen Dame. Weihen wir ihn ein! Leere die Flasche in ihn aus. Setz ihn an die Lippen. Auf Begeisterung, Freundschaft, Liebe und Du! — —

Wie thöricht sind wir, fuhr Fridolin fort, als sie getrunken hatten und der von seinen Gefühlen noch ganz übermannte Ferdinand in einer Art von hilfloser Verzückung dastand — wie thöricht sind wir, wenn wir am frühen Morgen verzagen; da wir ahnungslosesten Geschöpfe, wir blinden Maulwürfe der Oberwelt nicht wissen, was der Tag uns bringt. Hätte ich denn vor einer Stunde auch nur denken können, dass dieser mein Geburtstag, den ich verwünschte, mich so aussermaassen glücklich machen würde? —

. . . .

EMERICH GRAF VON STADION-THANNHAUSEN.

Geb. 17. Febr. 1838 in Bellatincz aus ehemals souveränem Geschlecht, lebt in Hainfeld. Ein feinsinniger Dichter, der abseits von der grossen Strasse geht.

Die „Romanze vom Sonderling“, die sich in „Schatten im Licht“ findet, behandelt eine Begebenheit aus dem Leben. Der Inhalt ist die Täuschung eines Liebenden durch ein Weib, das ihn liebt und das er nicht zu lieben vermag. Es folgt hier ein Ausschnitt. Graf Percy Rosemond geht den Fürsten Silvio Billo-Brahe treffen, von dessen Schwester veranlasst, deren Liebe er zurückgewiesen, weil sie ein Weib ist.

„. . . . Das villaartige Gebäude, das die Fürstin Billo-Brahe für die Wintersaison gemietet hatte, lag in einer ziemlich entlegnen Vorstadt und stand in Mitte eines grossen Parkes. Der eisigkalte Nordwind durchfegte soeben die toten Blätter desselben und knisterte in den dürren Ästen der entlaubten Gartenbäume. Sonst war alles still im Park.

Percy kam immer näher und näher und stand, ehe er sich's versah, vor dem dunklen Hause.

Nur vier Fenster des ersten Stockwerkes sind erhellt und leuchten in den Parkschnee heraus. „Seine Zimmer“, denkt Percy still für sich, und ein süsser Märchenschauer überfröstelt ihn und macht sein Herz so laut schlagen, so hörbar laut, dass er nur schnell die Türglocke zieht, wie um dessen Schläge zu übertäuben.

Ein alter Diener öffnet ihm alsbald das Tor, und ein paar Minuten später befindet er sich auch schon allein im Salon.

Das traute Gemach, das ihn wie eine stille Waldeinsamkeit umfängt, ist grün möbliert. Die Tapeten, Portièren, Möbeln und der Teppich, kurz alles bis auf die von der Decke des Plafonds herabhängende Ampel mit ihrem verschleierten Nixenlicht — alles ist grün. Im Kamin prasselt ein lustiges, funkensprühendes Feuer, in einer tiefen Fensternische steht ein prachtvoller Flügel von Bösendorfer, und das eintönige Ticktack einer alten Rococouhr lässt das waldeinsame Zimmer nur noch traulicher, noch lauschiger erscheinen.

Der ganze Salon duftet überdies wie ein Wald von blühendem Jasmin. Percy muss dabei unwillkürlich an das einsame, parkumdunkelte Schloss in der Puszta denken, tief unten in Ungarn, allwo er geboren wurde und woselbst gleichfalls Jahr für Jahr zahllose Jasmingesträuche blühten und dufteten, wilde Jasminblüten, deren süssberauschendes Parfüm so oft, ach! wie oft! zu den Fenstern seines epheuumsponnenen Turmzimmerchens hereindrang und ihm (dem Knabenjüngling Percy) vom Frühling Kunde brachten! Schon will ihn Wehmut überschleichen, als plötzlich die eine der schwerseidenen Portièren aufrauscht und ein Jüngling in der Verbindungstür erscheint.

Das märchenhafte Licht der Ampel fällt voll auf ihn . . .

Ein schöner Junge ists, mit blondem kurzgelockten Haar, und seiner Schwester ausserordentlich ähnlich; nur scheint er noch zarter, noch weisser, noch blonder, als die zarte, weisse, loreleyblonde Fürstin Magdalis Billo-Brahe.

„Percy!“

„Silvio!!“ schallt es plötzlich wie zwei helle Freudenschreie durch das stille, waldeinsame Gemach, und schon in der nächsten Sekunde gab es zwei glückliche grosse Kinder auf Erden.

Percy und Silvio lagen sich traumselig in den Armen und küssten sich.

Das Feuer war erloschen, nur ein paar Kohlen glühten noch rot und düster in der Asche des Kamins, die Rococouhr tickte ihr fieberhastiges, eintöniges Lied, der Jasmin duftete, und die beiden Freunde lagen sich noch immer in den Armen. Kein Wort, kein Laut war gesprochen, ihr Mund blieb stumm die ganze Zeit über, aber ihre Herzen waren voll Sang und ihre Augen und Lippen sprachen die beredteste Sprache der Welt.

Da plötzlich huscht Silvio an den Schreibtisch, ergreift ein weisses Blatt Papier, taucht die Feder ein und schreibt mit fester, genialer Hand:

„Lass uns scheiden, Percy. Wir dürfen nicht allzuglücklich sein, Geliebter! Ich bin abergläubisch. Also auf morgen, und süsse Ruh!“

Noch ein langer, abgrundtiefer Blick, ein inniger Kuss, eine stürmische Umarmung und die beiden phantastischen Jungen sind getrennt. — —

Es hat geschneit, stark geschneit. Der Park ist weiss, die Wege sind verweht, und von der Pfarrkirche nebenan schlägt es soeben vier Uhr morgens. . . .
. . . .

*
* *

DIOSKUREN.

(Zum Gedächtnis Emil Mario Vacano's.)

Es war ein gleiches Atmen Zweier Geister,
Solang wir Hand in Hand die Welt durchschritten —
Begeistrungstrunkne, ideale Thoren,
Die um des Schönen willen freudig litten!

Es war ein gleiches Atmen wie in Träumen,
In deren Zauber, dämmernd eingesponnen,
Wir wie in einem schwülen Märchen lebten,
Verstohlen schöpfend aus demselben Bronnen!

Doch seit ihn mir entriss der Todesengel —
Welch einsam Atmen meiner müden Seele!
Nur ineinander klingend mit der seinen,
Wenn ich in einem Lied von ihm erzähle!

Dann steigen Gärten auf, versunkne Gärten —
Der Jugend längst verwehte Blütenspuren:
Und die Erinnrung liest als bleicher Priester
Ein stilles Requiem auch den Dioskuren!

*
* *

PAUL VERLAINE.

Geb. 30. März 1844 in Metz, gest. 8. Januar 1896 in Paris. Er zählt zu den bedeutendsten Lyrikern des modernen Frankreich; gehörte erst zu den Parnassiens, die nach Vollendung der Form streben, später aber zu den Symbolisten.

Das Gedicht, aus dem nur folgendes Bruchstück hier erscheint, ist bisher weder im Original noch in der Übersetzung zum Abdruck gelangt; das Manuskript wurde von einem deutschen Freunde Verlaines in Paris übermittelt. Obgleich das Gedicht als solches nicht ästhetisch abgeklärt ist, dürfte es doch um der Persönlichkeit des Autors willen von Interesse sein. Vergl. d. Anhang.

MILLE E TRE.

Meine Liebsten entstammen nicht reichem Leben;
Ihre Arbeit in Stadt oder Land ist herb,
Ihre fünfzehn und zwanzig Jahr kindlich sich geben,
Urwüchsig, voll Kraft, im Gebahren derb.

Nach ihnen in Kittel und West ich verlange;
Ohne künstlichen Duft, in Gesundheit nur
Sie erblühn, wohl schwer, doch behende im Gange, —
Bei leichter Jugend der Würde Spur.

Die offenen Augen vor Schalkheit blitzen,
Doch ehrlich; mit heiteren Flüchen im Bund
Die Worte voll kindlichen Listen und Witzen
Verschwendet mit herzhaften Küssen ihr Mund.

. . . .

Ihr Alle! vereinzelt oder zusammen,
Vergangene Bilder, klar, ohne Trug,
Der Gegenwart Lust, meiner Zukunft Flammen,
Ihr zahllos Geliebten, nie seid ihr genug!

E. v. Kupffer.

LUDWIG II,
König von Bayern.

Geb. 25. August 1845 in Nymphenburg, gest. 13. Juni 1886 — im Starnberger See. Geistvoller Monarch, dessen Bauten von schöpferischem Geiste zeugen; durch seinen hochherzigen Entschluss, Preussen die Hegemonie zu überlassen, ward die Gründung des Deutschen Reiches ermöglicht. Seine Persönlichkeit hat noch wenig gerechte und offne Würdigung erfahren. Die weitsehende Erkenntnis des jungen Königs in bezug auf Richard Wagner, den Freund seines Herzens, hat sich glänzend bewahrheitet, und alle Schmähungen seiner Feinde sind über Erwarten zu Schanden geworden. Das deutsche Volk sollte sein Gedächtnis ehren, indem es nicht mehr taktlos die persönlichen Empfindungen dieses deutschen Königs brandmarkt.

Aus Briefen König Ludwigs an Richard Wagner.

Teurer Freund!

O ich sehe wohl ein, dass Ihre Leiden tief begründet sind! Sie sagen mir, geliebter Freund, Sie hätten tief in die Herzen der Menschen geblickt, ihre Bosheit und Verdorbenheit darin erschaut; o ich glaube Ihnen, begreife wohl, dass oft Augenblicke des Unmutes gegen das Menschengeschlecht bei Ihnen eintreten, doch stets wollen wir bedenken (nicht wahr, Geliebter?), dass es doch viele edle und gute Menschen giebt, für welche zu leben und zu schaffen es wahre Freude ist. Und doch sagen Sie, Sie taugen nicht für diese Welt! — Verzweifeln Sie nicht, Ihr Treuer beschwört Sie, fassen Sie Mut: „Die Liebe hilft Alles tragen und dulden, sie führt endlich zum Sieg!“ — Die Liebe erkennt selbst in den Verdorbensten den Keim des Guten, sie allein überwindet! — Leben Sie, Liebling meiner Seele. Vergessen üben ist ein edles Werk, Ihre Worte rufe ich Ihnen zu! — Bedecken wir mit Nachsicht die Fehler Anderer, für Alle ja starb und litt der Erlöser! — Und nun, wie schade, dass „Tristan“ heute nicht konnte aufgeführt werden; etwa morgen? Ist Aussicht vorhanden?

Bis in den Tod Ihr treuer Freund

Ludwig.

Den 15. Mai 1865.

* * *

Einziger! Vielgeliebter Freund!

. . . .

Sie drücken mir Ihren Kummer darüber aus, dass, wie Sie meinen, eine jede unsrer letzten Zusammenkünfte mir nur Schmerz und Sorge gemacht habe. — Muss ich meinen Geliebten an Brünhildens Worte erinnern? — Nicht nur in Freude und Lust, — auch in Leiden macht die Liebe selig . . . .

. . . .

Wann gedenkt mein Freund nach dem Hochkopfe zu ziehen, nach des Waldes würzigen Lüften? — Sollte Ihm der Aufenthalt daselbst nicht vollkommen zusagen, so bitte ich den Teuren, irgend eine meiner andren Gebirgshütten sich zum Wohnorte zu erwählen. — Was mein ist, gehört ja Ihm! — Vielleicht begegnen wir uns dann auf dem Wege zwischen Wald und Welt, wie mein Freund sich ausdrückte! — . . . .

. . . .

Dir bin ich ganz ergeben, nur Dir, nur Dir zu leben! — Bis in den Tod Ihr Eigen, Ihr getreuer

Ludwig.

Purschling, den 4. August 1865.

* * *

Mein einziger Freund! Mein heiss Geliebter!

Heute Nachmittag ½4 Uhr kam ich von einem herrlichen Ausfluge nach der Schweiz zurück! — Wie entzückte mich dieses Land! — Da fand ich Ihren teuren Brief! innigsten wärmsten Dank für denselben. — Mit neuer flammender Begeisterung hat er mich erfüllt, ich sehe, dass der Geliebte mutig und vertrauensvoll unserem grossen, ewigen Ziele entgegenschreitet.

Ich will alle Hindernisse siegend wie ein Held darniederkämpfen; ich bin Dir ganz zu eigen, nun lass mich Gehorsam zeigen. — Ja wir müssen uns sprechen, ich will alle Wetterwolken verscheuchen, die Liebe hat Kraft zu allem. Sie sind der Stern, der meinem Leben strahlt, und wunderbar stets stärkt mich Ihr Anblick. — Ich brenne nach Ihnen, o mein Heiliger, Angebeteter! Ich würde mich unendlich freuen, den Freund in etwa acht Tagen hier zu sehen, o wir haben uns viel zu sagen! — Gelänge es mir doch, den Fluch, von welchem Sie sprechen, gänzlich zu bannen, zurückzusenden in die nächtlichen Tiefen, aus denen er aufstieg! — Wie liebe, wie liebe ich Sie, mein Einziger, mein höchstes Gut! — . . . .

. . . . .

Meine Begeisterung und Liebe für Sie sind grenzenlos!

Auf das Neue schwöre ich Ihnen Treue bis in den Tod! Ewig, ewig Ihr für Sie glühender

Ludwig.

Hohenschwangau, den 2. November 1865.

HEINRICH BULTHAUPT.

Geb. 26. Oktober 1849 in Bremen. Dr. jur. und Professor. Lebt als Stadtbibliothekar in seiner Vaterstadt. Bekannter Litterarhistoriker und Dramatiker, auch Novellist.

Aus dem Anfang seiner Novelle „Narcissus“ (in „Vier Novellen“) nur Folgendes: In einer Irrenanstalt war ein junger Mann gestorben, der durch eine verständnislose Erziehung und Behandlung dem Leben entfremdet und zu einsamer, verzehrender Selbstvergötterung gedrängt wurde, die allmählich seine Nerven zerrüttete. Dorthin kommt nun eine Mutter mit ihrem 17jährigen Sohne, der jenen schönen jungen Mann geliebt hatte und den Toten noch einmal zu sehen verlangt.

. . . „So haben Sie die Güte, mir zu folgen,“ sagte der Doktor aufstehend in so verbindlichem Tone, wie es die ernste Bitte eben zuliess. Er schritt den Nachfolgenden durch lange Gänge mit einem mächtigen Schlüsselbunde voran, bis er endlich eine Zelle öffnete, die freundlich mit einer Aussicht auf den Garten den stillen Gast beherbergte. Der Knabe, der bis dahin kaum ein Wort geredet, konnte es kaum erwarten, bis der Spalt der Tür sich öffnete, und als er nun den Toten, mit dem glänzend weissen Linnenhemde bekleidet, auf dem Lager ausgestreckt sah — da sank er in heftigem Schmerz in die Kniee, bedeckte die starren Hände mit Tränen und suchte das kalte Herz, als taste er nach dem für immer entflohnen Leben. Dann, als das krampfhafte Schluchzen, das über ihn gekommen war, ruhiger und sanfter wurde, richtete er sich auf, strich dem bleichen Bilde das Haar aus den Schläfen und blickte lange in das geliebte Antlitz. Wo war das Band zwischen Tod und Leben? In der zerfallenden

Hülle wollte er wiederfinden, was er einst geliebt, bewundert und beneidet, dem gleich zu werden der brennende Wunsch seines jungen Daseins gewesen. Und noch fesselten sie seltsam, diese leicht zur Bitterkeit verzogenen, zierlichen, schmalen Lippen, die feine, sanft gebogne Nase mit den ruhig geschweiften Flügeln; noch konnte man das dichtgelockte schwarze Haar, das aus der blaugeäderten marmornen Stirn hervorwuchs, bewundern und die langen Wimpern, die nicht ahnen liessen, dass sie dereinst ein tiefblaues Auge beschattet hatten. Der Körper musste, als das Leben noch in ihm trieb, von vollkommener Proportion gewesen sein; jetzt war, was man erblickte, zwar noch immer wohlgeformt, aber hager und abgezehrt, und schon begann leise die Zerstörung, die von keiner Schönheit weiss, die Züge zu verzerren und die letzten Spuren des Geistes aus ihnen zu tilgen. Das nie ergründete, furchtbare und doch so alltägliche Rätsel!

Noch stand der Knabe in schweigender Betrachtung, als der Arzt, der sich mit der Mutter im Hintergrunde des Zimmers zurückgehalten hatte, ihm die Hand auf die Schulter legte und ihn mitzukommen bat. Die Dame, die mit ernster Aufmerksamkeit bald den Toten, bald ihren Sohn betrachtet, schaute fragend in das noch immer von Tränen überströmte Gesicht. Der aber bat mit so eindringlichem Ernst, ihn länger dort zu lassen, dass der Arzt, der der Mutter ein Zeichen mit den Augen gegeben, zustimmte. Doch, fügte er hinzu, er werde sich mit der Mutter entfernen und überlasse es dem jungen Manne, nach Gefallen in ein gegenüberliegendes Kabinet zu treten, wo er sich an einigen trefflichen Abgüssen antiker Statuen und einer Kollektion guter Photographieen der Meisterwerke der Dresdener Galerie erfreuen könne. „Es ist meine kleine Kunstkammer," sagte er lächelnd zur Dame, „die lichte Kehrseite der dunklen Welt, die mein tägliches Arbeitsfeld bildet und ohne die ich nicht leben könnte."

Als der Knabe dies mit Dank aufnahm, verliessen ihn die Älteren, um sich im Zimmer des Arztes über die Quelle des Leides auszusprechen und von einander Rat und Auskunft zu hören.

Nach dem Gespräch der Beiden, das den eigentlichen Inhalt der Novelle ausmacht, lässt sie der Autor den Jüngling in Andacht vor der Venus von Milo finden. Diese plötzliche, unmotivierte Wandlung wirkt wie ein psychologischer Bruch und eine theoretische Absichtlichkeit.

* * *

PIERRE LOTI.

(Julien Viaud.)

Geb. 14. Januar 1850 in Rochefort aus einer Hugenottenfamilie, trat mit 17 Jahren in die Marine, nahm 1883 als Leutnant am Tonkingkriege teil. Seit 1891 gehört er der „Académie Française“ an. Er ist einer der feinsinnigsten Schriftsteller des heutigen Frankreichs und, obwohl er in Prosa schreibt, ein wahrer Dichter.

„Mon frère Yves“, aus dem ich hier ei ige Stellen bringen will, zählt zu den vornehmsten Erzeugnissen der Weltlitteratur. Eine Auswahl fällt um so schwerer, als sich der ganze Roman wie eine innige Dichtung liest, die durchaus ganz genossen werden will. Der Dichter schildert ein persönliches und tiefes Verhältnis zu einem gleichaltrigen und schönen Untergebnen der Kriegsmarine, dessen Neigung er gewinnt und den er mehr und mehr zu veredeln trachtet. Neben den wunderbarsten Naturschilderungen finden sich die feinsten Seelenstimmungen und psychologischen Beobachtungen; das Empfinden für die gesunde schöne Form verbindet sich mit dem zartesten Gefühl, so in den Schilderungen ihres gemeinsamen Lebens auf hoher See.

Nachdem Pierre in Sturm und Gefahren auf dem Ocean um seinen Schützling Yves gebangt hat, beschreibt er die Nacht und den Anbruch des Morgens wie folgt:

. . . Um Mitternacht, als ich meine Quartierwache beendigt hatte und Yves hinabsteigen sah, trat auch ich in mein Zimmer, in der Hoffnung einzuschlafen. Denn schliesslich ging das Schicksal des Schiffes weder den einen noch den andren etwas an; wir hatten unsre Zeit des Wachens und der Arbeit erfüllt. Wir konnten uns nun mit jener vollkommnen Sorglosigkeit hinlegen, die einem auf dem Meere eigen ist, sobald die Stunden des Dienstes um sind.

In meinem Zimmer, das auf dem Verdecke lag, mangelte es nicht an Luft -- im Gegenteil. Durch die zerbrochnen Scheiben konnten alle Windstösse und der heftige Regen eindringen; die Vorhänge drehten sich in Spiralen und schlugen an die Decke gleich lärmenden Flügeln.

Wie Yves hatte auch ich meine durchnässten Kleider aufgehängt. Das Wasser rieselte über meine Brust.

Es lag sich wahrlich nicht sehr angenehm in meiner Bettstelle; trotzdem war ich infolge der äussersten Ermüdung bald eingeschlafen. Gerollt, gerüttelt, halb herumgeworfen, fühlte ich mich von rechts und von links weggleiten, dabei stiess sich mein Kopf schmerzhaft an das Holz. Ich hatte von alledem ein Bewusstsein in meinem Schlummer, aber ich schlief. Ich schlief und träumte von Yves. — Da ich ihn am Tage hatte stürzen sehn, war mir eine gewisse Unruhe zurückgeblieben, gleichsam die dunkle Vorstellung davon, dass ich nahe an einem Unglück vorbeigestreift war.

Ich träumte, dass ich in einer Hängematte lag, wie einst zur Zeit meiner ersten Jahre zur See. Yves' Hängematte befand sich neben der meinen. Wir wurden entsetzlich geschüttelt und die seinige hakte sich los. Unter uns bewegte sich etwas undeutlich und finster, es musste die tiefe Flut sein — und er, er wollte gerade hinabstürzen. Da versuchte ich ihn zu halten mit meinen Händen, die bereits kraftlos waren und schlaff wie in den Träumen. Ich bemühte mich den Körper mit den Armen zu umfassen, meine Hände über seiner Brust zu verschlingen, ich erinnerte mich, dass seine Mutter ihn mir anvertraut hatte; und mit Schrecken nahm ich wahr, dass ich es nicht mehr konnte, dass ich nicht mehr die Kraft hatte; schon wollte er mir entgleiten und in der wogenden Finsternis verschwinden, die unter uns rauschte . . . Und dann erfasste mich die Angst, weil er garnicht erwachte und wie von Eis war, von einer Kälte, die auch mich durchfröstelte, bis ins Mark der Knochen; sogar die Leinwand seiner Hängematte war steif geworden, wie die Hülle einer Mumie . . . . .

. . . . . .

Zuletzt verlor ich das Bewusstsein von allem, sogar von der Bewegung und dem Lärm, und dann erst begann die Ruhe . . .

Als ich erwachte, war es Morgen. Das erste Licht war von jener gelblichen Farbe, wie es den Sonnenaufgängen stürmischer Tage eigen ist, und man hörte immer noch dasselbe mächtige Rauschen. Da öffnete Yves meine Tür und blickte mich an. Er stützte sich in der Öffnung und hielt sich mit der linken Hand, während er den Leib hin und her neigte, je wie es der Augenblick erforderte, um das Gleichgewicht zu behalten. Er hatte wieder seine armen nassen Kleider an und war ganz bedeckt mit dem Salz der See, das in seinen Haaren und seinem Barte haftete gleich weissem Staube.

Er lächelte, seine Miene war ruhig und sehr zärtlich.

„Mich verlangte Sie zu sehn, sagte er; denn ich habe heute Nacht viel von Ihnen geträumt. Die ganze Zeit habe ich jene birmanischen Weiber mit ihren vergoldeten Nägeln gesehn, Sie entsinnen sich noch? Und sie umringten Sie mit ihren hässlichen Albernheiten, es gelang mir nicht sie zu entfernen. Zuletzt wollten die Weiber Sie auffressen. Zum Glück läutete es zum Aufstehn; ich war ganz in Schweiss wegen der Angst, die mir das bereitet hat . . .“

„Wirklich auch ich — auch ich bin froh dich zu sehn, mein armer Yves; denn sieh, ich habe viel von dir geträumt . . .“

Aus Kap. XXIX.

*
* *

Ein Brief von Yves.

An Bord der Sèvre, Lissabon
1. Aug. 1881.

. . . . .

Lieber Bruder, Sie bitten mich, oft an Sie zu denken; doch ich schwöre Ihnen, dass keine Stunde vergeht, ohne dass ich an Sie denken müsste, ja sogar mehrmals in der Stunde. Und dann, nun Sie verstehn, ich habe niemanden mehr, mit dem ich abends plaudern könnte, — und ich habe nicht immer Cigaretten.

Ich kann Ihnen den Tag unsrer Abreise nicht angeben, doch bitte ich Sie, mir nach Oran zu schreiben, man sagt, dass wir in Oran bezahlt werden sollen, um an Land gehn zu können und Tabak zu kaufen.

Ich schliesse, teurer Bruder, indem ich Sie aufs herzlichste umarme.

Ihr Bruder, der Ihnen ganz ergeben ist und Sie liebt,
Der Ihre fürs Leben

Yves Kermadec.

Aus Kap. LXXIV. *E. von Kupffer.*

OSKAR LINKE.

Geb. 15. Juli 1854, Dr. phil., lebt in Berlin.

Das Epos „Antinous“ dieses eigenartigen und feinsinnigen Dichters ist mit starkem, offenherzig pulsierendem Gefühl gedichtet und in natürlicher Sprache auch historisch-psychologisch richtig durchgeführt. (Im Gegensatz zum „Kaiser“ von Ebers und „Hadrian“ von Heyse.)

Aus „ANTINOUS“.

Der Kaiser Hadrian zieht umjubelt in Besa ein; der Beifall lässt ihn kalt, doch:

. . . .

Blick in sein Antlitz, sieh die Freude, welche
Zu dieser Stunde noch sein Herz durchzittert:
Durch einen zarten, kaum bemerkten Handdruck
Teilt er sie mit dem Einzgen, der sein Herz
Besitzt, dem schlanken, götterschönen Liebling . . .
. . . . Leise sprach er also:
„Hörst du, Geliebter, rings des Volkes Jubel?
Mir gilt er, und ich schenk ihn dir allein!
Du bist der Einzge, der mir Liebe schwur,
Du bist der Einzge, dem ich mich verlassen
Zu jeder Stunde kann.“ —
„Zu jeder Stunde!“
Versetzt Antinous; und glänzend schienen
Des Jünglings dunkelbraune Schwärmeraugen —
Und was aus ihnen sprach in stummem Leuchten . . .
Das war der Liebe reinste Himmelssprache,
Die, wenn es noch der Worte Klang bedürfte,
Doch nur das Eine wiederholen könnte:
Ein Abglanz bin ich nur von deinem Leben,
In dir und mit dir bin ich nur ein Leben! . . .

Voll Bewunderung schauen Alle auch auf den schönen Jüngling. Und auf die Frage eines Mannes, wie der philosophische Kaiser des Friedens zu dieser Perle gekommen, erwidert ein römischer Legionar:

. . . .
's war auf der Reise durch Bithynia,
Die Ordnung der Provinzen selbst zu mustern . . .
. . . . Da kam er in ein Nest . . .
. . . .
Beim Haupt der Stadt da nahm er Nachtquartier;
Und als er gutgelaunt am andren Morgen
Mit seinen Wenigen wieder weiter wollte,
Da trat der kleine, dicke Mann, das Haupt
Von Claudiopolis, ich seh ihn noch
Mit seinem weinrot aufgedunsnen Antlitz,
Vor Hadrian und sprach mit Schmunzeln, während
Den kahlen Kopf er tief zur Erde beugte,
Als sollt der Kaiser zählen, wie viel Haare
Auf dieser Wüste spärlich noch erblühten:
„O Herr, o Sonne Du, o Fürst des Friedens,"
Den Lieblingstitel kannt auch schon der Kleine,
„Arm, arm ist Claudiopolis an Schätzen,
Die den gemeinen Sinn erfreuen . . .
Doch nimmst Du, Herr, in Deiner Göttermilde
Vielleicht fürlieb mit dieser Gabe . . ."
Ha!
Der Schlaukopf blicket auf zur Seite: Sieh,
Es nahet schon in einem langen Reigen
Von Greisen, schneegelockt, in weissen Hüllen,
Langwallend, ernst und feierlich, ein Jüngling,
Schön wie Dionysos, von einer Schar
Waldgötter rings umgeben. Blau Gewand
Umflatterte des Leibes edle Bildung,
Indes ein Weinlaubkranz im üppigen
Gelock des Jünglings lag. Und also trat
Antinous vor seinen neuen Herrn,
Verschämt zur Erde sehend wie ein Mägdlein,
Auf dessen Antlitz, unverschleiert, ruhn
Zum ersten Mal die Blicke des Geliebten.

Betroffen war der Kaiser, ward begeistert
Von solcher Schönheit, herz- und lebenatmend,
Die er bisher in Marmor nur bewundert.
Wie dürres Holz in heisser Glut auflodert,
Warf man hinein die Fackel — hohe Musen,
Verzeiht, ich armer Kerl bin kein Dichter,
Ein schlechtes Gleichnis! Nein, der Kaiser war
Gerührt, er sprach: „Annehm ich diese Gabe,
Beim höchsten Zeus, ein königlich Geschenk.
Ich dank Euch. Ha, fürwahr, Ihr seid Hellenen
Noch immer!" Und sich zu dem Jüngling wendend,
Der stumm, als wie ein Götterbildnis stand,
Fragt er: „Wie heissest Du?"
„Antinous!" —
„O schöner Knabe," sprach er sanfter drauf,
„Du bist bereit, die enge, liebe Heimat
Für immer nun zu lassen, Dein Geschick
An meins zu knüpfen, mir nur zu gehören?"
„O Herr," versetzte der, zum ersten Male
Die Augen aufwärts richtend und dem Kaiser
Mit einem einzigen seelenvollen Blicke
Das Herz bezaubernd und den Sinn berückend,
„O, Hadrian, es war mein einziger Wunsch,
Verzeih mir all mein kindisch offen Reden,
Nur Dir zu dienen, Dir, dem Allerhöchsten
Der Lebenden, soweit das schöne Licht
Des Helios die Erdenflur durchwärmt."
Beim Mars! Das ist die Wahrheit." Also schloss
Der Römer, stolzen Blickes um sich schauend.

. . . .

Wen es verlangt zu wissen, wie diese treffliche Dichtung durchgeführt ist und wie sie endet, den verweise ich auf das Werk selbst, denn es wäre vergeblich, dem Werke vorzugreifen. Die fünf Gesänge nennen sich: Antinous, Die Freunde, Das neue Wort, Der Kaiser, Der neue Gott.

*
* *

JOSEF KITIR.

Geb. 11. Febr. 1867 auf Schloss Aspang (Niederösterreich). Origineller, feinempfindender Dichter, der auch die Dinge des täglichen Lebens poetisch zu gestalten weiss. Herausgeber der „Poetischen Flugblätter" in Wien, einer verdienstvollen fortlaufenden Ausgabe zeitgenössischer Lyriker.

STRASSENBILD.

Das ist mir stets das liebste Strassenbild,
Wenn zwei ich seh, heiss Arm in Arm gehängt,
Wenn schmiegsam Körper sich an Körper drängt
Und sichtbar fast die Glut der Liebe schwillt.

Mein Bangen schmilzt vor ihrem Feuerblick,
Die Unrast weicht, des Zweifels Hämmern schweigt,
Indes ein volles, kaum geahntes Glück
Wie neue Kraft in allen Pulsen steigt.

Versink vor solchem Bild, du Dämmerleid
Der Gegenwart, aus welken Zügen lugend, —
Schon gehn die Boten einer neuen Zeit,
Die lenzgewaltig naht voll Kraft und Jugend.

*
* *

ZAUDERNDE LIEBE.

Nicht wie jugendliche Herzen
Feuer sprühen und sich lieben,
Dass die Sorgen und die Schmerzen
Flattern und in Luft zerstieben,
Nein, im Misstraun alle beide,
Das der Zweifel emsig schürte, —
Eine Liebe wars im Leide,
Welche uns zusammenführte.

Und schon mondenlange ziehen
Wir im Zaudern hin und Bangen, —
Dieses Auseinanderfliehen,
Dieses Aneinanderhangen!

Da sich Mund schon neigt zu Munde,
Muss der schöne Traum entschwinden,
Bis wir in der nächsten Stunde
Neu ihn suchen und ihn finden.

So in währender Erregung
Sind wir bald beengt und trüber,
Bald in wachsender Bewegung
Geht das Herz uns schäumend über,
Aber diese schwer enthüllte
Liebe, früh geprüft von Pein,
Wird uns einst der vollerfüllte
Hochgewinn des Lebens sein.

*
* *

STURMLIEBE.

Nicht im Maienhauch der Rosen,
Nicht in lauer Lüfte Kosen,
Nicht im Tempel der Natur,
Nein, am öden Schenkentische,
Sitzend in der Fensternische,
Tauschten wir den Liebesschwur.

Und kein Laubdach einer Linde,
Holddurchhaucht vom Lenzeswinde,
Bot uns seligen Genuss,
Sturmumtost, doch liebessehnend,
An der feuchten Mauer lehnend,
Gaben wir uns Kuss um Kuss.

. . . .

Doch drum sollst du, auserkorne
Liebe, nacht- und sturmgeborne,
Nicht wie Lenz und Duft verwehn,
Auch im Leide sollst du leben,
Sollst vor keinem Froste beben
Und im Sturm nicht untergehn!

*
* *

FREIHERR KARL VON LEVETZOW.

Geb. 10. April 1871 in Dobromielitz in Mähren. Ein tiefdenkender, kraftvoller Dichter.

BEGEGNUNG.

Mir gegenüber sass ein Knabe
Mit dem dreifarbigen Bande.
Er sah zu mir
Und wollte meinem Blicke begegnen.

Ich dachte zu ihm hinüber:
Vor meinen Augen, Knabe,
Kannst du nicht bestehn.
Sie haben zu oft mit dem Tode gerungen.

Er dachte ein Lächeln:
„Auch ich habe dem Tode getrotzt."

Du hast ihm getrotzt —,
Weil Du noch niemals ihn erkannt hast;
Du hast noch kein Ding geschaut gleich mir:
Nackt und schleierlos.

Aber diese Augen haben Stand gehalten
Weit mehr als dem Tode.

Das Schicksal
Haben sie gebannt.

Das Ungenannte
Haben sie gezwungen.
Die Schrecken der Einsamkeit
Haben sie ertragen.

Verstummt sind vor ihnen
Die grausamsten Fragen
Unserer bösesten Nächte —:
Kannst Du das begreifen?

Und der Knabe ahnte das Furchtbare
In meinen Gedanken;
Die bösen Fragen,
Die grausame Nächte stellen.

Und er senkte den Blick.
Da liebte ich den Knaben
Und seine fallenden Augen,
Die das Erhabne ahnen.

EDUARD VON MAYER.

Geb. 17. Juni 1873 bei St. Petersburg, Dr. phil., veröffentlichte die Menschheitdichtung „Die Bücher Kains vom ewigen Leben".

Und ist die ganze Welt in Wonne,
So quält michs doch wie Missgeschick,
Und blind, mein Freund, scheint mir die Sonne,
Trifft trüb und finster mich dein Blick.

Und liegt die Welt in grauem Schleier,
Doch es liebkost dein Auge mich,
So schwillt zu stiller Jubelfeier
Im Herzen mirs: Ich liebe dich!

* * *

Ich habe mein Geschick in dir gefunden,
Das ich so lange, ach! umsonst gesucht;
Hab ich so oft als Kette doch verflucht,
Was uns vom ersten Augenblick verbunden.

Denn damals schon, in jenen ersten Stunden,
Da uns ein Ungefähr zusammentrug
Und mir dein Jünglingherz entgegenschlug,
Da ward ich Dein: ich hab es froh empfunden.

Und floh ich dich, und musst ich dich verwunden,
Ich tat es blind, in eigenwillgem Irren.
Doch was mich blendete, ist jetzt entschwunden:
Mein Herz durchlebte seine wilden Wirren
Jnd musste endlich doch für dich gesunden.
In ewger Liebe bin ich dir verbunden.

* * *

IN DER VILLA BORGHESE.

Im grünen Laube der Eichen
Liegt golden der Sonnenschein
Und durch die Äste streichen
Die Winde ihren Reihn.

Der blaue Himmel breitet
Sich lächelnd darüber aus,
Die Sonne glänzt und gleitet
Dahin am ewigen Haus.

Ich sitze still am Bronnen
Und lausch dem murmelnden Lied,
Und alles, was mir zerronnen,
Durch meine Seele zieht.

Und alles, was ich habe,
Wird mir so warm, so klar:
Wie glücklich macht mich die Gabe
Der Liebe, die tief und wahr!

Was mir entschwand — ist entschwunden,
Und was mir ward, ist mein.
Ich habe dich gefunden,
Mein Liebling, drum bin ich dein.

* * *

ADOLF BRAND.

Geb. 14. Nov. 1874 in Berlin. Herausgeber des „Eigenen", einer unabhängigen Halbmonatschrift für Litteratur, Kunst, Wissenschaft und soziales Leben.

KAHNFAHRT.

I.

Des Abends Schatten schleichen auf den See
Und folgen lauschend unserm kleinen Kahn,
Die Tiefen blicken stumm und rätselvoll —
Die Sterne aber sinnen in die Nacht . . . .

Dort durch den Uferwald kommt still der Mond,
Im Kiefernhaar blinkt bleich sein mattes Gold
Und aus dem Schilfe steigen Nebel auf —
Die Sterne aber sinnen in die Nacht . . . .

Die Wasser glänzen und die Tiefe bebt,
Du siehst mich gross und bang und fragend an
Und meine Pulse pochen sehnsuchtsvoll —
Die Sterne aber sinnen in die Nacht . . . .

Die Wellen schmeicheln leise um das Boot,
Die Fluten träumen und die Ruder ruhn,
Der Wind nur zieht uns schweigend stromhinab —
Die Sterne aber sinnen in die Nacht. — —

II.

Wir fuhren wieder auf den See hinaus,
Und wieder sah der Mond so bleich und gross,
Und wieder spielt' im Rohr der Abendwind.

Leicht glitt der Nachen auf den Wassern hin,
Sie sass am Steuer und ich fuhr den Kahn,
— Du lagst zu ihren Füssen wie ein Kind.

Sie sang und sprach von ihrer Kinderzeit,
Du lauschtest still und tatst mit Worten schön
Und deine Stimme klang so weich und lind.

An meiner Seite aber sass der Tod
Und zeigte stumm mir mein verblutend Herz,
Und meine Ruder jagten pfeilgeschwind. —

Wir stiegen aus, und ihr gingt dann allein
. . . . . Und als mein Herz verblutet war im Wald,
Sang in den Blättern noch der Abendwind. —

* * *

WALDFREI.

Ebereschenbeeren leuchten,
Lachen wie Korallen rot,
Und ich nippe deine Lippen,
Küss trotz Strafe und Verbot!

Erlenhecken uns umdachen,
Plätschernd springt der Bach vorbei,
Murmelt neckend was von Liebe —
Und ich küss dich: eins, zwei, drei!

Du mein grosser, wilder Junge,
Bist mein Sonnenglanz und Ruhm,
Holder Stern in meinen Nächten,
Wegziel dem Zigeunertum!

* * *

ELISAR VON KUPFFER.

Geb. 19. Februar 1872 in Sophienthal in Eestland.

Aus der Novelle „Verlobt" (in „Ehrlos").

Die Novelle schildert im Anfang aus dem Tagebuch eines jungen Mannes, wie er dazu kommt sich zu verloben, aber von Liebe zu dem jungen Bruder seiner Braut erfasst wird, während diese ihm fremd bleibt.

. . . . . .

Den 30. April. War das die Liebe? Ich bin verlobt.

Erfasst dich kein Wonneschauer bei diesen Worten? Und dieses Wort ist doch der Inbegriff alles irdischen Jugendglückes . . . .

. . . .

O Walter, Walter, wenn du nicht wärest, es wäre zum Sterben langweilig. Wenn du mir neckisch einen Kuss raubst, wenn du scherzend mit mir durch die Felder streifst, das ist Leben. Jede Laune von dir ertrag ich gerne; der Übermut steht dir gut. Ich mag nicht lange bitten. Und du verstehst so hübsch um Verzeihung zu bitten, du lieber Wildfang. Aber Marie . . . .

. . . .

Den 10. Mai . . . . Walter, in dir steckt das, was ich brauche.

Marie ist deine Schwester, aber sie gleicht dir, wie der Mond der Sonne. Die Sonne macht mich lebensfroh, die Sonne regt meine Sinne an, sie erwärmt mich, sie erweckt meinen Schaffensdrang. Du bist solch eine mutwillige Sonne.

Ist es nicht Frühling? Der Mai ist gekommen. Weisse Flocken fallen vom Himmel und decken die junge Erde mit einem Leichentuch.

Was redet ihr noch und wundert euch über das Regellose. Seht ihr es nicht, ihr weisen Stümper, die ihr Natur und Menschen zu kennen glaubt, wie sie eurer Regeln spotten?

Wie oft ist der Frühling kein Frühling, nein rauh und kalt, und der Winter milde und sanft. Giebt es nicht Frühlingsstürme?

Deckt nur mit eurem bleichen Tuch der Sitte das blühende Leben zu. Manche Knospe verwelkte, weil sie des Sonnenscheins, der Liebkosung bedurfte, doch Regen und Wind sie zerzauste.

Ist denn des Menschen Seele allein so an der Oberfläche, dass man ihn nach langen und kurzen Haaren, nach simplen Gewohnheiten klassifizieren kann? Wo hört die Pflanze auf und wo beginnt das Tierreich? . . .

. . . .

Hans, du träumst wieder. Die Welt wird nicht anders. Sie will betrügen und betrogen sein. Die Lüge ist des Menschen liebstes Kleid, in dem er sich zu Hause fühlt. Nur wenige schämen sich nicht in dem Feiertagskleid der Wahrheit, denn es ist spinneweben, und Schönheit wie Hässlichkeit schauen hindurch.

. . . .

Den 15. . . . . . . Du bist ja verlobt . . . . . Welchen Grund hast du, eine solche Perle von dir zu werfen? Du entehrst sie . . . . O Walter, Walter, warum hast du mir das angetan, böser, schöner Genius . . . . .

. . . .

Den 17. Mai. Das ist wider natürliches und göttliches Recht, nicht dass ich so bin, sondern dass man mich zwingt, anders zu sein, als ich bin . . . .

. . . .

* * *

ANTINOUS.

Es graut. Die ersten roten Strahlen schleichen
Ins marmorne Gemach. Die Sonne haucht
Dem letzten ihrer Götter auf die weichen
Lichtbraunen Glieder einen Kuss. Sie taucht

Das schöne Haupt mit seinen feuchten Locken
In duftig Rot. Doch er erwacht nicht mehr.
Kein Atem schwellt die Brust, die Pulse stocken.
Tot ist er — tot und trägt nach nichts Begehr.

— — — —

„Tot — tot, mein Liebling! Nie mehr wirst du lachen!
Nie spricht dein Mund so wahrheitsfroh zu mir!
Nie wird dein Blick den Armen reicher machen!
Die Welt, die ich beherrscht, nahmst du mit dir!

Hin — hin! — und nimmer — nimmer kommst du wieder,
Mein schöner Jüngling?! Du, der mich geliebt!
Kein Lenz — kein Lenz erweckt die jungen Glieder . . .
Ich war so reich — und nun — ists, wie zerstiebt!

Soviel des Alters mehrt das Leid der Erden,
Allein die Jugend stirbt — und du — und du!
Die Hässlichkeit will bei uns heimisch werden,
Allein die Schönheit stirbt — und du — und du!

Du buhltest nie um Gold in meinen Armen.
Nur Mensch war ich allein an deiner Brust.
An deiner Seite mocht ich froh erwarmen . . .
Ha! wer entriss dem Cäsar seine Lust?!

Dich zog ein Dämon in des Niles Fluten,
Ein falscher Dämon, der zu herrschen strebt
Und der die Erde sonnenfroher Gluten
Mit einem Volk von Heuchlern nun belebt.

Ich lernte herrschen, lernte auch verachten.
Mein Reich ist weit, jedoch ich habs durcheilt —
Faul ist die Welt — ich möcht nicht übernachten,
Nicht atmen, wo dein froher Sinn nicht weilt.

Dich schmäht der Heuchler — buhlt um neue Gnaden . . .
Ich bin der Herr . . . Man ehrt des Cäsars Macht!
Ich will vor deinen Richterstuhl sie laden —
Du wirst ein Gott! Ich trotz der neuen Nacht! . . .“

— — — —

Er sitzt am Lager, eingehüllt in Schweigen —
Er sinnt und sinnt. Der Sonne Lichter fliehn.
Er schweigt und schweigt. Die Abendschatten steigen
Vom Nil herauf und es wird Nacht um ihn.

* * *

Schweigsamer Mann, was starrst du auf den Toten?
Es ist der Lauf der Welt, dass alles stirbt
Und wieder stirbt. Wer hat ein Halt geboten?
Der ist ein Gott, der um das Heute wirbt.

Die schwachen Menschen brauchen ihre Götter,
Der finstre Unmut ist dem Freien Feind,
Der Greise wird am frohen Sinn zum Spötter,
Die Eulen klagen, wo die Sonne scheint.

*
* *

DER LIEBLINGSJÜNGER.

Es war am See Genezareth . . .
Zwei junge Männer warfen Netze
Nach Fischen aus.
Im blonden Haar des einen Jünglings
Verfing die müde Sonne sich.
— — — —
Und Jesus Christus ging vorüber.
— — — — —
„Willst du mir folgen, Freund Jakobus?
Und du — Johannes?
Der Jüngling warf den weissen Mantel
Um seine lichtgebräunten Glieder —
Sah ihn begeistert an und — folgte . . .

* * * * * *

„Man führt dich einst, wohin du nicht willst.“
So kündete Er Simons böses Ende.
Und Simon deutet auf den schönen Jüngling,
Der Jesus an der Brust gelegen,
Das Pochen seines Herzens fühlte:
„Herr, Herr, was wird aus Diesem?“
„Und wenn ich wollte, dass er ewig lebte,
Was geht es dich an, Simon Petrus?!“
Und damit wandte sich der Heiland,
Gefolgt von seinem Lieblingsjünger.
Und zu den Andern sagte Simon:
„Uns ist Er Freund, doch Jenen liebt Er.“

*
* *

Der mich liebt und Den ich liebe,
Beide, beide sind sie mein!
Und ich möcht gestorben sein,
Wenn ich einsam bliebe!

Bald von treuer Huld getragen,
Fühl ich mich in Ruh gewiegt,
Bald von zarter Glut besiegt,
Alles selbst zu wagen.

Alle Kräfte sich verschlingen
So zu festem Lebensband;
Liebe hält den Stürmen Stand,
Fördert das Gelingen.

Der mich liebt und Den ich liebe,
Den ich lieb und Der mich liebt:
Jeder, auch empfangend, giebt
Liebe hin um Liebe.

*
* *

DER GENESENDE SPRICHT:

Liebling, wenn Du betest,
Horchet Stern bei Stern,
Liebling, wenn Du betest,
Lauscht auch Gott dir gern.

Darum musst auch danken
Du, bin ich gesund,
Muss ja sonst erkranken,
Schweigt dein süsser Mund.

Was ich auch gelitten,
Wiegt es noch so schwer,
Deine lieben Bitten
Wiegen ja noch mehr.

*
* *

Anhang.

David und Jonathan. (Vgl. Seite 19.)

Und da er hatte ausgeredet mit Saul, verband sich das Herz Jonathans mit dem Herzen Davids, und Jonathan gewann ihn lieb, wie sein eigen Herz. . . . . .

Da merkte Jonathan, dass bei seinem Vater gänzlich beschlossen war, David zu töten. . . . .

Des Morgens ging Jonathan aufs Feld, dahin er David bestimmt hatte. . . . Da . . . . . stund David auf vom Ort gegen Mittag und fiel auf sein Antlitz zur Erde und beugete sich dreimal nieder, und sie küssten sich miteinander und weineten miteinander, David aber am allermeisten. . . . .

I. Sam. 20. *Dr. Martin Luther.*

Homeros.

Im neunten Jahrhundert v. Chr.

. . . Er (Homer) schilderte die eheliche Liebe an Hera und Zeus, die frevelnde an den Freiern (der Penelope), die bezaubernde an Kalypso, die vergiftende an Kirke, und an Patroklos die männliche Liebe, die in andauerndem Bemühn erworben wird und bis in den Tod währt, da beide jung, schön und besonnen sind; der eine unterweist, der andre lässt sich unterweisen; leidet der eine, so tröstet der andre; singt der eine, so hört der andre zu. Von ihrem Liebesverhältnis zeugt es auch, dass er die Erlaubnis zum Kampfe erlangen möchte und dabei Tränen vergiesst, als würde sein Liebhaber es ihm nicht gestatten; der aber giebt nach und schmückt ihn mit der Rüstung, und da jener zögert, ist er von heftiger Besorgnis ergriffen; sobald jener tot ist, verlangt er (A.) sehnlich zu sterben und vergisst seinen Groll (gegen Agamemnon). Von seiner Liebe zeugen auch die nächtlichen Erscheinungen und Träume und die Tränen und endlich die letzte Gabe, die er dem Begrabnen noch spendet, das Haupthaar. . . .

Maxim. Tyr. Dissertat. XXIV. *E. v. K.*

(Maximus Tyrius.

M. lebte, nach Fredericus Morellus, zur Zeit Konstantins oder Julians, was aus psychol.-hist. Gründen viel für sich hätte, nach Andren aber zur Zeit Hadrians. Er stammt aus Tyros und war vermutlich Semite, sein Geist ist jedenfalls nicht hellenisch, sondern jüdisch-römisch. Ich habe ihn nur um seiner Angaben willen benutzt; selbst ist er ein unklarer Kopf und widerspruchsvoller Eklektiker.)

Solon.

639—559 v. Chr. Einer der Sieben Weisen, Gesetzgeber der Athener und Reformator ihrer wirtschaftlichen und sozialen Zustände.

. . . . Dass Solon gegen schöne Jünglinge nicht ganz fest war und nicht Kraft genug hatte, wie ein Fechter mit der Liebe zu kämpfen, ist nicht nur aus seinen Gedichten zu ersehn, sondern auch aus einem der Gesetze, worin er den Sklaven verbietet, sich trocken zu salben und Knaben zu lieben, so dass er diese unter die anständigen und ehrbaren Neigungen zählt und gewissermaassen die Würdigen dazu auffordert, wovon er die Unwürdigen ausschliesst. . . .

Plut. V. Solonis, I. *J. F. S. Kaltwasser.*

Wer in der holden Blüte der Jugend für Jünglinge glühet,
 Trägt nach dem süssen Mund, trägt nach den Lenden Begehr.

Plut. Amat. *E. v. K.*

Stesichoros.

Bedeutender griech. Lyriker aus Himera in Sicilien, 632—553 v. Chr.

Stesichoros, der nicht wenig der Liebe huldigte, führte auch folgende Art der Gesänge dauernd ein, welche seit alters die Jüngling- und Lieblinglieder genannt werden. So war auch die Behandlung dieser Liebesverhältnisse Gegenstand der Wettkämpfe, und niemand hielt die der Lieblingminne Ergebnen für verwerfliche Menschen, so dass auch

Aischylos (vgl. S. 187),

der ein so grosser Dichter ist, und Sophokles in ihren Tragödien diese Liebeshändel auf die Bühne brachten, jener (A.) die Minne des Achilles und Patroklos, dieser (S.) in der „Niobe“ das Liebesleben ihrer Söhne. Deshalb nennen auch einige die Tragödie die Lieblingminnige; und die Zuschauer nahmen diese Lieder günstig auf. . . .

Athenaios XIII, 601, a, b. *E. v. K.*

(Ath. lebte um 170—230 n. Chr. in Alexandreia und Rom. Griech. Gelehrter, aus Naukratis in Ägypten.)

Alkaios.

Berühmter griech. Lyriker aus Mytilene auf Lesbos, blühte um 610—602 v. Chr.

. . . . Wer ist darüber im Zweifel, was die Dichter mit dem Raube des Ganymedes sagen wollen, oder wer versteht es nicht, was Laios (Vater des Oidipus) bei Euripides redet und begehrt? Ja sogar wissenschaftlich hochgebildete Männer und die grössten Dichter veröffentlichen es von sich selbst in ihren Liedern und Gesängen! Was hat nicht Alkaios über die Liebe zu Jünglingen gedichtet, und er war doch in seinem Staate als ein tüchtiger Mann bekannt! Fürwahr, die ganze Poesie des Anakreon ist ja doch der Lieblingminne geweiht. Am meisten sogar von allen scheint, nach seinen Werken zu urteilen, Ibykos aus Rhegium für diese Liebe geglüht zu haben.

Cicero, Tuscul. V. *E. v. K.*

Anakreon. (Vgl. Seite 24.)

. . . . Er (Anakreon) liebt alle schönen Jünglinge und lobt sie alle; seine Lieder reden immer nur von dem Haar des Smerdis und den Augen des Kleobulos und von der Jugendschöne des Bathyllos. . . .

Max. Tyr. XXIV, 9.

. . . . Als jener Dichter (A.) sich einmal in einen schönen Jüngling verliebt hatte und bemerkte, dass der Jüngling ihn wenig beachtete, da stimmte er die Leier an und drohte den Eroten, er werde kein Lied mehr zu ihrem Ruhme dichten, falls sie nicht dem Jünglinge sogleich Liebe zu ihm einflössten. . . . .

Himer. Or. XIV, 4. *E. v. K.*

Aristeides, gen. der Gerechte,

siegte als Feldherr bei Marathon 490 über die Perser, gründete den delischen Seebund, die Grundlage der athenischen Macht, starb 467 v. Chr.

Aristeides nahm unter allen Staatsmännern vorzüglich den Lakedaimonier Lykurgos zum Muster und neigte sich auf die Seite der aristokratischen Regierungsform, fand aber einen heftigen Gegner an Themistokles, Neokles' Sohn, der sich für die Demokratie erklärte. Einige sagen jedoch, dass diese beiden Männer schon von ihrer Kindheit an, da sie zusammen erzogen wurden, nicht nur in ernsthaften Geschäften, sondern auch bei Scherz und Spiel immer miteinander im Streit gewesen seien und man dadurch ihren beiderseitigen Charakter frühzeitig habe kennen lernen; der eine sei flatterhaft, verwegen, schlau und zu allem gleich mit Hitze aufgelegt gewesen, der andre habe einen festen gesetzten Charakter gehabt, streng an das Recht gehalten und sich auf keine Weise, selbst nicht im Scherz, Lügen, Betrug oder Possen erlaubt.

Ariston der Keer meldet, ihre Feindschaft sei zuerst aus einem Liebeshandel entstanden und dann bis zu einem solchen Grade gestiegen. Beide liebten nämlich, wie er sagt, einen gewissen Stesilaos, der aus Keos stammte und alle Knaben an Gestalt und Schönheit weit übertraf, und bei dieser Leidenschaft bewiesen sie so wenig Mässigung, dass sie auch dann, als die Reize des Knaben verblüht waren, ihre Eifersucht nicht ablegten, sondern, als wenn diese für sie eine Art Vorübung gewesen wäre, sich sogleich mit eben der Hitze und Feindschaft der Staatsverwaltung unterzogen. . . .

Plutarchos, V. Arist. 2. *J. F. S. Kaltwasser.*

Themistokles.

Geb. etwa 527 v. Chr., baute den Hafen Piräeus und die Kriegsflotte, erfocht den Seesieg bei Salamis; starb 461 in Magnesia. Bedeutender Feldherr und Staatsmann.

. . . . Doch scheint der Grund zur Feindschaft mit diesem Manne (Aristeides) schon früh in der Jugend gelegt worden zu sein, da beide den schönen Stesilaos von Keos liebten, wie der Philosoph Ariston berichtet. . . .

Plut. V. Themist. 3. *J. F. S. Kaltwasser.*

Aischylos.

Geb. 525 v. Chr. zu Eleusis, kämpfte bei Marathon, Salamis und Platäa, gest. 456 zu Gela in Sicilien, der älteste der drei grossen Tragödiendichter Athens, tiefreligiös und weihevoll; vgl. unter Stesichoros S. 184.

.... Sowohl Aischylos als Sophokles sagten offenkundig, jener in den „Myrmidonen“:

„Den Lenden weihtest du Bewundrung sonder Scheu,
Du, der mit seinen Küssen gern zu geizen pflegt“;

dieser (Soph.) in den „Kolchierinnen“, wo er von Ganymedes redet:

„Sein Schenkel lässt erglühn die Hoheit eines Zeus.“

Athen. XIII, 602 e.

Als Antilochos in den „Myrmidonen“ des Aischylos dem Achilleus des Patroklos Tod meldete, entgegnete Achilleus folgendes (nur als Bruchstück in zwei Zeilen erhalten):

„Antilochos, beklag mich mehr als ihn, der starb,
Ja mich, dieweil ich leb! Denn all mein Glück zerstob!“

Aristophan. Eccl. 392.

.... Denn auch nicht Patroklos wurde von Achilleus nur in dem Grade geliebt, dass sie einander gegenüber sassen, sondern auch jener Freundschaft Vermittlerin war die Sinnenfreude; wenigstens da Achilleus den Tod des Patroklos mit verschwendendem Schmerze betrauerte, brach er im Hinblick auf die Wirklichkeit in die Wehklage aus:

„.............................
Und deiner Lenden, die ich ach! so treu geliebt!“ ......

Luc. Amor. 54. *E. v. K.*

Hippias.

Sohn des Peisistratos, Herrscher von Athen 527—510, gest. in Lemnos 490.

..... Und die Tochter des Polemarchen (Kriegsministers) Charmos, die sehr schön war, gab er (Peisistratos) seinem Sohne Hippias, der nach ihm die Herrschaft inne hatte. Es traf sich aber, wie er (d. h. Kleidemos im achten Buch der „Nostoi“) erzählt, dass Charmos der Liebhaber des Hippias wurde und zuerst bei der Akademie dem Eros einen Altar errichtete, auf welchem geschrieben steht:

„Eros, sinnreicher Gott, dir weihete diesen Altar
Charmos, wo schattenumhegt dieses Gymnasium grenzt.“

Athen. XIII, 609 d. *E. v. K.*

Harmodios und Aristogeiton.

.... Ein attischer Jüngling (Harmodios) hatte zwei Liebhaber, einen Bürger (Aristogeiton) und den Tyrannen (Hipparch); der eine war gerecht und überhob sich nicht, den andern aber liess seine Gewalt das Recht verletzen. Der Jüngling war in der Tat schön und wert, geliebt zu werden, so dass er den Tyrannen geringachten und nur dem Bürger seine Liebe schenken konnte. Darob ergrimmte der Tyrann und behandelte sie schimpflich, ja die Schwester des Harmodios, welche zum Fest der Panathenäen kam, wo sie im Zuge einen Korb mit heiligen Geräten tragen sollte, trieb er schmählich fort. Dafür erlitten die Peisistratiden ihre Strafe. So ward Athen frei durch den Übermut des Tyrannen, durch die Kühnheit des Jünglings, durch eine edle Minne und durch den trefflichen Liebhaber. ....

Max. Tyr. XXIV, 2. *E. v. K.*

Pheidias.

Geb. etwa 500 v. Chr., gest. etwa 436, der grösste Bildhauer der menschlichen Kultur und Hauptvertreter der Perikleischen Zeit. Er schuf vor allem die mächtigen Standbilder des Zeus und der Athene und entwarf die maassvollen, ewiglebendigen Reliefgestalten des Parthenontempels in Athen.

In der Beschreibung des Zeustempels zu Olympia sagt Pausanias (griech. Schriftsteller um 180 n. Chr.):

„Derjenige, welcher sich mit der Binde den Kopf umwindet, soll an Gestalt dem Pantarkes gleichen, Pantarkes aber, ein junger Mensch aus Elis, der Liebling des Pheidias gewesen sein. Pantarkes gewann auch einen Sieg im Ringen unter den Knaben in der 86. Olympiade."

Buch V, Kap. 11. *Dr. Joh. H. Chr. Schubart.*

Vgl. Robert im „Hermes" 1888, 23, S. 444. Loeschke „Über Pheidias' Tod". Dieser Jüngling war das einzige Porträt, das Pheidias bildete, wie Michel-Angelo den Tommaso Cavalieri.

Ferner berichtet Pausanias:

„In dem Tempel stehn eherne Bildsäulen der Itonischen Athene und des Zeus, eine Arbeit des Agorakritos, des Schülers und Geliebten des Pheidias."

Buch IX, Kap. 34. *Dr. J. H. C. Schubart.*

Sophokles.

Geb. 497 v. Chr. zu Kolonos bei Athen, wurde nach dem Siege von Salamis seiner Schönheit wegen zum Führer des festlichen Reigens gewählt. Er errang mit seinen Dramen vielfache Siege und ward auch mit Perikles zum Feldherr im samischen Kriege ernannt. Sein Sohn Iophon und sein Enkel Sophokles d. J. zeichneten sich auch als Dichter aus. 406 starb er in Athen, 91 Jahr alt und hochgeehrt. Er ist der grösste dramatische Dichter der antiken Welt. Er war religiös und galt als göttlich weiser Mann. Nach seinem Tode stiftete man ihm ein Heiligtum und verehrte ihn unter dem Namen Dexion. Seine Sprache ist von vornehmer und anmutiger Kraft.

. . . . Sophokles liebte die Jünglinge, wie Euripides die Frauen. So schreibt der Dichter Ion (Tragiker aus Chios) in seinem Werke, betitelt: „Aus der Heimat“, folgendes:

„Mit dem Dichter Sophokles traf ich in Chios zusammen, da er als Feldherr nach Lesbos schiffte, er war ein Mann, der beim Weine jugendlich zu scherzen liebte und darin gewandt. Sein Gastfreund Hermesilaos, dem es oblag die Athener von Staats wegen zu empfangen, bewirtete ihn. Als der Knabe, welcher den Wein einzugiessen hatte und gerade beim Feuer stand . . . (die Stelle ist im Original verstümmelt) . . . war Sophokles offenbar . . . und sagte: Willst du, dass ich mit Vergnügen trinke? Als dieser bejahte, sagte er: So spute dich nicht so sehr, wenn du mir den Becher bringst und wieder forträgst. Als der Knabe noch mehr errötete, bemerkte er zu dem, der neben ihm lag: Wie schön dichtete doch Phrynichos (Mitbegründer der griechischen Tragödie, gest. 470):

Auf purpurnen Wangen schimmert das Licht der Liebe!

Darauf erwiderte ein Lehrer der Wissenschaften, aus Eretria oder Erythrä gebürtig: „Du bist zwar in der Dichtung beschlagen, Sophokles; doch ist des Phrynichos Ausspruch nicht ganz glücklich, wenn er die Wangen des Schönen purpurn nennt. Denn wollte ein Maler die Wangen dieses Knaben hier mit Purpurfarbe bepinseln, so würde er wohl nicht mehr schön aussehn. Es geht doch gewiss nicht, dass man das Schöne mit dem Unschönen vergleicht.“

Da lachte Sophokles den Eretrier aus und sagte: „So befriedigt dich also, mein Bester, weder der Vers des Simonides, der doch den Hellenen höchst gelungen scheint:

„Aus purpurnem Munde dringet die Stimme der Jungfrau“,

noch der Dichter (Pindar), welcher den Apollo goldhaarig nennt: denn wenn der Maler die Haare des Gottes golden machen wollte und nicht schwarz, so würde wohl das Gemälde dadurch schlechter werden. So missfällt dir auch das „Licht mit Rosenfingern" (Homer), denn so jemand die Finger in Rosenfarbe tauchte, so würden es die Hände eines Purpurfärbers und nicht die eines schönen Weibes werden."

Da alle lachten, schämte sich der Eretrier über die Zurechtweisung; Sophokles begann aber wieder mit dem Knaben zu plaudern. Als dieser mit seinem kleinen Finger ein Hälmchen aus dem Becher entfernen wollte, fragte er ihn, ob er das Hälmchen sehe. Und da der es bejahte, sagte Sophokles: Nun, so blase es fort, damit dein Finger nicht benetzt wird. Als der Knabe sein Gesicht zu dem Becher neigte, näherte Sophokles den Becher seinem eignen Munde, damit ihre Köpfe mehr zusammen kämen. Als der Knabe nun ganz nahe war, umschlang er ihn mit dem Arm und küsste ihn. Da klatschten alle lachend Beifall und riefen, er hätte den Burschen gar hübsch in seine Gewalt gebracht.

„Ich übe mich, ihr Männer, in der Kunst des Feldherrn, sagte Sophokles, denn Perikles meint ja, ich verstände mich nicht auf Kriegslisten. So ist mir also nicht unrechterweise die Feldherrnwürde zugefallen!" Und vieles von der Art sprach und tat er während des Trinkgelages. Zwar war er politisch weder beschlagen noch tätig, wohl aber um Athen verdient, wie nur irgend jemand."

Und Hieronymos aus Rhodos erzählt in seinen „Historischen Erinnerungen", dass Sophokles einen schönen Jüngling ins Freie ausserhalb der Mauer führte, um sein Verlangen an ihm zu stillen. Der Knabe breitete seinen eignen Mantel auf dem Grase aus, das Gewand des Sophokles warfen sie über sich. Nach dem Liebesgenuss nahm der Jüngling das feine Gewand des Sophokles, machte sich davon und liess ihm den Knabenmantel zurück. Natürlich wurde diese Geschichte herumgesprochen; als Euripides es erfuhr, spöttelte er über den Vorfall und sagte, er habe auch selbst mit jenem Knaben Liebesumgang gehabt, jedoch ohne etwas dabei einzubüssen, Sophokles aber sei nicht respektiert worden, weil er zu hitzig gewesen. Sophokles hörte davon und dichtete auf ihn folgendes Epigramm, wobei er sich an die

Geschichte von Helios (Sonne) und Boreas (Nordwind) anlehnte und auf den Ehebruch des Euripides anspielte:

Helios wars, nicht der Jüngling, Euripides, der mich durchglühend
Nackend gemacht; doch dir, der die Hetäre geliebt,
Hat sich der Nordwind gesellt. Und unklug beschuldigst du Eros
Kleider zu stehlen, du — der eine Fremde besät.

Athen. XIII, 603e—605. *E. v. K.*

Folgende dürftige Fragmente finden sich von dem verloren gegangenen Stücke die „Liebhaber des Achilleus“:

„O weh, den Liebling, wie du siehst, verlorest du!“

Photinos Lexikon, 369.

„Aus seinen Augen sendet er die Speere . . . .“
(um die Herzen in Liebe zu verstricken).

Hesych. III, p. 203. *E. v. K.*

Euripides.

Geb. 480 v. Chr. in Salamis, gest. 406 beim König Archelaos von Makedonien. Der jüngste der drei grossen Tragiker Athens. War religiös freisinniger und minder konservativ als die andren. Vgl. auch Agathon S. 193.

. . . . Hübsch ist auch, was man von Euripides sagt. Als dieser den schönen Agathon umarmte und küsste, der schon einen Bart hatte, sagte er: Bei den Schönen erwartet man auch einen schönen Spätsommer. . . . . .

Plut. Amat. XXIV.

. . . . . Der König Archelaos (Urgrossonkel Alexander d. Gr., 413—399) gab seinen Freunden ein prächtiges Gastmahl. Während des Trinkgelages ward Euripides, der stärkeren Wein trank, nach und nach gleichsam berauscht. Darauf umarmte er den tragischen Dichter Agathon, der neben ihm lag, und küsste ihn zärtlich, obwohl der etwa vierzig Jahr zählte. Als Archelaos diesen fragte, ob er noch jetzt gedenke sein Liebling zu sein, erwiderte er (E.): Ja gewiss, ist doch nicht blos der Frühling der schönen Männer wahrhaft schön, sondern auch der Herbst. . . . . .

Ael. Var. Hist. XIII, 4. *E. v. K.*

Sokrates.

Geb. um 470 in Athen, gest. 399; praktischer Weltweiser, den sein tragischer Tod besonders populär gemacht hat.

(Aspasias Worte an Sokrates, wie sie Herodikos Krateteios wiedergegeben hat, wohl von Sokrates selbst in Verse gebracht. Es handelt sich um Alkibiades.)

Sokrates, weiss ich es doch, wie dein Herz sich quält vor Verlangen
Nach Deinomachens und des Kleinias Sohne! Doch höre,
Willst du dich herzlich stehn mit dem Liebling. Misstrau nicht der Weisung,
Folg ihr vielmehr, es ist ja für dich auch bei weitem das Beste.

Ich, da ich solches vernahm, ward schweissgebadet vor Freude,
Nicht wider Willen entfiel sogar eine Träne dem Auge.

Mühe dich wohl, das Herz der fesselnden Muse zu rühren;
Hilft sie, so fängst du ihn dir durch die Macht der Liebesgesänge.
Das ist für beide der Anfang der Freundschaft; so wird er der Deine,
Wenn du sein Ohr umschmeichelst mit tönenden Gaben des Herzens.

(Ferner, als sie ihn in traurigem Zustande sah:)

Sokrates, Lieber, was sollen die Tränen?! Erregte dein Herze
Plötzlich, wie niedergeschmettert vom Blicke des stolzen Jünglings,
Stürmisch Verlangen? Ei jenen verspreche ich zahm dir zu machen.

Was er in der Tat von Alkibiades erlangte, offenbart Plato im Protagoras, indem er freilich etwas von den 30 Jahren des Geliebten abliess. . . . .

Athen. V, 219, c, d, e.

. . . . . Er (Sokr.) nahm sich sogar Lehrer in der Kunst der Liebe, Aspasia aus Milet (die Geliebte und spätere Gemahlin des Perikles) und Diotima von Mantinea, und nahm sich dann Schüler dieser Kunst, wie den heiter stolzen Alkibiades, den jugendlichen Kritobulos, den anmutreichen Agathon und Phaidros mit dem göttlichen Kopf und den Jüngling Lysis und den schönen Charmides. Niemals verbirgt er die Äusserungen seiner Liebe, weder ihre Handlungen noch ihre leidenschaftlichen Regungen, sondern er äussert alles freimütig, wie es kommt: dass sein Herz ihm aus Liebe zu Charmides klopft, dass ihm der Körper, gleich den Bacchantinnen, von leidenschaftlicher Liebe und Verlangen nach

Alkibiades erregt wird, dass er seine Blicke auf Autolykos, wie nachts auf einen Lichtstrahl, richtet. Will er einen Staat vortrefflicher Männer gründen und stellt er den Edlen Gesetze auf, so verschenkt er keine Kränze und keine Standbilder, keine hellenischen Nichtigkeiten, sondern er will, dass es dem Trefflichsten freistehe, den Schönen, den er etwa gerne möchte, in Liebe zu geniessen. . . .

Max. Tyr. XXIV, 4. *E. v. K.*

Agathon. (Vgl. Seite 191.)

Um 446—402. Griechischer tragischer Dichter, Geliebter des Euripides. Platon hat ihn im „Symposion" verewigt, das er bei ihm stattfinden lässt. Ausser als Dichter zeichnete er sich auch durch grosse Schönheit aus, so dass er wiederholt als der „schöne Agathon" citiert wird. Es sind von ihm leider nur Fragmente erhalten.

. . . . . Den Dichter Agathon liebte Pausanias (ein Athener). Und das war allgemein verbreitet; was aber nicht zu allen dürfte gedrungen sein, will ich erzählen. Zum Hof des Archelaos kamen einmal diese beiden, der Liebhaber und der Geliebte. Archelaos selbst huldigte nicht minder der Liebe als den Musen. Als er nun den Pausanias und Agathon häufig miteinander streiten sah, glaubte er, dass der Liebhaber von seinem Liebling vernachlässigt würde; Archelaos fragte daher den Agathon, in welcher Absicht er sich so oft mit jenem verfeinde, der ihn doch von allen am meisten liebe? Dieser sagte: „Ich werde es dir erklären, mein König. Denn weder bin ich feindselig gegen ihn, noch handle ich so aus Unbildung; denn wenn ich auch sonst wohl auf Regeln gebe, wie in der Dichtkunst, so finde ich doch, dass es für die Liebenden etwas sehr Reizvolles ist, sich nach einem Zwist mit ihren Lieblingen auszusöhnen, und ich bin der Überzeugung, dass sie nichts so sehr vergnügen kann. Von diesem Reize wenigstens lass ich ihm gerade so viel zu teil werden, indem ich öfters mit ihm streite; denn er freut sich immer wieder, wenn ich den Streit mit ihm beilege; bin ich aber stets der Gleiche und Gewohnte, so wird er keinen Unterschied merken." Archelaos lobte das, wie es heisst.

Eben diesen Agathon, sagt man, liebte auch der Dichter Euripides, und er soll das Drama Chrysippos ihm zu Gefallen ersonnen haben. . . . .

Ael. Var. Hist. II, 21.

(Folgende, sonst schwer zugängliche Bruchstücke mögen einen Eindruck von dem Dichter geben:)

Unwürdige, die Leid und Mühen nicht bestehn,
Die wollen sterben. . . .

Aristot. Eth. Eud. III, 1.

Wer keine Mühen scheut, geht seinen eignen Weg.

Stob. Flor. XXIX, 39.

Wo wir bewundern, wird die Liebe in uns wach.

Hesych. *E. v. K.*

Platon. (Vgl. Seite 29—32.)

. . . . Alkibiades ist des Sokrates Geliebter gewesen, Dion der des Platon. . . .

Ael. IV, 21.

Epaminondas. (Vgl. Plutarchos Seite 61.)

Geb. 418 v. Chr., gest. 362 in der Schlacht bei Mantinea; der grosse thebanische Feldherr und Staatsmann.

. . . . Epaminondas befreite Theben von den Lakedaimoniern, indem er die Lieblingminne als Feldherr verwandte. In Theben gab es viel schöne Jünglinge und viel junge Männer, die sie liebten. Epaminondas bewaffnete die Liebhaber und Geliebten und ordnete eine heilige Schar der Lieblingminne an, die vorzüglich, ja unüberwindlich war, da sie mit ihren Schilden in zusammengedrängten Reihen standen und sich nicht trennen liessen. . . .

. . . . Denn jeder Liebhaber musste sich auszeichnen, sowohl aus Ehrliebe, da er im Angesichte seiner Lieblinge kämpfte, als auch aus tiefstem Antrieb, weil er den Liebsten verteidigte. Aber auch die Jünglinge eiferten ihren Liebhabern nach, so wie auf der Jagd die jungen Hunde neben den älteren herlaufen. . . .

Max. Tyr. XXIV, 2.

. . . . Diese Schlachtordnung soll Epaminondas erfunden haben, indem er Liebende und Geliebte in Reih und Glied stellte, damit sie mehr auf die Rettung bedacht wären und einander Zeugen ihrer Tapferkeit oder Untüchtigkeit würden. Und diese Schar, die er die heilige nannte, besiegte die Lakedaimonier in der Schlacht bei Leuktra (371 v. Chr.). . . . .

Dion Chrysost. Orat. XXII, p. 274. *E. v. K.*

Aristippos.

Um 400 v. Chr. Philosoph aus Kyrene, Schüler des Sokrates: schätzte ein maassvolles sinnliches und geistiges Vergnügen als das höchste Gut.

. . . . . Er hatte mit seinem Sklaven Eutychides Umgang und mit der Hetäre Lais. Denjenigen, die ihn deshalb tadelten, entgegnete er: Ich besitze Lais, aber ich bin nicht von ihr besessen; es zeugt auch gewiss von Männlichkeit, über die Freuden der Lust zu gebieten, ohne ihnen zu unterliegen, nicht aber sich ihrer zu enthalten. . . .

Hesych. 4. *E. v. K.*

Ephoros.

Geb. um 400 v. Chr., gest. nach 340, Historiker. Ephoros, den der Geograph Strabon benutzt, berichtet vom Aufenthalte Lykurgos' bei den Kretern und fährt fort:

Folgendes ist ihnen als gesetzlicher Brauch in der Liebe eigen: sie gewinnen sich ihre Lieblinge nicht durch Zureden, sondern durch Entführung. Drei oder mehr Tage vorher sagt der Liebhaber es den Verwandten (des Geliebten) an, dass er die Entführung vornehmen wolle. Es gilt aber für Diese als überaus schmählich, den Jüngling zu verbergen oder nicht den bestimmten Weg gehn zu lassen, denn sie würden damit eingestehn, dass der Knabe eines solchen Liebhabers unwürdig sei. Doch begleiten sie ihn, wenn der Entführer dem Jüngling ebenbürtig ist oder ihn gar an Rang oder sonstwie übertrifft, und schicken sich nur lässig an, den Entführer zu verfolgen, um dem Brauche nachzukommen; im übrigen lassen sie die Entführung gerne zu. Ist der Liebhaber jedoch unwürdig, so nehmen sie ihm den Knaben weg. Sie setzen die Verfolgung solange fort, bis der Jüngling in das Männergemach des Entführers gebracht worden ist. Für begehrenswert gilt aber bei ihnen nicht so sehr, wer sich durch Schönheit auszeichnet, als durch mutiges und feines Wesen. Nachdem der Liebhaber den Knaben beschenkt hat, nimmt er ihn aus dem Orte weg und geht mit ihm, wohin er will. Die Anwesenden lassen die Entführung zu; wenn sie nun zwei Monate geschmaust und gejagt haben (denn länger ist es nicht gestattet den Knaben zu behalten), so kehren sie in die Stadt zurück. Zum Abschied empfängt der Jüngling ein Waffengewand, einen

Ochsen und einen Becher (dies sind nämlich die gesetzlich vorgeschriebnen Geschenke), ausserdem vielerlei Wertgeschenke, so dass die Freunde des grossen Aufwandes halber beisteuern. Den Ochsen opfert der Knabe nun dem Zeus und bewirtet die Begleiter; darauf erzählt er von seinem Umgang mit dem Liebhaber, ob es ihm selbst ein Vergnügen gewesen ist oder nicht, da das Gesetz es so verlangt, damit er, falls bei der Entführung irgend ein Zwang gegen ihn gebraucht wäre, sich dann rächen und von ihm lossagen könne. Für Jünglinge von schöner Gestalt und vornehmem Geschlecht gilt es für schmählich, ohne Liebhaber zu sein, als wäre ihnen dies um ihres Charakters willen widerfahren. Den „Gefährten" (wie man die Entführten nennt) werden Ehren zu teil: bei den Chören und Wettläufen erhalten sie die ehrenvollsten Plätze und dürfen sich mit dem vom Liebhaber geschenkten Waffenkleide vor allen Übrigen auszeichnen und schmücken. Und nicht nur dann, sondern auch wenn sie vollkommen erwachsen sind, tragen sie ein auszeichnendes Gewand, an dem jeder als „Rühmlicher" (κλεινός) erkannt wird; denn den Geliebten nennen sie den „Rühmlichen", den Liebenden aber „Liebhaber" (φιλήτωρ). Dieses sind ihre gesetzlichen Bräuche in der Liebe.

Strabon X, 483 c. *E. v. K.*

Aristoteles.

Geb. 384 in Stageira (Maked.), Schüler Platons und Lehrer Alexanders des Grossen, gest. 322 zu Chalkis auf Euböa. Realistischer Philosoph; er begründete mehrere Zweige der Wissenschaft und war einer der universalsten Geister, der das gesammte Wissen seiner Zeit zusammenfasste. Auch das Mittelalter stand unter seinem Bann.

. . . . Sokrates, der Philosoph, der alles gering achtete, ward er nicht durch die Schönheit des Alkibiades überwunden? So ward auch der grosse, erhabne Aristoteles von der Schönheit seines Schülers Phaselitos besiegt. . . . .

Athen. XIII, 566, d, e. *E. v. K.*

Aristoteles spricht von den Misslichkeiten, in die ein Staat gerät, dessen Gesetzgeber wohl das Leben der Männer, aber nicht das der Frauen geregelt haben:

. . . denn die leben (dann) in jeder Weise zügellos und schwelgerisch. Naturgemäss steht in solch einem Staate der Reichtum in hohem Ansehen, besonders wenn sich die Männer von den Frauen beherrschen lassen, wie es häufig bei militärischen und kriegerischen Stämmen der Fall ist, ausgenommen die Kelten oder etwa andre, welche den Liebesverkehr zwischen Männern unverhohlen geschätzt haben . . .

Polit. 2, VI, 6.

. . . Philolaos von Korinth ward Gesetzgeber der Thebaner. Philolaos nun war aus dem Geschlechte der Bakchiaden und war Liebhaber des Diokleis geworden, der bei den Olympischen Spielen gesiegt hatte; als dieser die Stadt verliess, über die Liebschaft seiner Mutter Alkyone erzürnt, ging auch er nach Theben. Und dort beschlossen beide ihr Leben. Noch jetzt zeigt man ihre Gräber, die einander freundlich zugewandt sind . . .

Polit. 2, IX, 6. *E. v. K.*

Amphis.

Griechischer Komödiendichter.

Und wie? Du meinst, du überzeugest mich davon,
Liebhaber wäre der, der einen Schönen liebt
Und nur sein Wesen liebt, nicht die Erscheinung auch?
O welche Thorheit doch! So wenig glaub ich dies,
Als dass ein Armer, der den Reichen öfters naht,
Sie heimsucht, nichts von ihnen zu erlangen wünscht.

Athen. XIII, 563, e. *E. v. K.*

Alexander der Grosse.

Geb. 356, König von Makedonien 336—323. Schüler des Aristoteles. Einer der grössten Welteroberer.

. . . . . Im hohen Maasse lieblingminnend war auch der König Alexander. Dikaiarchos (Schüler des Aristoteles) wenigstens sagt in seiner Schrift über das Opferfest in Ilion, dass jener von seinem Eunuchen Bagoas so sehr hin war, dass er im Angesicht des ganzen Theaters ihn an sich zog und leidenschaftlich küsste, und als die Zuschauer jubelnd Beifall klatschten, da willfahrte er ihnen und neigte ihn wieder zurück und küsste ihn nochmals.

Karystios erzählt in seinen „Histor. Erinnerungen“: Der Chalkidäer Charon hatte einen schönen Liebling, dem er von Herzen zugetan war. Als Alexander bei Krateros während des Trinkgelages jenen pries, da forderte Charon seinen Liebling auf, den Alexander herzhaft zu küssen; doch dieser sagte: „Keineswegs, denn in dem Maasse, als es dich betrüben wird, erfreut es mich nicht.“ Denn wie sinnenfreudig dieser König auch war, so enthaltsam war er auch, wo es gut tat und sich geziemte. Wenigstens nachdem er die Töchter des Darius und dessen wunderbar schöne Frau gefangen genommen hatte, enthielt er sich nicht blos derselben, sondern liess sie nicht einmal wissen, dass sie gefangen waren, ja befahl ihnen allen Aufwand zu gewähren, wie wenn Darius noch herrschte. Deswegen bat auch Darius, der es erfahren hatte, den Helios mit erhobnen Händen, dass entweder er oder Alexander König sein möge. . . .

Athen. XIII, 603, a, b, c.

. . . . . Als Hephaistion gestorben war (324; sein Liebling), legte Alexander ihm Waffen auf den Scheiterhaufen und dazu Gold und Silber für den Toten, und ein Gewand, welches eine grosse Ehrung bei den Persern bedeutete. Er schor auch seine eignen Locken, wie in homerischem Schmerz, und eiferte dem Achilleus des Homer nach. Ja er handelte noch gewalttätiger und leidenschaftlicher als jener, denn er liess die Veste von Ekbatana rundum schleifen. Noch als er sein eignes Haar weihte, schien er hellenisch zu handeln, als er aber Hand an die Mauern legte, da trauerte Alexander bereits in fremder Weise; auch in der Kleidung veränderte er die Eigenheiten der Sitte und gab sich ganz seiner Gemütsstimmung, seiner Liebe und seinen Tränen hin. . . . . .

Ael. Var. Hist. VII, 8. *E. v. K.*

Zenon.

Um 340—260, aus Kition auf Kypern. Stifter der stoischen Schule in Athen.

. . . . . Er (Z.) ass nur etwas Brot und Honig und trank auch wenig duftigen Wein. Mit Knaben hatte er Umgang, aber auch nicht oft, ein- oder zweimal blos mit einem Mädchen, damit es nicht schiene, als wäre er ein Weiberfeind. . . .

Diog. Laert. VII, 13.

. . . . Als er in Chremonides verliebt war und dieser und Kleanthes sich neben ihn hinsetzten, stand er auf. Da Kleanthes sich wunderte, sagte er: Auch von den tüchtigsten Ärzten höre ich, dass gegen Erregungen Ruhe das stärkste Mittel ist. . . . .

Diog. L. VII, 19. *E. v. K.*

Polemon und Krates.

Beide waren platonische Philosophen und nacheinander Leiter der platonischen Akademie. Um 300 v. Chr.

. . . . Krates und Polemon liebten einander so sehr, dass sie im Leben nicht blos der gleichen Beschäftigung oblagen, sondern sich auch fast bis zum Atemholen einander anpassten; nach dem Tode teilten sie ein gemeinsames Grab. Daher sagt auch Arkesilaos (Stifter der sogen. neueren Akademie, 316—241), der sie mit Theophrastos (Schüler des Aristoteles) aufsuchte, sie seien Götter oder Überlebende aus dem goldnen Zeitalter. . . .

Hesych. XL. *E. v. K.*

Gaius Julius Caesar.

Geb. 12. Juli 100, gest. 15. März 44 v. Chr. Einer der grössten Feldherren und Staatsmänner aller Zeiten. Im Angesichte Caesars, Alexanders d. Gr. und Friedrichs d. Gr. von Verweichlichung, Dekadenz und Urningtum zu reden, ist einfach lächerlich. Sueton, dem Untenstehendes entnommen ist, sagt noch von Caesar: „. . . . Der Arbeit unterzog er sich in kaum glaublicher Weise. Seinem Heere zog er manchmal zu Pferde, häufiger zu Fuss voran, ohne sein Haupt zu bedecken, ob nun Sonnenschein oder Regen war. . . . . Hinderten ihn Flüsse, so durchschwamm er sie. . . ."

. . . . . Ich übergehe die Reden des Dolabella . . . ., in denen Dolabella ihn die Nebenbuhlerin der Königin (von Bithynien) . . . . nennt. Ebenso will ich nicht den Ausspruch des Bibulus (Caesars Mitkonsul) weiter erwähnen, der seinen Kollegen öffentlich für die Königin von Bithynien erklärte und sagte, ihm habe früher ein König am Herzen gelegen, nun aber sei es die Königsherrschaft. Zur selben Zeit hat, wie Marcus Brutus berichtet, ein gewisser Octavius, ein geistvoller, freimütig-witziger Mann, ihn in einer sehr grossen Gesellschaft, als er den Pompejus einen König genannt hatte, als Königin begrüsst. . . . Cicero vollends begnügte sich nicht damit, in einem Briefe erzählt zu haben, dass jener von dem Gefolge in das königliche Schlafgemach geführt worden sei und mit Purpur bekleidet in goldnem Bette sich niedergelegt habe . . . . .; sondern als Caesar einmal im Senate für Nysa eintrat, die Tochter des Königs Nikomedes, und der Wohltaten gedachte, die der König ihm erwiesen, rief er (Cicero) ihm zu: „Ich bitte dich, lass Das sein; da es ja bekannt ist, was er dir und was erst du ihm gewährt hast.“ Im Gallischen Triumphe endlich trugen seine Soldaten unter andren Liedern, die sie, dem Triumphwagen folgend, scherzend zu singen pflegen, auch jenes allbekannte vor:

Caesar überwand die Gallier, Nikomedes aber ihn.
Seht, es triumphiert nun Caesar, der die Gallier überwand,
Nikomedes triumphiert nicht, ob er Caesar überwand. . . . .

Suet. Vita Caesar. 49. *E. v. K.*

Jesus Christus.

.... Es war aber einer unter seinen Jüngern, der zu Tische lag an der Brust Jesu, welchen Jesus lieb hatte. ...

Joh. 13.

.... Da nun Jesus seine Mutter sah und den Jünger dabei stehn, den er lieb hatte, spricht er zu seiner Mutter: Weib, siehe, das ist dein Sohn. Danach spricht er zu dem Jünger: Siehe, das ist deine Mutter. Und von der Stunde an nahm sie der Jünger zu sich. ....

Joh. 19. *Dr. M. L.*

Da Jesus die ganze Menschheit liebte, deutet diese wiederholte Hervorhebung auf ein persönlich inniges Verhältnis zu Johannes.

Bezeichnend ist jedenfalls, dass Christus sich nirgends über die Lieblingminne tadelnd äussert, obgleich er sonst alle sittlichen Vergehen rügt und diese Erscheinung ihm im Orient keinesfalls fremd sein konnte.

Athenaios.

Lebte um 170—230 n. Chr. in Alexandria und Rom. Grammatiker.

.... Bei den Kretern werden die Geliebten „Rühmliche“ genannt. Sie bemühen sich ernsthaft bei der Entführung ihrer Knaben; und für die schönen Jünglinge dort gilt es für schimpflich, wenn sie ohne Liebhaber bleiben. Die Geraubten nennt man „παραστα9εντες“ (d. h. solche, die ihnen zur Seite stehen, gleichsam eroberte Gefährten). Dem Geraubten schenken sie eine Rüstung, ein Rind und einen Becher. Dieses Kriegskleid tragen sie auch, wenn sie älter geworden sind, damit es offenbar würde, dass sie „Rühmliche“ geworden sind. ...

XI, 782 c. *E. v. K.*

König Al Motamid von Sevilla. (Vgl. Seite 75.)

Sohn des Königs Al Motadid des Kriegerischen, bestieg er 1069 den Tron und zeichnete sich durch edle Sinnesart und Freigebigkeit aus; dabei war er einer der grössten Dichter. Die erste Periode seiner Regierung war eine glückliche. 1085 begehrte Alfons VI. von Castilien auch sein Land. Al Motamid suchte Hilfe bei Jussuf von Marokko. 1086 wurden die Christen bei Zalaka völlig geschlagen. 1090 warf Jussuf die Maske der Bundesgenossenschaft ab und vernichtete die Herrschaft Al Motamids. In Agmat, südöstlich von Marokko, wurde der Schmerz des gefangnen Königs zu wunderbaren Gedichten. „So wechseln miteinander Lust und Not — das Ende jeder Hoffnung ist der Tod." Er starb 1095.

Sein Vertrauter und Liebling war, schon als er Tronerbe war, der Dichter Ibn Ammar, von einfacher Herkunft aus dem Dorfe Silves. Das Verhältnis beider ward nach dem Ausdruck seiner Biographen ein so intimes, wie es weder der Bruder zum Bruder, noch der Sohn zum Vater hat. Sie lebten längere Zeit Tage und Nächte glücklich zusammen. Als Motamid König wurde, ward sein Liebling zu hohen Ehren berufen.

Giovanni della Casa

Arcivescovo di Benevento, 1503—1556. (Vgl. Seite 96.)

Aus: „Sopra il forno."

An SORANZO.

. . . . .

Tennero il Forno già le donne sole,
Oggi mi par, che certi garzonacci
L'abbian mandato poco men ch' al Sole.
Spazzinlo a posta lor, nessun non vacci:
Dican pur ch' egli e' umido e mal netto,
E sonne ben cagion questi Fratacci;
Io per me rade volte altrove il metto,
Con tutto che 'l mio pan sia piccolino,
E 'l Forno delle donne un po' grandetto.
Benchè chi fa questo mestier divino,
Sa ben trovar, dov' elle hanno nascosto
Cola dirieto un certo fornellino,
Ch' è troppo buon da far le cose arrosto,
Cuocere, come a dir, pasticci e torte,
Non si può dir, quanto fa bene e tosto.
E puossi almanco infornar piano e forte
Pur; ch' e' non è si vetriolo e mezzo,
Come questi altri; ch' è proprio una morte.
Come tu 'l tocchi, se ne leva il pezzo:
Ad ogni poco il fornajo dice, ohi,
Voi non potete mai infornare a mezzo.

Ma pure a questo pensateci voi:
Perch' egli è chi si mangia anche il pan crudo:
Ognun faccia a suo modo i fatti suoi.
Ch' inforna, doverrebbe stare ignudo;
Benchè vestito anche infornar si possa,
E per una infornata anch' io non sudo.
La pala poi vuol esser corta e grossa,
Dice la gente ignorante; ma io
Non trovo che ragion se l'abbi mossa;
E bench' io dica or contra 'l fatto mio,
Perchè, Soranzo, a non vi dir bugia,
La pala mia non è gran lavorio;
Io credo, che bisogni, ch' ella sia
Grande e profonda e grossa e larga e lunga,
E s' altro nome ha la Geometria.
Perch' io veggio il fornajo che si prolunga,
Per accostarla del Forno alle mura,
E Dio voglia ancor poi, ch' ella v'aggiunga.
Ma sopra tutto ella vuol esser dura,
E chi l'adopra gagliardo di schiena,
Che la sappi tener ritta e sicura.
Or io v'ho dato la dottrina piena:
Restami a dir, come s'inforna il pane,
Come si fa a levar, come si mena.
. . . . .

König Heinrich III. von Frankreich.

Geb. 19. Sept. 1551 als Sohn Heinrichs II., ermordet 2. August 1589 von einem klerikalen Fanatiker, vermutlich auf Anstiften seiner Gegner. Er war ein Mensch von gutem Gemüte; das bezeugt auch der Autor des „Journal", der von seiner „bonté accoutumée" spricht, und sein Charakter ist von seinen Gegnern mehr als billig angeschwärzt worden. Den Mönch Poncet zum Beispiel, der ihn öffentlich aufs gemeinste beleidigt hatte, liess er blos in seiner Landkutsche in seine Abtei nach Melun führen, so dass die einzige Strafe die Angst war, die er während der Fahrt hatte. Dem Archidiaconus Fr. de Rosières, der die Ehre seiner Vorfahren angetastet hatte, verzieh er, trotzdem jenen von Rechts wegen die Todesstrafe erwartete.

. . . . Folgendes geschah am Sonntag den 27. April (1578) beim Austrag eines Handels, der am Tage vorher im Louvre aus geringfügiger Ursache entstanden war zwischen dem Herrn von Quelus, einem besondren Liebling des Königs, und dem jungen Antrangues, den man Antraguet nannte, einem Günstling des Hauses Guise. . . . .

Es wird nun berichtet, wie besagter Quelus, dem sich auch der junge Maugiron anschliesst, mit Antraguet und andren den Streit ausficht.

. . . . Und sie kämpften dort so wild, dass der schöne Maugiron und der junge Chomberg tot auf dem Platze blieben . . . . Quelus, der Urheber und Angreifer im Streit, quälte sich 33 Tage infolge der neunzehn Wunden, die er erhalten hatte, und starb am Donnerstag den 29. Mai im Haus Boisy, wohin man ihn vom Kampfplatz getragen hatte, da dieser Ort ihm am meisten befreundet und am nächsten war. Nichts half ihm die grosse Gunst des Königs, der alle Tage nachsehn kam und nicht von seinem Lager wich und den Chirurgen, die ihn (Q.) verbanden, hunderttausend Franken versprach, falls sie ihn heilen würden; dem schönen Liebling versprach er hunderttausend Dukaten, um ihm Mut zur Genesung zu machen; ungeachtet dieser Versprechen ging er aus dieser Welt in eine andre, indem er immer, sogar in seinen letzten Seufzern, die er mit grosser Angst und in tiefer Betrübnis ausstiess, folgende Worte im Munde führte: „Ach, mein König, mein König . . . .", ohne dass er sonst von Gott oder seiner Mutter sprach.

In der Tat hegte der König für Maugiron und ihn eine wunderbare Freundschaft: denn er küsste die beiden Toten, liess ihnen die Häupter scheren und nahm ihre blonden Haare, um sie aufzubewahren; er nahm dem Quelus die Ohrringe ab, die er ihm früher geschenkt und mit eigner Hand angehängt hatte. . . .

Journal du Regne du Roy Henri III. *E. v. K.*

Friedrich der Grosse. (Vgl. Seite 108.)

An CESARION.

(1741.)

. . . . .

Dans ce nouveau palais de noble architecture,
Nous jouirons tous deux de la liberté pure,
Dans l'ivresse de l'amitié;
L'ambition, l'inimitié
Seront les seuls p é c h é s t a x é s c o n t r e n a t u r e.

. . . . .

An CESARION.

. . . . . .

Dies Schloss wird uns beiden vornehm erstehen,
Dort soll im Genusse uns Freiheit umwehen,
In der Freundschaft Trunkenheit;
Nur Ehrsucht und Feindlichkeit
Soll gelten als widernatürlich Vergehen.

. . . . . *E. v. K.*

Joh. J. Winckelmann. (Vgl. Seite 112.)

. . . . . Der Punkt von der neuen Schrift ist folgender; ich muss es nur bekennen. Ich war verliebt, und wie! in einen jungen Liefländer, und versprach ihm einen Brief unter andern Briefen; das ist, ich wollte ihm alle möglichen Zeichen meiner Neigung geben. . . . .

Brief vom 6. Aug. 1763 an L. Usteri.

. . . . . Ich kann also vergnügt sein, und es macht mir nichts Sorge, als meine Schrift; ich habe sogar jemand gefunden, mit dem ich von Liebe rede: ein junger, schöner, blonder Römer von 16 Jahren, einen halben Kopf grösser als ich; aber ich kann ihn nur einmal die Woche sprechen: des Sonntags abends speiset er bei mir. . . .

XVIII. Brief an Hieron. Dietrich Berendis (geb. 1720) vom 29. Januar 1757.

. . . . Ich bin freier, als ich in meinem Leben gewesen, und ich bin in gewissem Maasse Herr von meinem Herrn und von dessen Lustschlössern, wohin ich gehe, wenn und mit wem ich will. Zweimal in der Woche gehe ich mit dem Kardinal in grosse Versammlungen, wo eine grosse Musik ist, und auf solche Art gehet das Leben vergnügt und empfindlich vorbei. Der Kardinal von 70 Jahren ist mein Vertrauter und ich unterhalte ihn öfters von meinen Amours. . . . . Ich habe an dem zahlreichen Hofe des Kardinals keinen Neider noch Feind, und eben dieses kann ich sagen von allen, die mich hier kennen. . . . . Heute speiset ein wunderschöner junger Kastrate bei mir, welcher mit mir Deine Gesundheit trinken soll. . . . .

XXIV. Brief an Berendis vom 28. Sept. 1761.

Goethe sagt von Winckelmann: „. . . . er hat als Mann gelebt und ist als ein vollständiger Mann von hinnen gegangen. . . .“

J. G. Hamann.

Geb. 27. Aug. 1730 zu Königsberg i. Pr., gest. 20. Juni 1788 zu Münster. Tiefreligiöser Theolog, dabei ein eigner Denker, von Einfluss auf Herder.

In den „Sokratischen Merkwürdigkeiten", wo er von Sokrates und dessen Umgang mit schönen Jünglingen redet, sagt er, trotz seiner persönlichen Ablehnung und ungenügender Ergründung der Sache, Folgendes:

. . . Man kann keine lebhafte Freundschaft ohne Sinnlichkeit fühlen, und eine metaphysische Liebe sündigt vielleicht gröber am Nervensaft, als eine tierische an Fleisch und Blut . . .

J. W. von Goethe. (Vgl. Seite 116—122.)

„Knaben liebt ich wohl auch, doch lieber sind mir die Mädchen.
Hab ich als Mädchen sie satt, dient sie als Knabe mir noch."

Notizbuch von der schlesischen Reise.

Aus den „Venetianischen Epigrammen".

Eine einzige Nacht an deinem Herzen! — Das Andre
Giebt sich. Es trennet uns noch Amor in Nebel und Nacht.
Ja, ich erlebe den Morgen, an dem Aurora die Freunde
Busen an Busen belauscht, Phöbus, der frühe, sie weckt.

Ep. 88.

Kehre nicht, liebliches Kind, die Beinchen hinauf zu dem Himmel;
Jupiter sieht dich, der Schalk, und Ganymed ist besorgt.

Ep. 39.

DER ERLKÖNIG.

Dieses bekannte Gedicht führe ich an, weil Goethe in der vorletzten Strophe Gedanken und Worte bringt, die nie und nimmer der Empfindung eines unreifen Kindes entspringen können. Hat der Dichter hier nur die Fieberphantasieen eines Kindes, im prägnanten Sinne dieses Wortes, gar die eines Kindes, das noch in der Wiege liegt, bringen wollen, so ist er aus der Rolle gefallen und das Gedicht ist unnaiv und verfehlt oder aber der Altmeister hat eine seiner Empfindungen bewusst-dramatisch im Erlkönige ausgedrückt, wie es mir scheint. „Früh stirbt der Knabe, den die Götter lieben." Auch sei erwähnt, dass man den Knaben in China heute noch Mädchenkleider anzieht, damit sie nicht von einer Gottheit geraubt würden.

. . . . .

„Willst, feiner Knabe, du mit mir gehn?"

. . . . .

„Ich liebe dich, mich reizt deine schöne Gestalt:
Und bist du nicht willig, so brauch ich Gewalt!"

Richard Wagner. (Vgl. Seite 160.)

Geb. 22. Mai 1813 in Leipzig, gest. 13. Februar 1883 in Venedig. Der Schöpfer des musikalischen Dramas.

„.... Im Jahre der ersten Aufführung meines Tannhäuser (1845) gebar mir Bayerns Königin den Genius meines Lebens, der mich aus tiefster Not zum höchsten Glücke bringen sollte; er ist mir vom Himmel gesendet. Durch ihn bin ich und verstehe ich mich. ..."

Aus einer Widmung an Ludwig II.

O König! Holder Schirmherr meines Lebens!
Du, höchster Güter wonnereicher Hort!
Wie ring ich kühn am Ziele meines Strebens
Nach jedem deiner Huld geweihten Wort.

. . . . .

Bin ich auch arm, ich wahre stolz das eine:
Den Glauben, dem der Deine sich vermählt:
Es ist die Macht, durch die ich reich erscheine,
Du bists, der heilig meine Liebe stählt! . . . .

. . . . .

Paul Verlaine. (Vgl. Seite 159.)

Mille e tre.

Mes amants n'appartiennent pas aux classes riches:
Ce sont des ouvriers faubouriens ou ruraux,
Leurs quinze et leurs vingt ans sans apprêts sont mal chiches
De force assez brutale et de procédés gros.

Je les goûte en habits de travail, cotte et veste;
Ils ne sentent pas l'ambre et fleurent de santé
Pure et simple; leur marche un peu lourde, va preste
Pourtant, car jeune, et grave en l'élasticité;

Les yeux francs et matois crépitent de malice
Cordiale et des mots naivement rusés
Partent non sans un gai juron, qui les épice,
De leur bouche bien fraîche aux solides baisers.

(Neun Strophen, in denen er seine Lieblinge und Liebhaber und sein sinnliches Verhältnis zu ihnen beschreibt, sind hier fortgeblieben.)

Et vous tous! à la file ou confondus en bande
Ou seuls, vision si nettes des jours passés,
Passion du présent, futur qui croît et bande,
Chéris sans nombre,. qui n'êtes jamais assez!

Nanshoku Okagami.

(Grosser Spiegel der Männerliebe.)

Erst in letzter Stunde ging mir das gedruckte japanische Original dieser Novellensammlung und das Manuskript der wörtlichen englischen Übersetzung zu und kann ich daher folgende Bruchstücke nur noch an dieser Stelle anfügen. Die ganze Sammlung dürfte kulturlitterarisch von nicht unbedeutendem Interesse sein; erschienen ist sie zuerst 1700, dann wieder 1870 in Kyoto, die letzte Ausgabe 1894 in Tokio. Ich verdank die Sendung Herrn J. Schedel, Bamberg.

Buch II, 3.

Kanimon Maruo, dessen Kleidung ihn schon als „Gläubigen der Lieblingminne" kennzeichnet, verliebt sich beim Angeln in einen schönen jungen Mann, namens Sannojo Tamura, aus dem Geschlecht des Häuptlings (Daimyo) von Koriyama. Am späten Abend muss dieser auf gefährlichem Wege von der Theatervorstellung heimkehren, der er beigewohnt hatte.

Als Tamura sich der Umgegend von Daianji (einem berühmten Tempel) näherte, kam von einem Seitenwege ein Mann in der Art eines Bedienten, der eine Kapuze aufhatte und eine Laterne trug, und ging ihm voran. So ward er ihm zum Führer, dessen Laterne er zu seinem Glücke folgte, und er gelangte bald nach Koriyama . . . Der Mann ging sogar bis vor Tamuras Haus in Takata Machi und kehrte um, als er ihn sein Heim betreten sah. Bis dahin hatte Tamura der Sache keine Aufmerksamkeit geschenkt, jetzt aber schien sie ihm wirklich merkwürdig. Doch sah er nach seinen Eltern und teilte ihnen seine Rückkehr vom Schauspiel (Takigino No) mit.

Als er das getan, eilte er der Laterne nach und überholte sie. Beim Schein der Laterne erkannte er ein Gewand aus Chrysanthemumblättern. Da er nun in ihm den Samurai (?) vermutete, den er am Tage getroffen hatte, verfolgte er die Laterne, aber in der Nähe von Nara ging das Licht allmählich aus, und bei allem Scharfsinn konnte das Auge in der Dunkelheit nichts erkennen.

Da wurde eine Stimme vernehmlich: „Bist du nicht von dem jungen Edelmann beauftragt, weil er in solcher Verkleidung begleitet worden?“ Als Tamura diese Stimme hörte, sagte er: „Ich habe dich wiederum so weit begleitet, weil ich dein Herz kennen gelernt“ und fasste ihn bei der Hand. Maruo kam es wie ein Traum vor und kaum fähig etwas zu reden stand er eine Zeit lang still. „Ist es, fragte er, wahr?“ „Ich bin dir für deine Freundlichkeit dankbar.“ „Änder nur deine Gesinnung nicht!“ „Ich werde meine Gesinnung nicht ändern.“ „Vergiss mich nicht!“ „Ich will dich nicht vergessen.“ Während sie viele solche Reden miteinander wechselten, schlug von Westen die Glocke von Kiyo zwei Uhr, und da es tiefe Nacht war, so unterhielten sie sich noch im Geheimen und wollten vor Tagesanbruch umkehren. Doch war ihnen die Trennung allzunah. Sie wünschten jeder wieder eine günstige Gelegenheit zu finden.

Maruo begleitete wieder Tamura. Unterwegs sprachen sie darüber, wie unsicher das menschliche Leben sei: „Auf die Kirschen der zweiten Blüte kann niemand warten, daher ist die reife Kirsche so schön anzusehn.“ Sie verabredeten sich für den zweiten Tag des Yayoi (März) . . .

Maruo aber erkältet sich in eben dieser Nacht und stirbt. Ahnungslos kommt Tamura am bestimmten Tage, hört vom Tode Maruos und sucht sein Haus auf. Er findet den Leichnam in üblicher Weise aufgebahrt und bei ihm betend einen schönen jungen Mann, namens Sanai.

. . . Sanai fragte ihn: „Sind Sie Herr Tamura? Maruo hat Ihrer nicht vergessen, bis er seinen Odem ausgehaucht, und hat beständig darüber gesprochen, wie er Sie begleitet habe und wieder begleitet worden wäre.“ „Wie traurig, dass er schliesslich zum Grabe geleitet wird!“ „Ists nicht wie ein Traum?“ „O, wäre es ein Traum!“ „Glauben Sie nicht, dass es ein Traum ist?“ Auf diese Weise weckte er den Schmerz mehr und mehr. Sie brachen in einen Klageruf aus und vergossen ihre Tränen eine Zeit lang wie einen Schauer . . .

Tamura teilt Sanai seinen Entschluss mit, zu sterben, um auch im Tode nicht von Maruo getrennt zu sein.

. . . Da eilte Sanai auf ihn zu und verhinderte es, indem er sagte: „Ich selbst hätte längst schon sterben müssen, denn ich bin fünf Jahr lang der vertrauteste Freund von Herrn Maruo gewesen, noch als ich Maye Gami (?) hatte und später, als ich heranwuchs. Ich habe zu ihm aufgeschaut, wie zu meinem grossen Beschützer, und jetzt habe ich nur zu trauern. . . . . Gieb du nur deine Gedanken an ihn auf, als hättest du ihn nie gekannt, denn du hast mit ihm darüber ja nur geredet, das ist alles."

Tamura erwiderte: „Du bist vielleicht erschöpft, weil du viele Jahre lang auf einem Kissen mit ihm geplaudert hast, ich aber bin betrübt, dass ich nicht mal eine Nacht mit ihm habe plaudern können, und jetzt will ich sterben, denn das muss wohl meine Bestimmung sein." Sanai verhinderte ihn daran, indem er auf verschiedne Weise ihm zuredete. Schliesslich gab Tamura seinem Rate nach und gab den Selbstmord auf.

Nun bat Tamura Sanai, sein vertrauter Freund an Maruos Statt zu werden. Sanai erwiderte, das sei auch sein Wunsch und fortab seien sie die besten Freunde. Tamura sagte: „Das allein befriedigt mich nicht. Ich will mit dir die allerengste Freundschaft eingehn."

In der Nacht kommt nun der Geist Maruos zu den beiden Schläfern und segnet ihren Bund.

Buch II, 2.

Sakon Horikoshi, von seinem Herrn mit einem Auftrage ausgesandt, lernt unterwegs bei einem Unwetter den schönen Korin Nagasa kennen, einen Jüngling, der zärtlich um seine Mutter besorgt ist.

Bei seiner Rückkehr nach Akashi ging er alsobald auf das Schloss und bestellte seinem Herrn die Antwort auf seine Botschaft. Da er den Herrn bei guter Laune fand, berichtete er ihm über Korin. Da befahl ihm der Herr, den jungen Mann zu ihm zu bringen. Sehr erfreut darüber ging Sakon hin und holte Korin und seine Mutter. Korin sieht aus wie der Mond, der über das ferne Gebirge emportaucht: sein Haar ist so schwarz, wie ein lautlos schlummernder Rabe; sein Auge gleicht der Lotosblüte (fuyo), seine Stimme dem Pirol (uguisu); und im ganzen ist sein Wesen zart wie eine Pflaume. Der Herr lernte seine Gemütsart gut kennen. Nachdem ihm täglich höhere Dienste anvertraut wurden, wurde er der nächtliche Genosse des Herrn . . .

Aus Buch I, 1.

. . . Japan wurde Akitsukuni genannt, weil alle Wesen, selbst die Insekten, bis zu einem gewissen Grade lieblingminnend sind. . . .

. . . Es giebt kein grösseres Vergnügen als die Lieblingminne, deren Herrlichkeit die Leute heutzutage nicht zu würdigen wissen. . . .

Dr. E. v. Mayer.

Anmerkungen.

Wenn ich in der Einleitung S. 15 von den jüdisch-römischen Moralisten und Buchstabengläubigen gesprochen habe, so meinte ich damit nicht das Christlich(Neujüdisch)-Katholische, sondern das Altjüdisch-Byzantinische, wie es sich in den Verordnungen eines Moses, Paulus und Kaisers Justinian findet. Ist doch heute die Moral auch der Israeliten mehr christlich als mosaisch. Wenn unser heutiger Staat im Namen der heiligen Schrift der Juden für die Aufrechterhaltung des gesetzlichen Verbots der Lieblingminne eintritt, so ist das nicht blos lächerlich, weil wir keine Juden sind und unser Staat keine *„ancilla theologiae“*, sondern auch eine sinnlose Inkonsequenz. An derselben Stelle des altjüdischen Gesetzes steht ja auch ausdrücklich, dass jeder einfache Ehebruch ebenso zu bestrafen ist, ja, auch der Umgang des Mannes mit seiner eignen Frau, wenn sie etwa die Regel hat; ebenso ist, wer seine Schwägerin zum Weibe nimmt, straffällig, weswegen auch heute noch in England solche Ehen verboten sind. Andrerseits war die Bigamie (Jakob) gestattet. Wie kann also jemand, dessen Gehirn noch ein wenig richtig zu arbeiten vermag, im Namen eines Gesetzes, auf das er schwört, nur einen willkürlichen geringen Bruchteil desselben mit pathetischer Emphase verteidigen — ich frage, wie kann er das, ohne ein Betrüger zu sein.

[1]) Dass die Griechen (wie auch Hafis) unter der sogen. Knabenliebe nicht einen Umgang mit physisch unreifen Kindern verstanden, wird durch zahllose Stellen unzweifelhaft klargelegt. „Knabe“ ist häufig ein Zärtlichkeitausdruck, wie heute „Mädchen“, oder sogar „Kleine“, „mein Kind“. Wo der Zärtlichkeitsinn fehlt, da erscheint das Wort irrtümlich in einseitig begrenztem Sinne. Unsere Sprache ist durch künstliche vollständige Unterdrückung darin gänzlich arm geblieben. Um eine Vorstellung vom Reichtum der griechischen Ausdrucksweise zu geben, bringe ich hier eine Reihe von Worten, ohne sie irgendwie zu erschöpfen. Für Nichtkenner des Griechischen füge ich in Klammern das Wort mit lateinischer Schrift bei.

ἀνδρόπαις (andrópais) = junger Mann.
ἀντίπαις (antípais) = erwachsener Knabe (Eur. u. Soph.).
ἔφηβος (éphebos) = Jüngling von 18 ab.
ἡβήτηρ (hebétēr) = mannbarer Jüngling.

ἠΐθεος (eïtheos) = mannb. unverm. Jüngling.
εἴρην (eírēn) = Jüngling (laked.) von 20 ab.
κοῦρος (kūros) = Jüngling.
λεῖαξ (leiax) = unbärt. Knabe.
μειράκιον (meirákion) = Jüngling.
μεῖραξ (meirax) = Knabe.
μειρακύλλιον (meirakyllion) = Knabe.
νεανίας (neanías) = Jüngling.
νεανίσκος (neaniskos) = junger Mann, Jüngling.
νεανισκάριον (neaniskárion) = Jüngling (zärtl. Dim.).
νέαξ (néax) = Jüngling (poet.).
νέοι (néoi) = Jünglinge, junge Männer bis in die 30.
νεαρός (nearós) = Knabe.
παῖς (pais) = Knabe, Jüngling, junger Mann.
σιδεύνης (sideúnēs) = Knabe gegen 15 oder 16 Jahr alt (dor.).
ἀΐτης (aïtēs) = Geliebter (Theokr.).
ἐρώτυλος (erótylos) = Geliebter (buk.).
ἐρώμενος (eroménos) = Geliebter.
παιδέρως (paidérōs) = Knabe wie Eros schön oder Liebhaber.
παιδικά (paidiká) = Liebling.
εἰσπνήλας (eispnélas) = Liebhaber.
ἐραστής (erastés) = Liebhaber, auch παιδεραστής (paiderastés).

2) So erzählen Berichte aus dem neuen Griechenland, die ich bisher nicht an Ort und Stelle prüfen konnte, dass dort eine Art Ehe zwischen Jünglingen von Priestern der christlichen Kirche eingesegnet wird. Als ein Beleg dafür gilt auch: Anastasius, Fahrten eines Griechen im Orient, von Urquehart, einem englischen Gesandten. (Deutsch 1830—40.)

3) Meinem ursprünglichen Tauf- oder Vornamen Élisár habe ich auf dem Titelblatte die Endung *ion* angefügt, um eine richtigere Betonung zu erzwingen und vor allem, weil der Name bisher unbegreiflicherweise in verschiedener Beziehung missverstanden worden ist, obwohl es schon ein Analogon in Elimar und Belisar giebt.

4) Als bezeichnenden Beleg füge ich eine Stelle aus dem bekannten politischen Witzblatte „Der Kladderadatsch" bei, wo es in der Nummer vom 12. Februar 1899 heisst:

München. A. S.: Im „General-Anzeiger der Münchener Neuesten Nachrichten" (Nr. 52) wird bekannt gemacht: „Junger Herr wünscht mit einem etwas musikalischen jungen Herrn bekannt zu werden behufs Ehe. Br. unt. K. L. 28 : 677 bef. die Exp." Auch in Berlin sind ja alle Aufgeklärten der Ansicht, dass der § 175 des R.-St.-G.-B. aufgehoben werden muss, aber an eine Ehe zwischen Männern denkt man unseres Wissens noch nicht. Wir werden uns freilich nicht wundern, wenn bald in der „Vossischen Zeitung" ähnliche Inserate auftauchen. —"

Ich erinnere auch an die von so viel berühmten Männern unterzeichneten Petitionen an den Deutschen Reichstag.

5) Aidos: Gottheit der Scham.

6) Polydeukes: Pollux, Sohn des Zeus und der Leda.

7) Lykeion war ein dem Apollo Lykeios heiliger Ringplatz, wo nachmals Aristoteles lehrte.

8) Amphion befestigte Theben durch Mauern, wobei die Felsblöcke seinen Zaubertönen folgten.

9) Daphnis: ein Hirtenjüngling, der wegen seiner Schönheit bekannt ist. Vergil (Korydon) meint, er brauche den Vergleich mit dessen Schönheit nicht zu scheun.

10) Priapos: Gott der Gärten, Früchte und Weinberge, mit dem symbolischen Gliede der fruchtbaren Naturkraft versehen.

11) Nisos, König von Megara, hatte ein purpurnes Haar, von dem das Glück des Staates abhing. Seine Tochter Skylla schnitt es ab und gab es dem Feinde Minos.

12) Pelops, Sohn des Tantalos, Vater des Atreus, Liebling des Poseidon. Nach ihm heisst Südgriechenland die Peloponnesos.

13) Ops: Göttin der Fruchtbarkeit der Erde und des Überflusses, Gemahlin des Saturnus; wird mit der Rhea (Kybele) identifiziert.

14) Trienten: Becher mit über Schnee gegossenem Falernerwein.

15) Paphische Göttin: Venus.

16) Gnathainion: eine Hetäre wie Lais und Phryne.

17) Ephoren waren 5 jährlich wählbare Beamten in Sparta, in deren Hände allmählich die gesammte Leitung des Staates überging.

18) ἐρᾶν bedeutet im Griechischen die leidenschaftliche sinnliche Liebe; es ist daher ganz klar, dass die folgende Bestimmung, wenn sie überhaupt den Geschlechtverkehr trifft, nur die Vergewaltigung und das Verschweigen einer solchen, sei es aus Schwäche oder um Vorteil, meinen kann, wie es ja noch heute Mädchen in abhängigen Stellungen begegnet. Es durfte also solchen Falls ein Jüngling, dem Gewalt angetan worden war von jemandem, der ihn mit seiner Neigung verfolgte, dies nicht hinnehmen, noch sich bestechen lassen. Etwa entsprechend wie heute ein freiwilliger Kuss nicht entehrt, wohl aber

ein geraubter. Abgesehen von der Unzweideutigkeit des Wortes ἐρᾶν ist oben auch noch ausdrücklich gesagt, dass die Jünglinge nicht spröde waren. Woraus wohl gesunder Menschenverstand entnehmen kann, dass es sich bei dieser Liebe nicht blos um eine Unterhaltung über die Wurzeln des Weltalls handelte. Wenn Manche noch behaupten, wie der hierin völlig unbewanderte Otfried Müller (so hochverdient er auch sonst ist), die Lieblingminne würde irgendwoher eingeführt in Gegenden, wo sie bis dahin noch nicht bekannt war, so zeigt das von vollkommner Unkenntnis der Sache. Dieses Verlangen entsteht ebenso wie die Frauenminne ohne jegliches Bekanntmachen damit oder psychische Ansteckung — von innen heraus, wo die Natur den Trieb dafür geschaffen hat.

19) Kibla: der Ort, gegen welchen man sich beim Gebete wendet; für den Mohammedaner ist es die heilige Kaaba zu Mekka.

20) Huma: der fabelhafte Königgeier, dessen Schatten über dem Haupte eines Menschen diesen glücklich macht und dessen Anblick die jedesmalige Gewährung eines Wunsches zur Folge hat.

21) Cheilon: aus Sparta, einer der sieben Weisen. Urheber des Sinnspruches: „Erkenne dich selbst."

22) Tejischer Greis: der Dichter Anakreon, vgl. S. 24 u. 185.

23) Sikulische: sizilische Knaben, denen Platen in Sizilien begegnete.

Angabe der hier verwendeten Bücher.

Aeliani, Claudii: Varia historia, ed. Hercher, Lps. MDCCCLXXXVII, Teubner.

Amari, Michele: Biblioteca arabo-sicula, Tor. e Roma, 1881, [E. Loescher.

Anakreon, ed. Rose, Lps. MDCCCXC, Tb.

Anakreon, übers. v. H. A. Junghans. Lpz., Ph. Reclam.

Aristoteles: Politicorum libri . . . rec. Fr. Susemihl, Lps. MDCCCLXXII, Tb.

Athenaei Naucratitae: Dipnosophistarum Libri XV rec. G. Kaibel, Lps. MDCCCXC, Tb.

Beyer, Prof. Dr. C.: Friedr. Rückerts Leben und Dichtungen, Koburg 1866, G. Sendelbach.

Beyer, Prof. Dr. C.: Ludwig II, König v. Bayern. Lpz., G. Fock.

Bulthaupt, Heinrich: Vier Novellen, Dresd. u. Lpz. 1888, E. Pierson.

Buonarroti, Michel-Angelo:

Frey, Prof. Dr. C.: Die Dichtungen des M. A. B., Berl. 1897, G. Grote.

Guasti, Cesare: Le rime di M. A. B., Firenze, 1863, Felice Le Monnier.

Robert-tornow, Walter: Die Gedichte des M. A. B., übers., Berl. 1896, Haude & Spener.

Callimachi Cyrenensis: Hymni et epigrammata, ed. A. Meineke, Berol. 1861, Weidm.

Casa, Giovanni della: Opere di Monsignor G. d. C., Milano, 1806, Soc. Tipogr.

Catulli: Carmina, rec. Luc. Mueller, Lps. MDCCCXCII, Tb.

Catull's: Buch der Lieder, übers. v. H. Griebenow, Halle 1889, O. Hendel.

Ciceronis: Tuscul. Disputat., rec. C. F. W. Müller, Lps. MDCCCXCI, Teubner.

Dichterheim, Deutsches: Antinous v. E. v. Kupffer-E., Wien 1898.
Diogenis Laertii: de Vitis, Dogm. et Apopht... Lps. MDCCCXXXI, C. F. Koehler.
Der Eigene, Monatschrift: Lord Byron, Berl.-Neurahnsdorf 1898, Ad. Brand.
- - - Charlottenburg 1897, Ad. Brand.
- - Neue Folge, Berlin-Neurahnsdorf 1899, Ad. Brand.
Flaubert, Gustave: Salammbo, Paris 1881, Charpentier.
Flugblätter, Poetische: Graf Em. v. Stadion, Wien 1899, Jos. Kitir u. C. M. Klob.
Frey, Ludwig: Der Eros und die Kunst, Lpz., M. Spohr.
Friedrich der Grosse: Oeuvres du Philosophe de Sans-Souci, impr. au Donjon du Château de S.-S. en 1750; a Neuchatel, 1760.
Goethe: Gedichte und Wilhelm Meisters Wanderjahre.
Goethe: Winckelmann und sein Jahrhundert, Tübingen 1805, Cotta.
Grimm, Hermann: Das Leben Michelangelos, Berl. 1860—62.
Hafis, Moh. Schemseddin:
Übers. v. Jos. von Hammer, Stuttg. u. Tüb. 1812, Cotta.
Original u. Übers. v. Vinc. von Rosenzweig, Wien 1858—64, K. u. K. Hof- u. Staatsdruckerei.
Hamann, J. G.: Magi u. Sokr. Denkwürdigkeiten. Lpz., Reclam.
(Petrus de L'Estoile:) Henry III, Memorables advenues durant tout le Regne de H. III, Roy de France et de Pologne, 1621.
Herder, J. G. v.: Ideen zur Philosophie der Geschichte der Menschheit.
Hesychii Milesii: qui fertur etc. rec. I. Flach, Lps. MDCCCLXXX, [Teubner.
Hölderlin, Friedrich: Gedichte, Lpz., Recl.
Hölderlin: Hyperion, Lpz., Recl.
Hoffmann, Friedr. Wilh.: Blüten spanischer Poesie, Magdeb. 1841, E. Baensch.
Kitir, Josef: Lyrische Radierungen, Wien u. Lpz., Ed. Hassenberger.
Kladderadatsch, Jahrg. 1899, Berl.
Kupffer, Elisar von: Ehrlos, Berl. 1898, R. Eckstein Nachf.
Lermontow-Лермонтовъ, М. Ю.: Полное собр. сочиненій. Подъ ред. А. И. Введенскаго. Ст. Петербургъ, 1891. А. Ф. Марксъ.

Linke, Oskar: Antinous, Minden 1888, I. C. C. Bruns.
Loti, Pierre: Mon frère Yves, Paris 1898, Calm. Lévy (74. Ausg.).
Luciani Samosatensis: Opera, rec. C. Jacobitz, Lps. MDCCCLXXVII, Teubner.
Marlowe, Christopher: King Edward II, herausg. v. W. Wagner, Hamburg 1871.
Martialis: Epigrammat. libri, Lps. MDCCCLXXXVI, Tb.
Martialis: Epigramme, übers. v. Dr. Alex. Berg, Stuttg. 1865, Krais & Hoffmann.
Maximi Tyrii: Dissertationes, ex recens. I. Davisii ... cur ... I. J. Reiske, Lps. MDCCLXXIV, G. Th. Georgi.
Meleagri: Reliquiae, Jenae MDCCLXXXVIIII, Libr. Croekeriana.
Meleagri Gadareni: Epigrammata, ed. Fr. Graefe, Lps. MDCCCXI, Vogel.
Montaigne, Michel de: Essais, Paris, Firmin-Didot & Cie.
Nanshoku-Okagami, japan. Gesch. herausg. v. Ohashi Shintaro (Tokio 1894).
Ovidii: Metamorphoses, rec. Rud. Merkell, Lps. MDCCCXC, Tb.
Pausanias: übers. v. J. Heinr. Chr. Schubart, Berl. 1855—1891, Langenscheidt.
Pindari: Carmina, rec. W. Christ, Lps. MDCCCXCVI, Tb.
Platen, Graf August v.: Sämmtl. Werke, Stuttg., Cotta.
Platonis: Lysis, rec. Hermann, Lps. MDCCCXCVII, Tb.
Platon: Gastmahl, übers. v. Fr. Schleiermacher, Lpz., Recl.
Platon: Staat, übers. v. K. Prantl, Stuttg. 1857, Krais & Hoffmann.
Plutarchi Chaeronensis: Moralia, graeca emend ... et lat. Xylandri interpretat. castig. adj ... Dan. Wyttenbach, Lps. MDCCCXXX, in Bibl. Kuehn.
Plutarchi: Moralia, ed. Bernadakis, Lps. MDCCCXCVII, Tb.
Plutarch: Vergleichende Lebensbeschreibungen, übersetzt von I. Fr. S. Kaltwasser, Lpz., Recl.
Poetae lyrici graeci, ed. Bergk, Lps., Tb.
Poetae melici graeci, ed. Bergk, Lps., Tb.
Renner, Dr. August: Das lyrische Wien. Wien 1899, G. Szelinski.
Rückert, Friedrich: Werke, herausg. v. Ludw. Laistner, Stuttg. 1895, Cotta.
Sadi, Moslicheddin: Rosengarten (Gulistan), übers. v. K. H. Graf, lic., theol., Lpz. 1846, Brockhaus.

Sadi, Moslicheddin: Lustgarten (Bostan), übers. v. K. H. Graf, Lpz. 1850, E. Wartig.

Schack, Ad. Fr. Graf v.: Anthologie abendländ. u. morgenländ. Dichtungen, Stuttg. 1893, Cotta.

Schack, Ad. Fr. Graf v.: Poesie u. Kunst der Araber in Spanien u. Sicilien, Berlin 1865, W. Hertz.

Schiller: Don Karlos und Gedichte.

Schiller: Histor.-krit. Ausgabe v. K. Goedeke, Bd. VI, Stuttg. 1869, [Cotta.

Scriptores erotici, ed. Hercher, Lps., Tb.

Shakespeare: Works, London, John Dicks.

Shakespeare: Sämmtl. Werke ..., Stuttg. u. Lpz., Deutsche Verlagsanstalt.

Stadion, Graf Emerich v.: Schatten im Licht (Bric-a-Brac), Wien u. Teschen 1882, K. Prochaska.

Strabonis: Geographia cur. C. Müller et F. Dübner, Paris MDCCCLIII, Firmin-Didot.

Suetoni: Quae supers. omnia., rec. C. L. Roth, Lps. MDCCCXCIV, Teubner.

Swinburne, Algernon Charles: Poems and ballads, London 1897, Chatto & Windus.

Tausend und eine Nacht, übers. v. Dr. G. Weil, Bonn 1897, E. Strauss.

Taylor, George (Ad. Hausrath): Antinous (6. Aufl.), Lpz. 1886, S. Hirzel.

Testament, altes und neues, übers. v. Dr. Martin Luther.

Theocriti: Reliquiae, rec. Ul. Ahrens, Lps. MDCCCXCVII, Tb.

Tragicorum graec. fragmenta, rec. A. Nauck, Lps. MDCCCLXXXVIIII, Tb.

Virgilii: Opera, rec. I. C. Jahn, Lps. MDCCCLVIIII, Tb.

Die Wage (Zeitschrift): König Ludwig II, Wien 1898—99.

Wilbrandt, Adolf v.: Fridolins heimliche Ehe (2. Aufl.), Wien 1882, L. Rosner.

Winckelmann, J. J.: Briefe an seine Freunde in der Schweiz, Zürich 1778, Orell, Füssli & Co.

Winckelmann, J. J.: Briefe an einen Freund in Liefland, Koburg 1784, R. A. W. Ahl.

Zarncke, Fr.: Goethe-Schriften, Lpz. 1897, Ed. Avenarius.

SCHLUSSSCHRIFT. ❊ ❊ ❊ ❊ ❊

Von LIEBLINGMINNE UND FREUNDESLIEBE IN DER WELTLITTERATUR wurden in der Offizin Otto v. Mauderode in Tilsit am Ausgange des Jahres 1899 tausend Exemplare auf holzfreiem Papier und dreissig Exemplare auf Kunstdruckpapier hergestellt und im März 1900 durch Adolf Brand's Verlag, Berlin-Neurahnsdorf, verausgabt. Die Schlussstücke auf Seite 211 und Seite 216 sind von HANS KURTH und der Zeitschrift DER EIGENE entnommen. ✧ ✧ ✧ ✧ ✧ ✧ ✧ ✧ ✧ ✧ ✧ ✧

Bibliothek rosa Winkel
Band 7–10

Karl Heinrich Ulrichs

Forschungen über das Räthsel der mannmännlichen Liebe

Reprint der Originalausgaben
1864 – 1879

Herausgegeben von Hubert Kennedy

Briefe · I. Vindex · II. Inclusa
III. Vindicta · IV. Formatrix · V. Ara spei
ISBN 3-86 149-026-9, 465 S., DM 40,–

VI. Gladius furens · VII. Memnon
ISBN 3-86 149-027-7, 272 S., DM 30,–

VIII. Incubus · IX. Argonauticus
ISBN 3-86 149-028-5, 281 S., DM 30,–

X. Prometheus · XI. Araxes
XII. Critische Pfeile · Der Urning und sein Recht
ISBN 3-86 149-029-3, 314 S., DM 30,–

Gesamtausgabe in 4 Bänden
ISBN 3-86 149-025-0, 1332 S., DM 98,–

Rechtlos schuf die Natur
nicht das geringste Geschöpf.
Karl Heinrich Ulrichs

Karl Heinrich Ulrichs (* 1825 in Aurich, † 1895 in Aquila) hat seine *Forschungen über das Räthsel der mannmännlichen Liebe* in zwölf Schriften 1864 bis 1879 veröffentlicht.
Die Neuausgabe, ergänzt um Ulrichs' Briefe an seine Verwandten von 1862 und die Fragment gebliebene Schrift *Der Urning und sein Recht*, ist von Hubert Kennedy herausgegeben und wird durch Vorworte, Hinweise und Erläuterungen sowie ein Gesamtregister erschlossen.

Diese Texte sind noch heute von verblüffender Klarsicht, gewöhnt man sich erst an Ulrichs' eigenwillige Wortschöpfungen. Um den diskriminierenden Namen, mit denen Homosexuelle bedacht wurden, etwas Positives entgegenzusetzen, griff er in die griechische Mythologie und nannte sie »Urninge«. Gelegentlich sprach er auch von »Mannling« und »Mannlingin«, die Heteros apostrophierte er als »Dioninge«.
Hans Stempel, Frankfurter Rundschau

Der im Verlag rosa Winkel liebevoll und kompetent edierte Nachdruck der zwölf Schriften ermöglicht nun erstmals wieder den uneingeschränkten Blick auf sein Werk. Und auch wenn Ulrichs' Sprache und seine Begrifflichkeit den heutigen Lesern eigentümlich anmuten, seinen Ausflügen in die Kultur- und Geistesgeschichte folgt man gern. Seine Berichte über die Situation des »dritten Geschlechts« … aber auch die Beschreibungen ihrer Bälle vermitteln ein lebendiges Bild damaligen Lebens.
Michael Farin, Süddeutsche Zeitung

Ulrichs war weit mehr als nur der Begründer der Forschungen zur Homosexualität, weil er das Denken der Wissenschaftler stark beeinflußt hat, die die Grundlagen der modernen Sexualwissenschaft gelegt haben … er hat das alles in Bewegung gebracht.
Vern L. Bullough, 1994

Ulrichs' mutiges Engagement für die Rechte der Homosexuellen ist auch für die heutige Schwulenbewegung Verpflichtung. Hubert Kennedy

Ulrichs' Schriften tragen dazu bei, unseren Blick auf die eigene Geschichte nicht zu verlieren.

Verlag rosa Winkel
GmbH · Postfach 62 06 04 · D-10796 Berlin · Tel. 030/853 40 42 · Fax 030/853 99 95